रौनक

और घने जंगल का रहस्य

AF833933

अनुभव शर्मा

BlueRose ONE.com
Stories Matter
NewDelhi • London

BLUEROSE PUBLISHERS
India | U.K.

BlueRose ONE.com
Stories Matter
NewDelhi • London

For permissions requests or inquiries regarding this publication, please contact:

BLUEROSE PUBLISHERS
www.BlueRoseONE.com
info@bluerosepublishers.com
+91 8882 898 898
+4407342408967

ISBN: 978-93-5989-923-7

Cover design: Muskan Sachdeva
Typesetting: Rohit

First Edition: November 2023

अनुक्रमणिका

अध्याय एक

बच्चे का जन्म

यह जनवरी माह की एक बहुत ही सुहानी रात है। आकाश में चारो तरफ तारे टिमटिमा रहे है और चाँद इन तारो के बीच मे अलग ही शोभायमान हो रहा है। चाँद अपने शीतल प्रकाश से इस पूरे जहान को रोशन कर रहा है। आकाश को देखकर ऐसा लग रहा है जैसे आज चाँद एक राजा है और उसके चारो तरफ तारे उसकी प्रजा। गहरी ठंड के साथ आज पूर्णिमा की रात है और आकाश मे पूरा चाँद है।

इस कडकडाती ठंडी रात मे दिल्ली मे साकेत के एक घर मे एक खूबसूरत जोडा खाना खाने की तैयारी कर रहा है। ये त्रिलोक और पूर्णिमा है। त्रिलोक पेशे से एक डॉक्टर है और गुड़गांव के एक अस्पताल मे काम करता है। कहते है कि जब कोई बिमार व्यक्ति किसी भी डॉक्टर की दवाईयो से आराम नही पाता। तो सिर्फ त्रिलोक के छूने मात्र से ही वह अपने स्वास्थ मे फर्क महसूस करता है और त्रिलोक द्वारा दी गई दवाईया इतनी तेजी से आराम करती है कि इंसान दो या तीन दिन मे पूरी तरह ठीक हो जाता है। एक यही कारण है कि जिस वजह से आज त्रिलोक गुड़गांव के साथ–साथ दिल्ली और पास के अन्य शहरो के मशहूर डॉक्टरो मे से एक है।

त्रिलोक दिखने मे एक सुन्दर, हट्टा–कट्टा पुरूष है। इसकी उम्र लगभग 30 साल है और लम्बाई लगभग 5 फीट 8 इंच है। रंग गोरा है, आँखे बडी और कहारी है। चहरा लम्बा और बाल भूरे, रेशमी है। चहरे पर हल्की–हल्की दाढी और मुछे है। आँखो पर एक चकोर फ्रेम का चश्मा लगा है। त्रिलोक ने इस समय नीले रंग का पजामा और काले रंग की जर्सी पहन रखी है।

पूर्णिमा भी एक सुन्दर स्त्री है। जो लगभग 26 साल की है और 5 फीट 4 इंच लम्बी है। इसका रंग गोरा है, आँखे बडी और काली है। चहरा गोल है जिसपर बालो की लट पडी है। बाकी बाल कमर से नीचे तक लम्बे है जो इस समय चोटी के रूप मे पूर्णिमा की कमर पर लटक रहे है। पूर्णिमा ने इस समय हल्के गुलाबी रंग का एक ठीला–ठाला गाँउन पहन रखा है जिसपर खूब सारे गुलाब के फूल छपे हुए है और इसके ऊपर इसने एक नीले रंग की जर्सी पहन रखी है ।

कुछ महिनो पहले तक पूर्णिमा गुड़गांव की एक कम्पनी मे सी एस के पद पर जॉब किया करती थी पर अब कुछ महिनो से यह घर पर ही रहती है। क्योंकि यह बहुत जल्द माँ बनने वाली है।

इस समय पूर्णिमा रसोई से ड्राईंग रूम मे खाने के उन बर्तन को लाकर खाने की मेज पर लगा रही है जिनमे आज रात का खाना रखा है और त्रिलोक एक अच्छे पति की तरह पूर्णिमा की मदद कर रहा है। खाने की सब चीजें मेज पर रखने के बाद दोनो खाना खाने के लिए अपनी–अपनी कुर्सीयो पर बैठ जाते है जो

बराबर–बराबर पडी है। पूर्णिमा मेज पर रखी खाने की एक प्लेट उठाती है और त्रिलोक के लिए खाना लगाती है।

खाने मे आज दाल और चावल है जिसके साथ चपाती भी है। अचार का एक डिब्बा मेज पर ही रखा है और मेज के बीच एक चम्मच का स्टेन्ड रखा है जिसमे कुछ चम्मचे लगी है। त्रिलोक की प्लेट मे खाना लगाकर पूर्णिमा खाना उसे देती है और फिर अपने लिए खाना लगाती है। तभी त्रिलोक अपने और पूर्णिमा के लिए दो चम्मच, चम्मच के स्टेन्ड से निकालता है और एक पूर्णिमा को देता है। जब तक पूर्णिमा अपने लिए खाना नही लगा लेती तब तक त्रिलोक खाना खाना शुरू नही करता और पूर्णिमा को देखकर मुस्कुराता रहता है । अपना खाना प्लेट मे लगाने के बाद पूर्णिमा त्रिलोक की तरफ देखती है और मुस्कुराती है।

आप खाना क्यो नही खा रहे हो ? पूर्णिमा मुस्कुराकर त्रिलोक से पूछती है।

इस बात पर त्रिलोक थोडा मुस्कुरा देता है पर कोई जवाब नही देता और यह देखकर पूर्णिमा भी थोडा मुस्कुराती है फिर दोनो खाना खाना शुरू करते है।

इस समय ड्राईंग रूम की एक दीवार पर लगी घड़ी मे रात के 9 बजे है और उसी के पास कुछ फोटो फ्रेम लटक रहे है जिनमे त्रिलोक और पूर्णिमा की फोटो है। सभी फोटो मे दोनो साथ मे बहुत ही खुश दिखाई दे रहे है।

दोनो खाना खा ही रहे होते है कि तभी पूर्णिमा के मोबाईल फोन पर घंटी बजती है। पूर्णिमा फोन की तरफ देखकर मुस्कुराती है। त्रिलोक पूर्णिमा की तरफ देखता है।

माँ का फोन है। पूर्णिमा कुछ ज्यादा ही खुश होकर यह कहती है। यह देखकर त्रिलोक मुस्कुरा देते है।

अब खाना छोडकर पूर्णिमा फोन उठाती है। दूसरी तरफ पूर्णिमा की माँ होती है। जो अपनी बेटी का हाल–चाल पूछने के लिए फोन करती है। पूर्णिमा अपनी माँ से बात करते समय बहुत खुश होती है और दोनो बहुत देर तक बात करती रहती है। इसी बीच त्रिलोक अपना खाना पूरा खा भी लेता है पर पूर्णिमा और उसकी माँ जो फोन के दूसरी और है इनकी बाते खत्म ही नही होती है। पूर्णिमा की माँ पूर्णिमा को अपना ज्यादा से ज्यादा ख्याल रखने के लिए कहती है। त्रिलोक पास मे बैठा दोनो मे हो रही बातो को सुन रहा होता है।

काफी देर बात करने के बाद पूर्णिमा फोन रख देती है और फिर से खाना खाना शुरू कर देती है। पूर्णिमा, त्रिलोक को वह सब बाते बताना शुरू हो जाती है जो वह अपनी माँ से कर रही थी। पूर्णिमा यह सब बताते हुए बहुत खुश होती है और त्रिलोक को भी यह सब सुनने मे मजा आ रहा होता है। दोनो कुछ देर तक यू ही आपस मे बात करते है और खाली प्लेटे जिसमे अब खाना खत्म हो चुका है मेज पर रखी होती है।

कुछ देर बाद पूर्णिमा अपनी कुर्सी से उठती है। उठते समय उसे थोडी तकलीफ होती है। तभी त्रिलोक भी अपनी कुर्सी से उठ जाता है। पूर्णिमा सभी खाली बर्तन को मेज से हटाती है जिसमे त्रिलोक पूर्णिमा की मदद करता है और ये दोनो साथ ही रसोई मे जाते है और सभी बर्तन को रसोई के सिंक मे रख देते है। अब त्रिलोक हाथ धोता है और अपने कमरे की तरफ चला जाता है।

पूर्णिमा अपने माता–पिता की एकलोती संतान है। इसके माता–पिता यही दिल्ली के करोल बाग मे रहते है। जबकि त्रिलोक के माता–पिता अब इस दुनिया मे नही है। जब त्रिलोक केवल 10 साल का था। तभी त्रिलोक की माँ काफी बीमार हुए और फिर अचानक मर गई थी और शादी के कुछ दिन बाद ही त्रिलोक के पिता भी मर गए। इसलिए त्रिलोक का परिवार केवल पूर्णिमा से ही है और पूर्णिमा के माता–पिता को यह अपने माता–पिता की तरह ही सम्मान देता था।

रसोई का काम खत्म करके कुछ ही देर मे पूर्णिमा अपने कमरे मे पहुँचती है।

तुम आज फिर भूल गए हमे घूमने जाना है। यह सब पूर्णिमा थोडा नाराज होकर कहती है। तुम खुद ही तो बार–बार मुझे घूमने के लिए कहते रहते हो और फिर खुद ही भूल जाते हो।

त्रिलोक इस समय टी0 वी0 चला चुका है और बिस्तर पर लेटकर टी0 वी0 देख रहा है। जो पूर्णिमा को देखकर

और यह सुनकर त्रिलोक एकदम से बैठ जाता है और अटकते हुए कहता है।

नही..नही.. मै भूला नही हूॅ। बस थोडा सा.........यू ही। इतना कहकर त्रिलोक एक सेकण्ड के लिए रूकता है और फिर।

चलो चलते है। वैसे भी फिर ज्यादा देर हो जाएगी।

त्रिलोक फौरन बिस्तर से उठता है और टी0 वी0 बन्द कर देता है। अब पूर्णिमा और त्रिलोक घर के बाहर के दरवाजे की तरफ बढते है। दोनो दरवाजे से बाहर निकलकर बाहर से इसे बन्द करके घूमने निकल जाते है। घर के दरवाजे की चाबी त्रिलोक अपनी जेब मे रख लेता है।

दोनो अपनी क्लोनी मे बने पार्क के चारो तरफ चक्कर लगाते है और आपस मे बाते करते है।

बाहर का मौसम बहुत ठंडा है। हल्की धुंध चारो तरफ फैलनी शुरू हो गई है। सड़क काफी हद तक खाली है। त्रिलोक और पूर्णिमा के अलावा वहाँ केवल एक और जोड़ा घूम रहा है।

इस समय दोनो एक दूसरे को बताते है कि आज का दिन उनका कैसा रहा। तकरीबन आधा घंटा घूमने के बाद दोनो घर की तरफ वापस होते है और जल्द ही घर पहुँच जाते है। त्रिलोक घर का दरवाजा खोलता है। दरवाजा खुलते ही पूर्णिमा त्रिलोक से आगे बढकर सीधे अपने कमरे मे चली जाती है।

त्रिलोक घर के अन्दर आता है और बाहर का दरवाजा अच्छे से बन्द करके घर मे अन्दर की तरफ बढता है।

कुछ देर बाद त्रिलोक घर की बाकी लाईट बन्द करता है और फिर वो भी कमरे मे चला जाता है। इस समय घड़ी मे रात के 10:15 हुए है। पूर्णिमा बिस्तर पर रजाई औढे लेटी होती है और त्रिलोक भी वही उसके पास बिस्तर पर लेट जाता है। त्रिलोक इतना थका हुआ होता है कि लेटते ही त्रिलोक की आँख लग जाती है और वह सो जाता है।

तकरीबन रात के 11:40 पर पूर्णिमा की एक हल्की सी आह निकलती है जिसे सुनकर त्रिलोक की आँख खुल जाती है और उसकी नींद टूट जाती है। वह हडबडा कर उठता है ।

क्या हुआ ? सब ठीक तो है। घबराकर त्रिलोक पूर्णिमा से पूछता है और बिस्तर पर बैठ जाता है। बिस्तर पर बैठते ही त्रिलोक पूर्णिमा का हाथ अपने हाथ मे थाम लेता है।

नही..... शायद ठीक नही है। पूर्णिमा हल्के र्दद को सहन करती हुई अजीब सा मुँह बनाकर कहती है।

पूर्णिमा बिस्तर पर बैठी हुई है और रजाई उसके पैरो पर है।

क्या तुम तब से सोई नही हो ? त्रिलोक, पूर्णिमा के सिर पर उसके बालो मे हाथ फेरते हुए उससे पूछता है।

नही। पूर्णिमा गर्दन हिलाते हुए जवाब देती है। बस मै सोने ही वाली थी कि तभी मुझे कुछ र्दद महसूस होने लगा।

हमे अभी अस्पताल जाना होगा। त्रिलोक घबराकर पूर्णिमा से कहता है। बच्चे के जन्म का वक्त आ गया है। त्रिलोक के चहरे पर चिन्ता साफ दिख रही है।

त्रिलोक फौरन बिस्तर से उठता है और जल्दी से पेन्ट, सर्ट और कोट पहनता है फिर वह पास मे पड़ी एक मेज से चाबी उठाता है जो शायद कार की है। अब वह दौड़कर बाहर के दरवाजे की तरफ जाता है और दरवाजा खोलकर गैराज मे तेजी से प्रवेश करता है फिर कार की तरफ बढकर कार को र्स्टाट करके वह उसे गैराज से बाहर निकालता है। कार को बाहर छोडकर वह अन्दर आकर पूर्णिमा को सम्भालता है।

पूर्णिमा इस समय बिस्तर पर ही बैठी है। वह सम्भालकर पूर्णिमा को उठाता है और उसे पकड़कर गाडी के पास तक ले जाता है।

पूर्णिमा इस समय काफी परेशानी महसूस कर रही है। त्रिलोक फौरन कार का पीछे का दरवाजा खोलता है और पूर्णिमा को गाड़ी मे पीछे की सीट पर बैठाकर दरवाजा बन्द कर देता है। वह दौड़कर घर के दरवाजे को ताला लगाता है और फिर तेजी से गाडी के पास आता है ।

फिर गाड़ी मे बैठकर वह अपनी जेब से अपना फोन निकालता है और एक फोन मिलाता है । कुछ देर बाद दूसरी तरफ से कोई बोलता है ।

सब कुछ तैयार रखना मे कुछ ही देर मे अपनी पत्नी को लेकर वहाँ आ रहा हू। इतना कहकर वह फोन काट देता है और गाड़ी को अस्पताल की तरफ दौड़ा देता है।

त्रिलोक चहरे से बहुत परेशान लग रहा है और बार–बार पीछे मुड़कर पूर्णिमा को देख रहा है। रास्ते मे पूर्णिमा की तबियत और ज्यादा खराब हो जाती है। वह जोरो से चिल्लाना शुरू कर देती है। त्रिलोक बार–बार पूर्णिमा को समझा रहा है कि वो जल्द ही अस्पताल पहुँचने वाले है। तकरीबन आधे घंटे बाद वे अस्पताल पहुँचते है। त्रिलोक फौरन अस्पताल के बाहर गाड़ी रोकता है और जल्दी से कार से नीचे उतरता है। त्रिलोक थोडा हडबडाया हुआ है। वह कार के पीछे का दरवाजा खोलता है। त्रिलोक देखता है कि पूर्णिमा की तबियत ज्यादा खराब लग रही है और वह र्दद के कारण अजीब सा मुँह बनाकर त्रिलोक को देख रही है।

क्या तुम ठीक हो ? त्रिलोक घबराकर पूर्णिमा से पूछता है। हम अस्पताल पहुँच गए है। जल्द ही सब ठीक हो जाएगा।

हाँ। मै ठीक हू। पूर्णिमा अपने को थोडा सम्भालते हुए कहती है पर उसे देखकर ऐसा नही लग रहा है कि वह ठीक है।

इस समय त्रिलोक के शरीर का ऊपर का हिस्सा कार मे अन्दर घुसा हुआ है और उसके पैर कार से बाहर है। वह पूर्णिमा को पकड़ता है और उसे कार से बाहर निकालता है।

पूर्णिमा के कार से बाहर आते ही त्रिलोक कार का दरवाजा बन्द करके पूर्णिमा को लेकर अस्पलात के अन्दर प्रवेश करता है।

यह एक प्राइवेट अस्पताल है। जिसका दरवाजा शीशे का बना है जो एक बडा दरवाजा है और यह एक बडी इमारत है। त्रिलोक पूर्णिमा को लेकर शीशे के दरवाजे को खोलकर अस्पताल मे प्रवेश करता है।

इस समय रिसेप्शन पर एक आदमी बैठा है जिसकी उम्र लगभग 40 साल है। जिसके सिर पर बहुत ही छोटे–छोटे बाल है। चहरा गोल है और रंग सावला है। चहरे पर हल्की–हल्की मुंछे है। इसने काले रंग की पेन्ट और सफेद सर्ट पहन रखी है। जिसके ऊपर एक स्वेटर है। यह सामने रखे कंप्यूटर पर कुछ काम कर रहा है।

ओह। त्रिलोक सर।

दरवाजा खुलते ही उसकी नजर त्रिलोक पर पडती है और त्रिलोक को देखते ही वह अपनी सीट छोड़कर खड़ा हो जाता है और भागकर पास मे पड़ी एक व्हील चेयर लेकर त्रिलोक के पास पहुँचता है।

थैंक्स मोहन। त्रिलोक उस आदमी से थोडा सा मुस्कुराकर कहता है पर इस मुस्कुराहट मे काफी हद तक घबराहट भी है जो त्रिलोक के चहरे पर साफ नजर आ रही है।

त्रिलोक पूर्णिमा को फौरन कुर्सी पर बैठाता है।

मोहन। मिस्टर गुप्ता कहाँ है ? त्रिलोक मोहन से पूछता है।

अपने कैबिन मे है। मोहन जल्दी से त्रिलोक को बताता है । मै अभी उन्हे बुलाता हूँ।

इतना कहकर मोहन वहाँ से चला जाता है। त्रिलोक खुद भी इसी अस्पताल मे काम करता है इसलिए सभी इसे जानते है।

ठीक 1 मिनट बाद वहाँ पर सफेद कोट पहने एक आदमी आता है जिसकी उम्र लगभग 35 साल है। इसने आँखो पर एक चश्मा लगाया हुआ है जिसका फ्रेम गोल्डन है। लम्बाई लगभग 6 फीट है। दिखने मे सुन्दर है, रंग गोरा और बाल काले और घुंघराले है। आँखे काली और बडी है। चहरा लम्बा है और मुस्कुराता हुआ है।

इसके साथ एक पतली–दुबली सी नर्स है। इसका रंग भी गोरा है। आँखे बडी और लम्बी है। बाल सुन्हेरी है जो बन्धे है। लम्बाई 5 फिट 2 इंच है। इसने नर्स की सफेद ड्रेस पहन रखी है और इन दोनो के पीछे मोहन आ रहा है।

डॉक्टर, त्रिलोक को वहाँ देखकर तेजी से उसकी तरफ आता है ।

त्रिलोक सब ठीक है। इतना कहकर मिस्टर पवन गुप्ता चुप हो जाते है और एक लम्बी सांस लेते है।

नर्स। इन्हे जल्दी से डिलीवरी रूम मे ले जाओ। पवन गुप्ता पूर्णिमा की तरफ इशारा करते हुए पलटकर नर्स से कहते है।

नर्स फौरन पूर्णिमा की व्हील चेयर को पकड़ती है और उसे वहाँ से लेकर चली जाती है और मोहन रिसेप्शन की तरफ चला जाता है।

क्या सब तैयार है ? त्रलोक, डॉक्टर पवन की तरफ देखते हुए पूछता है।

हाँ सब तैयार है। पवन गर्दन हिलाते हुए जवाब देता है। मैने शालीनी को फोन कर दिया था। शायद वह भी आने ही वाली होगी।

परेशान मत हो त्रिलोक। सब ठीक होगा। एक पल की चुप्पी के बाद डॉक्टर पवन त्रिलोक को समझाते हुए और उसके कन्धे पर हाथ रखते हुए कहते है जो त्रिलोक को देखकर उसे बहुत ज्यादा परेशान महसूस करते है।

चलो मेरे साथ आओ । डॉक्टर पवन त्रिलोक से कहते है। हम दोनो मेरे रूम मे बैठते है।

इसके बाद डॉक्टर पवन और त्रिलोक वहाँ से एक कमरे की तरफ चले जाते है और कमरे मे प्रवेश करते है। यह डॉक्टर पवन का ऑफिस है। दोनो आमने–सामने कुर्सीयो पर बैठ जाते है और कुछ बाते करने लगते है।

कुछ देर बाद उसी कमरे का दरवाजा दोबारा खुलता है और एक लड़की तेजी से कमरे मे प्रवेश करती है।

हैलो दोस्तो। कैसे हो तुम सब ? लड़की मुस्कुराकर पवन और त्रिलोक से कहती है।

यह एक बंगाली लड़की है। जिसका रंग थोडा सावला है आँखे बडी और काली है। बाल कुछ खुले और कुछ बन्धे है। जो काफी घने है। माथे पर एक छोटी सी बिंदी है और होंठ हल्के गुलाबी है। कद लगभग 5 फिट 2 इंच है। इसने सूट और सलवार पहन रखी है और उसके ऊपर एक लम्बा कोट पहन रखा है। ये डॉक्टर शालीनी है। ये कमरे मे आकर त्रिलोक के बराबर वाली कुर्सी पर बैठ जाती है।

कहाँ है पूर्णिमा ? शालीनी त्रिलोक से पूछती है। जो बिल्कुल चुप बैठा सोच मे डूबा हुआ है।

डिलीवरी रूम मे। डॉक्टर पवन शालीनी की बात का जवाब देते है। शालीनी के सवाल से त्रिलोक का ध्यान टूट जाता है जो अब तक वह अपने ही ख्याल मे डूबा हुआ था।

चलो तो हमे देर नही करनी चाहिए। शालीनी अपनी कुर्सी से उठते हुए कहती है। जिसके साथ त्रिलोक और पवन भी अपनी सीट छोड़कर खडे हो जाते है।

शालीनी आगे बढकर दरवाजा खोलती है और एक–एक करके तीनो कमरे से बाहर निकलते है और पास वाली लिफट की तरफ बढते है। लिफट आने पर तीनो उसमे प्रवेश कर जाते है अब लिफट ऊपर की तरफ चलनी शुरू हो जाती है।

इतना क्यो घबरा रहे हो त्रिलोक ? शालीनी त्रिलोक की तरफ देखकर थोडा सा मुस्कुराकर कहती है। तुम खुद एक डॉक्टर हो और ये सब तो तुम रोज देखते हो।

ये सुनकर त्रिलोक शालीनी की तरफ देखता है पर कुछ कहता नही है।

यार तुम तो आम आदमी से भी ज्यादा घबरा रहे हो। शालीनी एक बार फिर कहती है।

हाँ मै डॉक्टर हूं। त्रिलोक अपनी चुप्पी को तोड़ते हुए कहता है। और मै ऐसे केस रोज देखता हूं। पर ना जाने क्यो आज मुझे घबराहट हो रही है।

लिफट तीसरे फलोर पर पहुँचकर खुल जाती है और तीनो लिफट से बाहर निकलते है और एक गलिहारे मे आगे बढते है।

हाँ। होता है ऐसा भी। पवन साथ मे चलते हुए कहता है। शालीनी हम डॉक्टर जरूर है और रोज ऐसे केस देखते है। पर अपने परिवार के लिए ऐसा फील होता है क्योकिं हम उनकी ज्यादा परवाह करते है। इसमे त्रिलोक की कोई गलती नही है। यह सब स्वभाविक है।

आगे बढकर तीनो एक कमरे के सामने पहुँचते है शालीनी तेजी से आगे बढकर कमरे का दरवाजा खोलकर अन्दर चली जाती है। पवन दरवाजे का हेन्डल पकडे होता है और दरवाजा आधा खुला और आधा बन्द होता है। त्रिलोक, पवन से कुछ दूर पहले ही रूक जाता है।

क्या तुम नही आ रहे हो ? पवन, त्रिलोक की तरफ पलटकर देखते हुए उससे पूछता है।

नही। एक सेकेंड रूकने के बाद त्रिलोक दोबारा थूक गटकते हुए कहता है। नही पवन। मै नही आ पाऊंगा। मै.....। बोलते हुए त्रिलोक बीच मे ही रूक जाता है।

ठीक है। पवन एक हल्की सी मुस्कान के साथ कहता है। तुम यही इंतजार करो।

अब डॉक्टर पवन कमरे का दरवाजा खोलकर अन्दर चले जाते है और त्रिलोक कमरे के बाहर अकेला रह जाता है।

त्रिलोक पास मे दीवार के सहारे पडी बैंच पर बैठ जाता है। त्रिलोक जहाँ बैठा है वहाँ से एक और रिसेप्शन दिखाई दे रहा है जो थोडा दूर है। इस समय त्रिलोक एक चौड़े गलिहारे मे बैठा होता है जहाँ काफी खाली जगह है और कुछ दूरी पर ही ऑपरेशन थयेटर है । त्रिलोक सोच मे डूबा एकदम चुप बैठा है।

कुछ देर बाद डिलीवरी रूम का दरवाजा खुलता है और वहाँ से पवन बाहर निकलता है। जिसे देखते ही त्रिलोक खड़ा हो जाता है। पवन फौरन त्रिलोक के पास आता है।

सब ठीक है। पवन त्रिलोक के पास आकर कहता है। अभी दवाई दी है कुछ देर बाद सब ठीक से हो जाएगा। त्रिलोक के कंधे पर हाथ रखते हुए पवन फिर से बोल उठता है। चलो तुम मेरे साथ मेरे कमरे मे चलो। यहाँ शालीनी सब कुछ सम्भाल लेगी।

नही। मै कही नही जाना चाहता। पवन के कहते ही त्रिलोक फौरन जवाब देता है। मै यही इंतजार करूंगा।

ठीक है। पवन गर्दन हिलाते हुए और एक लम्बी सांस लेते हुए कहता है। जैसी तुम्हारी मर्जी। इतना कहते हुए पवन त्रिलोक के कंधे से हाथ हटाता है।

अब पवन वहाँ से लिफट की तरफ चला जाता है और त्रिलोक वापस जाकर उसी बैंच पर बैठ जाता है।

त्रिलोक की नजर बार–बार डिलीवरी रूम के बन्द दरवाजे की तरफ जा रही होती है फिर त्रिलोक अपने सामने कुछ दूरी पर लगी खिड़की के बाहर देखता है। आसमान के कुछ तारे गायब हो चुके है और कुछ तारे अभी भी टिमटिमा रहे है । चाँद भी कभी बादलो के पीछे छिप जाता है तो कभी दोबारा बादलो से बाहर झांकने लगता है।

धीरे–धीरे वक्त बीतता है और त्रिलोक को कमरे के बाहर इन्तजार करते–करते दो घंटे हो जाते है। इन दो घंटो मे वो कभी बैंच पर बैठता है और कभी उठकर गलिहारे मे इधर–उधर घूमने लगता है। त्रिलोक की बेचैनी बढती जा रही है कि तभी डिलीवरी रूम का दरवाजा खुलता है और एक नर्स बाहर आती है।

त्रिलोक नर्स को देखते ही अपनी बैंच छोडकर खड़ा हो जाता है और नर्स के पास पहुँचता है।

क्या हो रहा है अन्दर ? सब ठीक तो है। त्रिलोक हडबडाकर नर्स से पूछता है।

डॉक्टर सब ठीक है। नर्स फौरन जवाब देती है। पर अभी थोडा समय और लगेगा।

इतना कहने के बाद नर्स वहाँ से तेजी से चली जाती है। त्रिलोक फिर से अपना मन मारकर बैंच पर बैठ जाता है। त्रिलोक के लिए ये इन्तजार के पल बडे मुश्किल होते है। उसे अब एक–एक पल काटना मुश्किल लग रहा है। उसके अन्दर की बेचैनी उसे परेशान कर रही है। इसलिए वह चाहता है जो भी खुशखबरी हो वह जल्द से जल्द जान पाए।

तभी त्रिलोक की नजर बैंच पर बैठे–बैठे दोबारा उस खिड़की पर जाती है जिससे आसमान का नजारा साफ–साफ नजर आ रहा है। वह अपनी नजर को खिड़की से दिखाई दे रहे आसमान पर टिकाकर अपनी बैंच से खड़ा होता है और खिड़की की तरफ बढता है। कुछ ही देर बाद वह उस खिड़की के पास खड़ा होता है और उसके बाहर झांक रहा होता है।

वह देखता है कि आकाश मे चारो तरफ से घने बादल घिर रहे है और आकाश के तारे पूरी तरह से गायब हो चुके है। चाँद की हल्की रोशनी सफेद किरणों के रूप मे बादलो के पीछे से झांक रही है। ऐसा लग रहा है कि जैसे चाँद ने बादलो की चादर ओढ ली हो।

तभी गडगडाहट के साथ आसमान मे एक तेज रोशनी होती है। जिसे देखकर त्रिलोक की नजर झुक जाती है। यह बहुत जोरो से आसमान की बिजली कडकने की

आवाज और रोशनी थी। तभी बहुत तेज हवा चलनी शुरू हो जाती है जो धीरे–धीरे आँधी का रूप ले लेती है।

मौसम का यू अचानक बदलना त्रिलोक को और परेशानी मे डाल देता है। तभी बाहर से वही नर्स वापस आती है जो अभी कुछ देर पहले डिलीवरी रूम से निकलकर बाहर गई थी। उसके हाथ मे कुछ सामान होता है और वो त्रिलोक को देखे बिना डिलीवरी रूम मे प्रवेश कर जाती है। त्रिलोक आसमान को देखने मे इतना व्यस्त है कि वह देख ही नही पाता की नर्स उसके पीछे से निकलकर कब डिलीवरी रूम मे चली गई।

इधर डिलीवरी रूम मे डॉक्टर शालीनी और दो नर्स बिस्तर पर लेटी पूर्णिमा के पास खड़ी है। जो नर्स को अन्दर प्रवेश करता हुए देखती है ।

जल्दी आओ। तुमने इतनी देर लगा दी। डॉक्टर शालीनी नर्स को डांटते हुए कहती है।

नर्स तेज कदमो से डॉक्टर शालीनी की तरफ बढती है। तभी डॉक्टर शालीनी नर्स से वह सामान लेती है जो उसके हाथ मे है और उसमे से एक इंजेक्शन निकालती है। वे फौरन सिरिंज मे इंजेक्शन भरकर पूर्णिमा को लगा देती है।

अब शालीनी बच्चे के जन्म के लिए पूर्णिमा को समझाने लगती है। पूर्णिमा बच्चे के जन्म के लिए शालीनी द्वारा कहे गए हर निर्देश का पालन करती है। पूर्णिमा के चहरे पर दर्द का बहुत ही भयंकर भाव होता है। कुछ ही देर मे वह पल आ ही जाता है और कमरे मे

बच्चे की किलकारी गूंज उठती है। पूर्णिमा एक बच्चे को जन्म दे चुकी है।

बच्चे का जन्म होते ही आकाश मे जोरो से बिजली कडकती है और साथ ही तेज बारिश शुरू हो जाती है।

ऐसा लगता है कि कोई बडी घटना घटने वाली है। खिड़की के बाहर झांकता हुआ त्रिलोक अपने आप से कहता है। यह देखकर त्रिलोक घबरा रहा है क्योंकि अचानक मौसम का ऐसा बदलाव उसने पहले कभी नही देखा है।

बच्चे के जन्म के कुछ समय बाद डिलीवरी रूम का दरवाजा खुलता है और डॉक्टर शालीनी कमरे से बाहर आती है। त्रिलोक वही खिड़की के पास खड़ा बाहर की तरफ देख रहा है। शालीनी त्रिलोक को आवाज लगाती है। शालीनी की आवाज सुनकर त्रिलोक पलटता है और फौरन उसके पास आता है।

क्या हुआ शालीनी ? सब ठीक तो है ना। त्रिलोक घबराकर शालीनी से पूछता है।

हाँ सब ठीक है। शालीनी मुस्कुराकर जवाब देती है। मुबारक हो त्रिलोक। एक प्यारा सा बेटा हुआ है।

सच......। त्रिलोक एक झटके से बोलता है। उसके चहरे पर एक बडी सी मुस्कान होती है और खुशी से उसकी आँखे थोडी चोड़ी हो जाती है। उसकी खुशी का कोई ठिकाना नही होता। उसकी आँखो मे आँसू छलक जाते है और वह एक गहरी सांस लेता है।

थैंक्स शालीनी। त्रिलोक, शालीनी का हाथ पकडते हुए कहता है।

वेलकम त्रिलोक। शालीनी त्रिलोक को खुश देखकर खुद भी बहुत खुश हो जाती है।

मै कितनी देर बाद पूर्णिमा से मिल सकता हूं। त्रिलोक शालीनी से पूछता है।

थोडी देर बाद। शालीनी मुस्कुराकर उससे कहती है। नर्स आपको बता देगी। अभी आप यही इंतजार करो।

इतना कहकर शालीनी वहाँ से बाहर की तरफ चली जाती है और त्रिलोक वही बैंच पर बैठ जाता है।

इस खुशखबरी को सोच–सोचकर त्रिलोक बार–बार मुस्कुरा रहा होता है। वह अपने बच्चे को देखने के लिए इतना बेताब है कि उससे बैंच पर ठीक से बैठा भी नही जा रहा है। वह एक पल के लिए बैठता है और दूसरे ही पल उठकर गलिहारे मे इधर–उधर घूमने लगता है।

कुछ देर बाद कमरे का दरवाजा दोबारा खुलता है। त्रिलोक की नजर दोबार दरवाजे की तरफ जाती है। वह देखता है कि एक नर्स कमरे से बाहर निकलती है और सीधे उसकी तरफ आती है। त्रिलोक नर्स को अपनी ओर आते देख उसकी तरफ तेजी से कदम बढाता है।

डॉक्टर त्रिलोक। नर्स मुस्कुराकर त्रिलोक से कहती है। आपको बहुत–बहुत बधाई हो।

थैंक्स। त्रिलोक के चहरे पर एक बडी सी मुस्कुराहट आ जाती है।

त्रिलोक को देखकर यह साफ लग रहा है कि वह अपने बेटे को देखने के लिए कितना बेताब है।

अब आप मैडम से मिल सकते है। नर्स त्रिलोक से कहती है। और अपने बेटे को देख सकते है।

इतना सुनते ही त्रिलोक खुशी से फूल जाता है और उसके कदम तेजी से कमरे की तरफ बढ जाते है।

वह फौरन कमरे का दरवाजा खोलकर अन्दर जाता है। त्रिलोक देखता है कि कमरे मे एक पलंग पर पूर्णिमा लेटी हुई है और हल्के गुलाबी कपड़े मे लिपटा एक प्यारा सा छोटा बच्चा उसके पास लेटा है। त्रिलोक तेजी से पूर्णिमा के पास जाता है और बडे प्यार से दोनो की तरफ देखता है। त्रिलोक झुक्कर पूर्णिमा का माथा चूम लेता है।

थैंक्स। अचानक ही त्रिलोक के मुँह से निकल जाता है।

यह सुनकर पूर्णिमा मुस्कुराती है और त्रिलोक का चहरा पकड़कर नीचे अपने पास करके उसके गाल पर चूम लेती है।

त्रिलोक बच्चे की तरफ देखता है जो बहुत प्यारा है। त्रिलोक की आँखे खुशी के आँसुओ से भर जाती है और कुछ आँसू आँखो से बाहर छलक जाते है।

यह देखकर पूर्णिमा बैठ जाती है और बच्चे को गोद मे उठाती है। वह त्रिलोक को बच्चा देने के लिए उसकी तरफ बच्चे को बढाती है। त्रिलोक सम्भालकर बच्चे को

गोद मे लेता है। वह बहुत खुश होता है और इस पल को अपने जीवन का सबसे खूबसूरत पल मानता है। पूर्णिमा और त्रिलोक दोनो ही बहुत खुश है और फिर त्रिलोक, पूर्णिमा के पास एक स्टूल पर बैठ जाता है। बच्चा त्रिलोक की गोद मे है।

क्या आपने मम्मी–पापा को ये खुशखबरी दे दी ? पूर्णिमा त्रिलोक से पूछती है।

ओह.... नही। त्रिलोक मुस्कुराकर पूर्णिमा से कहता है। मै तो खुशी मे उन्हे बताना ही भूल गया।

मै अभी उन्हे फोन करके ये खुशखबरी देता हूं। इतना कहते हुए त्रिलोक बच्चे को पूर्णिमा की गोद मे देता है और फिर अपनी जेब से फोन निकालता है।

त्रिलोक तभी पूर्णिमा की माँ को फोन करता है। अब रात के 2 बजे है। काफी देर तक घंटी बजने के बाद पूर्णिमा की माँ फोन उठाती है।

क्या हुआ ? सब ठीक तो है ना ? फोन उठाते ही पूर्णिमा की माँ त्रिलोक से यह पूछती है। आपने इतनी रात को फोन किया।

हाँ। सब ठीक है । एक क्षण रूकने के बाद त्रिलोक दोबारा बोलता है। माँ आप नानी बन गयी है। त्रिलोक खुश होकर उन्हे बताता है। लड़का हुआ है।

यह सुनकर पूर्णिमा की माँ बहुत खुश हो जाती है और अपने पति को तभी यह बात बताती है।

ठीक है बेटा। हम सुबह होते ही मिलने आएगे। पूर्णिमा की माँ त्रिलोक से कहती है।

अब त्रिलोक, पूर्णिमा को फोन दे देता है। कुछ देर तक पूर्णिमा अपनी माँ से बात करती है और फिर कुछ देर बाद वह फोन काट देती है।

आज पूर्णिमा और त्रिलोक दोनो ही बहुत ज्यादा खुश है। कुछ देर बाद उस कमरे मे डॉक्टर पवन और शालीनी आते है। जो त्रिलोक और पूर्णिमा को बधाई देते है और फिर कुछ देर बाद पूर्णिमा को दूसरे कमरे मे शिफट कर दिया जाता है। 3 बजे के करीब पूर्णिमा अपने बिस्तर पर गहरी नींद मे सो जाती है और त्रिलोक कमरे मे पड़े एक सोफे पर बैठे–बैठे सो जाता है ।

अध्याय दो

रूस

कमरे की दीवार पर लगी घड़ी मे इस समय सुबह के 4 बजकर 30 मीनट हुई है। सर्दी अब और बढ गई है। पूर्णिमा अपने बिस्तर पर अपने बच्चे के साथ कंबल ओढे गहरी नींद मे सो रही है और त्रिलोक वही पास पडे एक सोफे पर बैठे हुए सो रहा है। ठंड के कारण वह थोडा सुकुड गया है।

तभी उनके कमरे का दरवाजा खुलता है और कोई व्यक्ति कमरे मे प्रवेश करता है। इसने काले रंग का रेन कोट पहन रखा है। जो इसके कंधो से पैर तक है और काले रंग का एक गोल हैट इसने सिर पर लगा रखा है। यह आदमी ऊपर से नीचे तक पूरी तरह से भीगा हुआ है और इसके कपड़ो से पानी टपक रहा है। इस आदमी को देखकर पता चलता है कि अभी भी बाहर का मौसम खराब है और बारिश हो रही है।

इस व्यक्ति के कमरे मे प्रवेश करते ही त्रिलोक आहट महसूस करके चौंककर उठता है। वह आँख मसलता हुआ दरवाजे की तरफ देखता है। इस व्यक्ति का हैट कुछ आगे झुका हुआ है जिससे इसका चहरा साफ नजर नही आ रहा है।

कौन हो तुम ? त्रिलोक उस आदमी से पूछता है और पूछते समय वह अपनी जेब से एक लकडी की कोई एक

फीट लम्बी छड़ी निकाल लेता है और सीधा खड़ा हो जाता है। त्रिलोक फौरन छड़ी को उस व्यक्ति की तरफ तान देता है।

तभी सामने खड़ा व्यक्ति अपना चहरा ऊपर उठाता है और अपनी हैट को अपने सिर से उतार देता है।

ओह....। तुम हो। त्रिलोक राहत की एक लम्बी सांस लेता है और तेज कदमो से उसकी तरफ बढता है।

त्रिलोक के चहरे पर अलग ही मुस्कान होती है। वह आगे बढते हुए छड़ी को अपनी जेब मे रखता है और उस व्यक्ति को गले से लगा लेता है।

तुम कैसे हो रूस ? त्रिलोक उस व्यक्ति के गले लगे हुए उससे पूछता है। मैने तुम्हे कितने दिन बाद देखा है। कहाँ थे तुम ? एक ही सांस मे त्रिलोक ये सारी बाते बोल देता है।

अब दोनो अलग हो जाते है। रूस त्रिलोक का एक बहुत ही पुराना दोस्त है।

मै बिल्कुल ठीक हूं। तुम बताओ कैसे हो ? रूस एक हल्की मुस्कान के साथ बोलता है।

ओह...। तुम तो गीले हो गए। रूस त्रिलोक के कपड़ो की तरफ देखते हुए कहता है। और तभी वह एक चुटकी बजाता है। ऐसा करते ही त्रिलोक और रूस दोनो के भीगे हुए कपड़ो से पानी की वाष्प उठती है और कपड़े फौरन सूख जाते है।

बहतरीन जादू। त्रिलोक एक मुस्कान के साथ कहता है।

आओ रूस हम वहाँ सोफे पर बैठ कर बात करते है। त्रिलोक रूस का हाथ पकडकर उससे कहता है।

दोनो कमरे मे आगे बढते है और सोफे पर जाकर बैठ जाते है।

रूस 6 फीट लम्बा एक विदेशी व्यक्ति है। जिसका रंग गोरा है। आँखे बडी और पीली है। नाक लम्बी और कान चोडे है। चहरा लम्बा है और बाल भूरे रंग के है जो ना ज्यादा छोटे है और ना ज्यादा बड़े। चहरे पर कही–कही हल्की दाढी है।

रूस और त्रिलोक दोनो आपस मे बात कर रहे है। पर मिलने के बाद से जो खुशी त्रिलोक के चहरे पर है वह रूस के चहरे पर नजर नही आ रही है।

मै बाप बन गया हूं रूस। त्रिलोक खुश होकर रूस को बताता है। देखो मेरा बेटा। वो कितना प्यारा है।

यह सुनकर रूस पूर्णिमा के पास लेटे बच्चे की तरफ देखता है और उसे देखकर उसके चहरे पर हल्की मुस्कुराहट आ जाती है।

बहुत–बहुत बधाई हो मेरे दोस्त। रूस त्रिलोक की तरफ नजर करते हुए उससे कहता है। उसके चहरे पर खुशी और चिन्ता का मिला–जुला भाव होता है।

धन्यवाद रूस। त्रिलोक पलटकर रूस से कहता है।

पर तुम अचानक से यहाँ कैसे ? त्रिलोक थोडा सा हैरान होकर रूस से पूछता है।

रूस यह सुनकर एक क्षण के लिए चुप हो जाता है।

जब मैने जाना कि तुम पिता बने हो और तुम्हारे घर एक प्यारा सा बेटा पैदा हुआ है। तो मै फौरन तुमसे मिलने आ गया। रूस त्रिलोक की तरफ देखते हुए कहता है।

ओह....। तो तुम्हे पहले ही पता चल गया था। त्रिलोक गर्दन हिलाते हुए कहता है।

रूस जवाब मे केवल हूं..... का हुनकारा भरता है।

पर उसके चहरे पर खुशी कम और परेशानी ज्यादा दिखाई दे रही है। जिसे कुछ ही समय बाद त्रिलोक भाप लेता है।

क्या बात है रूस ? तुम कुछ परेशान लग रहे हो। त्रिलोक रूस से पूछता है।

यह वह मुस्कुराहट है ही नही जो तुम्हारे चहरे पर खुशी मे होती है। क्या तुम मुझसे कुछ छुपा रहे हो ?

रूस त्रिलोक के मुँह से यह बात सुनकर ठंडी निगाहो से उसकी तरफ देखता है और फिर कुछ देर तक कमरे मे खामोशी छायी रहती है।

अब त्रिलोक के चहरे पर भी चिन्ता का भाव साफ नजर आ रहा है।

त्रिलोक वैसे तो ये सही वक्त नही है इस बात को करने का। अचानक से खामोशी को तोड़ते हुए रूस बोलता है। जो बात मै तुमसे कहना चाहता हूं। क्योंकि यह वक्त तुम्हारी जिन्दगी का सबसे खूबसूरत वक्त है।

पर.....। रूस बोलता–बोलता बीच मे चुप हो जाता है और त्रिलोक की आँखो मे देखता रहता है जिनमे डर साफ नजर आ रहा है।

पर क्या रूस ? मुझे साफ–साफ बताओ। त्रिलोक लडखडाती जबान से रूस से पूछता है।

पर अगर ये बात अभी ना कही गयी तो शायद बहुत देर हो जाएगी। रूस फिर से बोल उठता है।

यह बात बोलते हुए रूस की जबान लडखडा रही होती है और उसके चहरे पर एक अजीब सा डर आ जाता है।

ऐसी क्या बात है ? त्रिलोक घबराकर रूस से पूछता है। मुझे साफ–साफ बताओ । प्लीज।

त्रिलोक खुशी का माहौल है और तुम्हारा खुश होना भी स्वभाविक है। पर तुम्हारे जीवन मे ये खुशी ज्यादा देर के लिए नही है। रूस त्रिलोक की तरफ देखकर कहता है।

क्या मतलब है तुम्हारा रूस ? क्या जानते हो तुम ? प्लीज मुझे साफ–साफ बताओ। त्रिलोक घबराकर रूस से पूछता है।

त्रिलोक शायद तुम अपनी खुशी मे कुछ भूल रहे हो। कुछ ऐसा जो शायद तुम्हे नही भूलना चाहिये। यह कहते हुए रूस की आँखो मे आँसु छलक जाते है।

क्या जानते हो तुम ? रूस के मुँह से यह बात सुनकर और उसकी आँखो मे आँसु देखकर त्रिलोक दोबारा उससे पूछता है। बताओ मुझे जल्दी। इतना कहते हुए त्रिलोक की आँखो से आँसु निकल जाते है।

त्रिलोक शायद बुरा वक्त दस्तक दे रहा है। इतना कहते हुए रूस अपने हाथो की मुट्ठी बन्द करके अपने हाथो को त्रिलोक के सामने बढा देता है।

त्रिलोक घबराकर रूस की तरफ देखता है और फिर अपने हाथ तेजी से बढाकर रूस के हाथो की बन्द मुट्ठी को छूता है।

रूस के हाथ छूते ही त्रिलोक की आँखे बाहर आ जाती है और उसके चहरे पर चिन्ता तान्डव करने लगती है। वह बहुत घबरा जाता है।

कुछ समय बाद त्रिलोक अपने हाथ रूस के हाथो से हटाता है। इस समय त्रिलोक एकदम से चुप है और बेचैनी से रूस की तरफ देख रहा है। वह बहुत उदास और चिन्ता मे है। उसकी आँखो मे आँसु भरे है और उसका शरीर ढीला पड गया है। वह सोफे पर कमर लगाकर पीछे की तरफ बैठ जाता है।

सम्भालो अपने आप को त्रिलोक। हम यौद्धा है। हमे हर परिस्थिती मे मजबूत बने रहना है।

त्रिलोक रूस की बात का कोई जवाब नही देता और चुप–चाप बैठा सोच मे डूबा रहता है।

अब क्या होगा ? कुछ देर बाद खामोशी को तोड़ते हुए त्रिलोक बोलता है। हमे क्या करना चाहिए रूस ? त्रिलोक सोफे से उठते हुए कहता है।

अब बस एक ही रास्ता है। इतना कहते ही रूस भी सोफे से उठ जाता है।

तुम जानते हो हम ज्यादा कुछ नही कर सकते। पर हाँ कुछ है जो हो सकता है। रूस, त्रिलोक को समझाते हुए कहता है। तुम बच्चे को लेकर बाहर आ जाओ। मै कमरे के बाहर तुम्हारा इंतजार कर रहा हूं।

इतना कहकर रूस, त्रिलोक का कन्धा थपथपाते हुए कमरे से बाहर चला जाता है और त्रिलोक सोच मे डूबा कमरे मे ही खड़ा रह जाता है।

पूर्णिमा बहुत गहरी नींद मे सो रही है। उसे ये तक नही पता कि रूस कमरे मे आया था और त्रिलोक और रूस काफी देर से बात कर रहे थे।

कमरे की दीवार पर लगी घड़ी मे सुबह के 5 बजकर 15 मीनट हुई है। त्रिलोक अपने विचारो मे डूबा हुआ पूर्णिमा की तरफ बढता है और धीरे से बच्चे को गोद मे उठा लेता है। कपड़े मे लिपटे बच्चे को लेकर वह कमरे से बाहर की तरफ चलता है और कमरे के बाहर गलिहारे मे खड़े रूस के पास पहुँच जाता है। इस समय कमरे के बाहर के गलिहारे मे कोई नही है। केवल रूस और

त्रिलोक आमने–सामने खड़े है। कपड़े मे लिपटा बच्चा त्रिलोक की गोद मे है।

मौसम का हाल और बिगड़ गया है। बहुत जोरो से बारिश हो रही है। जिससे ठंड और ज्यादा बढ गई है। आसमान मे बिजली बार–बार जोरो से कड़क रही है।

तभी कमरे के अन्दर अपने बिस्तर पर सोई हुई पूर्णिमा की आँख खुलती है। वह अपने पास बच्चे को लेटा ना देखकर घबरा जाती है और तेजी से अपने बिस्तर पर बैठ जाती है। पूर्णिमा बहुत परेशान लग रही है। तभी कमरे मे एक नर्स आती है।

नर्स मेरा बच्चा कहाँ है ? पूर्णिमा घबराकर नर्स से कहती है।

क्या ? बच्चा। ये बात सुनकर नर्स भी घबरा जाती है और फौरन कमरे के बाहर झांक्कर देखती है। उसे बाहर गलिहारे मे त्रिलोक खड़ा दिख जाता है।

सर, मैडम बच्चे को मांग रही है। नर्स त्रिलोक को आवाज लगाते हुए कहती है। आप अन्दर आ जाए।

इस समय त्रिलोक गलिहारे मे अकेला खड़ा है। रूस वहाँ से जा चुका है। बच्चा त्रिलोक की गोद मे है और त्रिलोक की आँखे आँसुओ से भरी हुई है। वह बहुत उदास है।

नर्स की बात सुनकर त्रिलोक फौरन अपनी आँखो के आँसु पूछता है और अपने चहरे पर बनावटी मुस्कुराहट

लाकर कमरे की तरफ बढता है और पूर्णिमा के पास कमरे मे लोट आता है।

कहाँ चले गये थे आप बच्चे को लेकर ? नाराज होते हुए पूर्णिमा, त्रिलोक से कहती है। मै तो डर ही गयी थी कि ना जाने बच्चा कहाँ चला गया।

इसमे डरने वाली क्या बात है। त्रिलोक बनावटी हँसी के साथ पूर्णिमा से कहता है। मै बाहर ही था।

बच्चा रोने लगा था तो मै इसे चुप कराने के लिए बाहर ले गया। त्रिलोक पूर्णिमा से झूठ बोल देते है।

कुछ देर बाद बारिश रूक जाती है और सूरज की लाली चारो तरफ फैल जाती है। अब मौसम बिल्कुल साफ हो गया है। तकरीबन सुबह के 10 बजे पूर्णिमा के माता–पिता कमरे मे प्रवेश करते है। इस समय पूर्णिमा बिस्तर पर बैठी है और बच्चा उसकी गोद मे है। त्रिलोक भी पलंग के पास एक स्टूल पर बैठा है और दोनो बच्चे को खिला रहे है। पूर्णिमा अपने माता–पिता को वहाँ देखकर बहुत खुश हो जाती है। त्रिलोक स्टूल से उठकर उनका स्वागत करता है और आगे बढकर दोनो के पैर छूता है।

पूर्णिमा के माता–पिता सबसे पहले अपने नाती को देखते है और उसे देखकर बहुत खुश हो जाते है। अब त्रिलोक चाय–नाश्ता मंगा देता है। सभी साथ मे चाय पीते है।

पूर्णिमा की माँ सन्तोष देवी लगभग 55 साल की औरत है। इसका रंग गोरा है । आँखे बडी और काली

है। चहरे पर कुछ झुर्रीया है। चहरा गोल है । आँखो पर चश्मा है। बाल कुछ सफेद कुछ काले है। इन्होने साड़ी पहन रखी है।

पूर्णिमा के पिता जगदीश प्रसाद जी 60 या 65 साल के एक स्वस्थ पुरूष है। आँखे बडी और काली है। सिर पर कुछ ही बाल है अधीकतर बाल उड चुके है। आँखो पर चश्मा है। इन्होने पेन्ट–सर्ट पहन रखी है।

चाय–नाश्ता करने के बाद सन्तोष जी पूर्णिमा के पास एक कुर्सी पर बैठ जाती है और पूर्णिमा अपनी माँ से बाते करने लग जाती है। पूर्णिमा के पिता सोफे पर बैठकर त्रिलोक से बाते कर रहे है। सभी बहुत खुश है।

कुछ समय बाद पूर्णिमा की माँ थैले से मिठाई का एक डिब्बा निकालती है और पूर्णिमा के पास से खडे होकर त्रिलोक के पास जाती है और डिब्बे को त्रिलोक को देती है। इस समय सभी बहुत खुश है। कुछ घंटो बाद पूर्णिमा के माता–पिता वहाँ से चले जाते है। उनके जाने के बाद त्रिलोक और पूर्णिमा दोबारा बच्चे को खिलाने लग जाते है।

अध्याय तीन

बहुत बुरा हादसा

बारिश होने के बाद आसमान खुला और तेज धूप के कारण दिन थोडा सही रहा पर शाम होते–होते फिर से ठंड सभी को महसूस होने लगी। त्रिलोक डॉक्टर पवन के रूम मे बैठा है और उनसे बात कर रहा है। दोनो के सामने मेज के बीच मे एक मिठाई का डिब्बा खुला रखा है। त्रिलोक और पवन दोनो ही मिठाई खा रहे है। त्रिलोक डॉक्टर पवन से पूर्णिमा और बच्चे को घर ले जाने की बात कर रहा है। तभी उस कमरे मे डॉक्टर शालीनी आती है।

ओहो.... । तो तुम यहाँ हो। शालीनी त्रिलोक को वहाँ बैठा देखकर कहती है।

हाँ। और तुम्हारा ही इंतजार कर रहे है। त्रिलोक शालीनी की तरफ देखते हुए कहता है। लो सबसे पहले मिठाई लो। त्रिलोक मिठाई का डिब्बा हाथ मे उठाकर शालीनी की तरफ बढाता है।

शालीनी हाथ बढाकर मिठाई उठाती है और फिर त्रिलोक के बराबर मे बैठकर मिठाई खाने लगती है।

शालीनी, क्या अब मै पूर्णिमा को घर ले जा सकता हूं ? त्रिलोक शालीनी से पूछता है।

हममममम। शालीनी एक लम्बी पर हल्की सी आवाज करती है।

मै अभी–अभी पूर्णिमा और बच्चे को ही देखकर आ रही हूं। शालीनी, पवन और त्रिलोक को बताती है। दोनो ही पूरी तरह से स्वस्थ है। तो इसलिए घर ले जाने मे कोई परेशानी नही है।

शालीनी के मुँह से ये बात सुनकर त्रिलोक के चहरे पर एक बड़ी सी मुस्कान आ जाती है।

ठीक है। तो मै पूर्णिमा के पास जाकर घर जाने की तैयारी करता हूं।

ठीक है । शालीनी मुस्कुराकर कहती है। और कुछ पेपर त्रिलोक की तरफ बठा देती है। त्रिलोक इनपर तुम्हारे साईन की जरूरत है।

ओ हाँ, त्रिलोक फौरन उन पेपर को हाथ मे लेता है और पैन निकालकर उनपर साईन करके शालीनी को लौटा देता है।

ठीक है अब मै चलता हूं। त्रिलोक अपनी कुर्सी से उठता है और पवन और शालीनी से हाथ मिलाता है ।

अब वह कमरे का दरवाजा खोलकर सीधा पूर्णिमा के कमरे की तरफ चला जाता है। रास्ते मे उसे काफी लोग मिलते है। जिनमे कुछ मरीज और कुछ डॉक्टर होते है। त्रिलोक के चहरे पर खुशी और परेशानी का मिला–जुला भाव है। ऐसा लग रहा है कि कुछ ऐसा है जो उसे अन्दर ही अन्दर परेशान कर रहा है। त्रिलोक अपनी

परेशानी को छुपाने की बहुत कोशिश कर रहा है और काफी हद तक वह कामयाब भी हो रहा है। उसके चहरे पर मुस्कान है और वो सभी को खुश होकर देख रहा है।

त्रिलोक जल्द ही पूर्णिमा के पास पहुँच जाता है। पूर्णिमा अपने बिस्तर पर लेटी है और बच्चे को दूध पिला रही है।

त्रिलोक के अन्दर आने की आहट सुनकर वह लेटे हुए ही पलटकर देखती है।

कहाँ चले गए थे तुम ? पूर्णिमा त्रिलोक को देखते ही थोडा नाराज होकर उससे कहती है। मै कब से तुम्हारा इंतजार कर रही हूं। कुछ देर पहले डॉक्टर शालीनी आयी थी और वो हम दोनो को चैक करके गई थी। उनका कहना है कि हम दोनो ही ठीक है।

तो हम घर कब जा रहे है। पूर्णिमा बीच मे बोलना बन्द करके एक छोटी सी सांस लेकर दोबारा कहती है।

त्रिलोक पूर्णिमा के पास चुप खड़ा ये सब सुन रहा होता है और पूर्णिमा के चुप होने का इंतजार कर रहा होता है।

अगर तुम चुप हो जाओ तो मै कुछ बता पाऊंगा। त्रिलोक होठ भीचकर पूर्णिमा से कहता है। पूर्णिमा ये सुनकर एकदम चुप हो जाती है। तुम्हे छुट्टी मिल गई है और हम घर चल रहे है।

यह सुनकर पूर्णिमा बच्चे को अपने से हटाकर बैठ जाती है और तभी त्रिलोक एक दवाई निकालकर पूर्णिमा के हाथ पर रख देता है।

लो पहले दवाई खा लो फिर हम घर चलते है। त्रिलोक पूर्णिमा को पानी से भरा गिलास देते हुए कहता है।

पूर्णिमा पानी का गिलास पकड़ती है और दवाई को मुँह मे रखकर पानी पी लेती है।

अब वह अपने बिस्तर से उठती है और बच्चे को गोद मे उठा लेती है। जो एक गुलाबी कपड़े मे लिपटा हुआ है।

त्रिलोक आगे बठकर कमरे का दरवाजा खोलता है और फिर पूर्णिमा कमरे से बाहर आ जाती है। त्रिलोक भी उसके पीछे बाहर आ जाता है। दोनो दरवाजे से निकलकर बाई तरफ मुडते है और पास मे ही लगी लिफट मे प्रवेश कर जाते है। कुछ ही देर बाद दोनो नीचे के फलोर पर होते है।

अब शालीनी और पवन से मिलकर हम घर चलते है। लिफट से निकलते हुए त्रिलोक पूर्णिमा से कहता है। ठीक है। पूर्णिमा गर्दन हिलाते हुए कहती है।

त्रिलोक और पूर्णिमा डॉक्टर पवन के ऑफिस की तरफ बढते है। आगे बढकर त्रिलोक दरवाजा खोलता है। अभी भी पवन और शालीनी वही बैठे बात कर रहे है। त्रिलोक और पूर्णिमा बच्चे को लेकर पवन के ऑफिस मे

प्रवेश करते है। जिन्हे देखते ही पवन और शालीनी खड़े हो जाते है।

ओ.....तो घर जा रहे हो। शालीनी त्रिलोक और पूर्णिमा की तरफ देखते हुए कहती है।

हाँ। सोचा जाते हुए तुमसे मिल ले। त्रिलोक फौरन बोल उठता है।

अब त्रिलोक और पूर्णिमा ऑफिस से बाहर निकलते है और उनके पीछे पवन और शालीनी भी बाहर आ जाते है।

ठीक है। तो कल मिलते है। त्रिलोक, पवन और शालीनी की तरफ देखकर कहता है। जिसके जवाब मे दोनो के चहरे पर एक मुस्कान होती है।

अब त्रिलोक और पूर्णिमा बच्चे को लेकर अस्पताल से बाहर निकल जाते है और अपनी कार की तरफ बढते है। त्रिलोक आगे बढकर कार का पीछे का दरवाजा खोलता है और फिर पूर्णिमा सम्भालकर कार मे बैठ जाती है। बच्चा उसकी गोद मे होता है। पीछे का दरवाजा बन्द करके त्रिलोक कार के आगे का दरवाजा खोलता है और ड्राईवर सीट पर बैठ जाता है।

तुम ठीक से बैठी हो ना ? त्रिलोक पीछे मुडकर पूर्णिमा से पूछता है।

हाँ। गर्दन हिलाते हुए पूर्णिमा जवाब देती है।

अब त्रिलोक कार को अपने घर की तरफ दौड़ा देता है।

कुछ देर बाद गाड़ी सुमसान रास्ते पर पहुँच जाती है। रास्ते पर इस समय त्रिलोक की कार के अलावा कोई दूसरा वाहन नही है। अचानक से मौसम दोबारा से खराब होना शुरू हो जाता है। चारो ओर से काले बादल फिर से घिर आते है। आसमान मे जोरो से बिजली कड़कने लगती है और तेज हवा के साथ जोरो से बारिश शुरू हो जाती है। मौसम इतनी तेजी से बदलता है कि ये सब केवन 10 मिनट मे हो जाता है ।

मौसम के अचानक इस बदलते मिजाज से त्रिलोक घबरा जाता है और उसका चहरा सन पड़ जाता है। परेशानी उसके चहरे पर दिखाई देने लगती है।

ये अचानक से मौसम कैसे बदल गया ? पूर्णिमा बिजली कडकने की आवाज सुनकर और तेज बारिश को देखते हुए त्रिलोक से पूछती है।

हाँ...। पूर्णिमा की बात सुनकर त्रिलोक एकदम से चौंक्कर जवाब देता है। त्रिलोक बहुत घबरा रहा है इसलिए वह पूर्णिमा की तरफ नही देखता।

तुम चिन्ता मत करो हम कुछ ही देर मे घर पहुँच जाएंगे। त्रिलोक पूर्णिमा को समझाते हुए और उससे अपनी घबराहट छुपाते हुए कहता है। तुम आराम से आँखे बन्द करके बैठो इससे तुम्हे आराम मिलेगा।

अस्पताल से निकलने से पहले त्रिलोक ने पूर्णिमा को जो दवाई दी थी उसके कारण पूर्णिमा सुस्त हो गई है और उसकी आँखे बन्द हो रही है। त्रिलोक की बात

सुनकर पूर्णिमा आराम से आँखे बन्द करके बैठ जाती है। बच्चा उसकी गोद मे होता है।

कार लगातार तेजी से चल रही है। कुछ दूर ओर चलने के बाद त्रिलोक देखता है कि कार से कुछ दूरी पर कोई आदमी सड़क के बीचो–बीच चल रहा है। इसने काले रंग का रेन कोट पहना हुआ है और सिर पर एक काले रंग की हैट लगा रखी है। त्रिलोक जोरो से हॉरन बजाता है पर सड़क पर चलने वाला आदमी सड़क से नही हटता। धीरे–धीरे कार और उस आदमी के बीच का फासला कम होता जा रहा है और त्रिलोक जोरो से हॉरन बजा रहा है पर उस इंसान को कोई फर्क नही पड रहा है। वह लगातार सड़क के बीच चल रहा है।

बार–बार हॉरन की आवाज सुनकर पूर्णिमा परेशान हो जाती है।

क्या हुआ ? पूर्णिमा त्रिलोक से पूछती है। आप ऐसे हॉरन क्यो बजा रहे हो ? कोई परेशानी है क्या ?

हाँ। त्रिलोक थोड़ा अटकते हुए जवाब देता है। कोई आदमी सड़क के बीच चल रहा है और हॉरन बजाने पर भी नही हट रहा है।

इस समय कार और उस आदमी के बीच केवल 30 फीट का फासला होता है कि तभी अचानक से वह सड़क पर चलने वाला आदमी सफेद रंग के तेज प्रकाश मे बदल जाता है और ये तेज प्रकाश तेजी से कार की तरफ बढता है। प्रकाश और कार दोनो एक–दुसरे की तरफ आ रहे है और फिर तेजी से प्रकाश कार के आगे

के शीशे से कार मे घुस जाता है और कार के पीछे के शीशे से बाहर निकल जाता है।

अचानक से तेज प्रकाश के कारण त्रिलोक की आँखे चुनधिया जाती है और वह कुछ भी देख नही पाता कि सड़क पर क्या है। और इसी कारण उसकी कार अपना सन्तुलन खो बैठती है और सड़क से उतरकर सड़क के किनारे लगे एक पेड से जा टकराती है। टकराव इतना तेज होता है कि पेड की अनेको शाँखाए कार पर टूट कर गिर जाती है और कार बुरी तरह दब जाती है।

त्रिलोक का सिर कार के स्टेयरिंग से टकराता है और वह कार की खिड़की से बाहर देखता हुआ बेहोश हो जाता है। त्रिलोक का सिर कार के स्टेयरिंग पर होता है।

पूर्णिमा को भी तेज झटका लगता है और बच्चा उसकी गोद से नीचे गिर जाता है। पूर्णिमा बेहोश हो जाती है पर बेहोश होने से पहले वह किसी आदमी को दूर खड़ा हुआ देखती है पर बेहोशी के कारण उसे साफ–साफ नही देख पाती। उसे वह आदमी धुंधला सा दिखाई पडता है और फिर पूर्णिमा बेहोश हो जाती है।

अगले दिन सुबह पूर्णिमा की आँख खुलती है तो वह अस्पताल मे होती है । उसके सिर पर पट्टी बंधी होती है। वह चौंक्कर अपने बिस्तर पर बैठ जाती है। इसकी सांसे तेज होती है और उसके चहरे पर घबराहट होती है। पूर्णिमा बैठते ही चारो तरफ नजर दौड़ती है। वह अपने बच्चे को खोज रही होती है। तभी वह देखती है

कि बच्चा उसके पलंग के पास ही एक पालने मे लेटा हुआ है । जो अभी सो रहा है । इतने बडे एक्सीडेंट मे बच्चे को एक खरोच तक नही होती और वह बिल्कुल ठीक होता है।

पूर्णिमा को यू अचानक से उठता हुए देखकर नर्स उसके पास आती है।

मैडम प्लीज आप अभी लेट जाओ। नर्स पूर्णिमा से आग्रह करते हुए कहती है। आप अभी बहुत कमजोर है।

मैरे पति कहाँ है ? पूर्णिमा घबराकर नर्स से पूछती है और इधर–उधर देखने लगती है। मै अपने पति से मिलना चाहती हूं।

मैडम आप लेट जाए। नर्स पूर्णिमा को समझाते हुए कहती है। जिसने पूर्णिमा के दोनो कंधो को हाथो से पकडा हुआ है और उसे पलंग पर लेटाने की कोशिश कर रही है। डॉक्टर त्रिलोक दूसरे कमरे मे है और वो बिलकुल ठीक है। हम जल्द ही आपको उनसे मिलवा देंगे।

तो ठीक है मै अभी उनसे मिलना चाहती हूं। पूर्णिमा की नजर नर्स के चहरे पर होती है और वह ज़िद करते हुए नर्स से कहती है।

आप उनसे अभी नही मिल सकती। नर्स पूर्णिमा को समझाते हुए कहती है। पर वो बिलकुल ठीक है और दूसरे कमरे मे है। नर्स पूर्णिमा को बिस्तर पर लेटाने की पूरी कोशिश कर रही है और इस बार उसकी कोशिश कामयाब हो जाती है। कुछ देर बाद पूर्णिमा अपने बिस्तर

पर लेट जाती है पर त्रिलोक से मिलने की बेचैनी उसके चहरे पर साफ नजर आ रही है।

पूर्णिमा को बिस्तर पर लेटाने के बाद नर्स पास मे लगे फोन से फोन करती है और कहती है कि पूर्णिमा मैडम को होश आ गया। इतना कहने के बाद वो फोन रख देती है और किसी काम मे लग जाती है।

तभी पूर्णिमा के माता–पिता कमरे मे प्रवेश करते है। पूर्णिमा की माँ की आँखो मे आँसु होते है। पूर्णिमा अपने माता–पिता को वहाँ देखकर दोबारा बैठ जाती है। पूर्णिमा की माँ पूर्णिमा से लिपटकर रोने लगती है। पूर्णिमा के पिता के चहरे पर भी घबराहट होती है।

आप क्या कर रहे है ये ? नर्स पूर्णिमा की माँ को पूर्णिमा से हटाते हुए कहती है। मरीज अभी कमजोर है और आप यू उसके सामने रो रहे है। चलिए ठीक से बैठकर बात कीजिए।

नर्स की बात सुनकर पूर्णिमा की माँ उससे अलग हो जाती है और उसके पास ही बिस्तर पर एक तरफ बैठ जाती है।

मैडम आप लेट जाए। नर्स पूर्णिमा से कहती है।

नर्स की बात सुनकर पूर्णिमा लेट जाती है। उसके पिता कुछ दूर सोफे पर बैठ जाते है। पूर्णिमा अपने माता–पिता की इस हालत को देखकर और सदमे मे आ जाती है।

आप रो क्यो रही है माँ ? पूर्णिमा बिस्तर पर लेटे हुए पूछती है।

मै घबरा गई थी ये खबर सुनकर..... । पूर्णिमा की माँ अपने चहरे से आँसु पौछते हुए कहती है।

माँ जी आप वहाँ सोफे पर बैठ जाए। नर्स पूर्णिमा की माँ को समझाते हुए कहती है।

नर्स की यह बात सुनते ही सन्तोष जी अपने पति की तरफ देखती है और फिर पूर्णिमा के पास से उठकर बच्चे के पालने की तरफ चली जाती है और बच्चे को गोद मे उठा लेती है।

तभी कमरे मे डॉक्टर पवन एक पुलिस ऑफिसर के साथ प्रवेश करते है। उन्हे देखकर सन्तोष जी बच्चे को पालने मे लेटाकर पूर्णिमा के पास आकर खड़ी हो जाती है और जगदीश जी भी सोफे से उठकर पूर्णिमा के बिस्तर के पास आ जाते है।

ये दोनो कौन है ? पुलिस ऑफिसर, डॉक्टर पवन से पूर्णिमा के माता–पिता के लिए पूछते है।

ये पूर्णिमा के माता–पिता है । डॉक्टर पवन ऑफिसर को बताते है।

यह सुनकर ऑफिसर गर्दन हिलाकर हाँ मे इशारा करते है। पूर्णिमा अपने बिस्तर पर बैठ जाती है।

मेरा नाम इन्सपेक्टर दिनेश है। पूर्णिमा के बिस्तर के पास पडे स्टूल पर बैठते हुए ऑफिसर, पूर्णिमा से कहता है। और मै इस केस की तेहकिकात कर रहा हूं।

मै तुमसे जानना चाहता हूं कि रात जब तुम और तुम्हारे पति अस्पताल से घर जा रहे थे तो क्या हुआ था ? दिनेश पूर्णिमा की तरफ देखते हुए उससे यह पूछता है।

मेरे पति कहाँ है ? मै उनसे मिलना चाहती हूं। पूर्णिमा इन्सपेक्टर की बात का जवाब ना देकर पहले उससे सवाल करती है।

इन्सपेक्टर, डॉक्टर पवन की तरफ पलटकर देखते है और फिर एक पल बाद दोबारा पूर्णिमा की तरफ देखते है। पूर्णिमा कुछ ओर कहने के लिए जैसे ही मुँह खोलती है तभी।

वो ठीक है। डॉक्टर पवन बीच मे बोलते है। पहले आप हमे ये बताए कि रात आपकी कार का एक्सीडेंट कैसे हुआ ? फिर आप उनसे मिल सकती है।

यह सुनकर पूर्णिमा एक मिनट के लिए सोच मे पड जाती है। उसके चहरे पर परेशानी और दर्द का मिला–जुला भाव है। सभी की नजर पूर्णिमा की तरफ होती है और इस पल एक लम्बी खामोशी छा जाती है।

ठीक है। मै बताती हूं। कुछ देर बाद पूर्णिमा अचानक से खामोशी को तोड़ते हुए बोलती है।

कल शाम जब मै और मेरे पति बच्चे को लेकर अस्पताल से घर जा रहे थे। तब मै कार मे पीछे की सीट पर बैठी थी। कुछ दूर जाते ही अचानक से मौसम खराब हो गया और जोरो से बारिश होने लगी। मै त्रिलोक के कहने पर आँखे बन्द करके बच्चे को गोद मे

लेकर बैठी थी। कुछ देर बाद त्रिलोक ने जोरो से हॉरन बजाना शुरू किया। जिससे मुझे परेशानी लगी तब मेरे पूछने पर उन्होने मुझे बताया कि कोई आदमी सड़क के बीच चल रहा है और हॉरन बजाने पर भी हट नही रहा है। उन्होने मुझे फिर से आँख बन्द करके आराम करने के लिए कहा और फिर मै जैसे ही आँखे बन्द करके बैठी कि अचानक से तेज रोशनी हुई और कार का सन्तुलन बिगड गया फिर हमारी कार एक पेड से जा टकरायी। टकराव के कारण बच्चा मेरी गोद से नीचे फिसल गया और फिर मै बेहोश हो गयी।

इतना कहने के बाद पूर्णिमा चुप हो जाती है और सभी बडी ही गम्भीरता से उसे देख रहे होते है।

बस इतना ही ? इन्सपेक्टर चौंक्कर पूर्णिमा से पूछता है। क्या और कुछ याद नही है आपको ? कि इसके बाद क्या हुआ ?

इन्सपेक्टर की बात सुनकर पूर्णिमा अपनी आँखे बन्द कर लेती है और सोचने लगती है। उसके हाथ उसके चहरे पर आँखो के ऊपर होते है।

हाँ । एक बात और है। पूर्णिमा अचानक से अपने चहरे से हाथ हटाते हुए कहती है। मैने बेहोश होने से पहले वहाँ किसी को देखा था। पर मै उसे साफ नही देख पायी और बेहोश हो गयी।

यह सब सुनकर इन्सपेक्टर सोच मे पड जाता है और स्टूल से उठकर खड़ा हो जाता है।

अब आप बताओ मेरे पति कहाँ है ? पूर्णिमा बहुत ही परेशान होकर पूछती है।

इन्सपेक्टर और डॉक्टर मे से कोई भी जवाब नही देता।

वो ठीक तो है ? पूर्णिमा एक लम्बी आह भरते हुए कहती है और यह कहते हुए पूर्णिमा रोने लगती है।

एक सवाल और है। तभी इन्सपेक्टर दोबारा कह उठता है। क्या त्रिलोक उस एक्सीडेंट के बाद कार से बाहर निकले थे।

मुझे नही पता। पूर्णिमा लगभग चिल्लाकर यह कहती है। मैने कहा ना मै बेहोश हो गयी थी। मुझे इसके अलावा कोई जानकारी नही है। आप बस मुझे ये बताओ मेरे पति कहाँ है ? और वो कैसे है ? मै उनसे मिलना चाहती हूं। ये सब कहते हुए पूर्णिमा जोरो से रो पडती है।

पूर्णिमा कि ऐसी हालत देखकर सन्तोष जी फौरन उसके पास बैठकर उसके कन्धे पकड लेती है और उसे सम्भालने की कोशिश करती है। जबकी उनकी आँखो से भी आँसु पानी की तरह बह रहे होते है।

डॉक्टर पवन और इन्सपेक्टर दिनेश दोनो की नजर आपस मे मिलती है । और तभी.........

माफ करना मैडम, पर आपके पति अब इस दुनिया मे नही है। इन्सपेक्टर दिनेश बहुत तेजी से यह बात कह देते है।

यह सुनकर पूर्णिमा एक पत्थर की मूर्ति की तरह स्थिर रह जाती है। उसकी आँखे सदमे से बाहर आ जाती है। पूर्णिमा के माता–पिता की आँखे भी सदमे से बाहर निकल जाती है।

कल रात एक्सीडेंट मे उनकी मौत हो गयी और उनका शव कार से बहुत दूर सड़क पर पडा मिला।

यह सब सुनते ही पूर्णिमा की माँ जोरो से रोने लगती है। पूर्णिमा के पिता वही जमीन पर एक झटके मे बैठ जाते है और पूर्णिमा कुछ देर तक पलक भी नही झपकाती।

अब इन्सपेक्टर दिनेश तेजी से कमरे से बाहर चले जाते है। तभी पूर्णिमा बैठे–बैठे एकदम से अपने बिस्तर पर पीछे की तरफ गिर जाती है और उस कमरे मे उसके माता–पिता की रोने की आवाज का कोहराम मच जाता है।

डॉक्टर पवन और नर्स फौरन पूर्णिमा की तरफ दौड पडते है और उसे सम्भालते है जो इस समय पूरी तरह से बेहोश है और उसका शरीर एक मृत व्यक्ति के समान लग रहा है। पूर्णिमा की माँ डॉक्टर की बहुत कोशिश के बाद पूर्णिमा को छोडती है और फिर डॉक्टर पूर्णिमा को इन्जेक्शन लगाते है।

पूरे एक घंटे बाद पूर्णिमा को होश आता है। वह अपनी आँखो को हल्के से खोलकर देखती है । डॉक्टर और नर्स उसे घेरे खड़े है। उसके माता–पिता दूर सोफे

पर बैठे होते है। जो उसे होश मे आता देख उठकर उसकी तरफ आते है।

कुछ देर तक डॉक्टर, पूर्णिमा का चेकअप करते है और फिर पूर्णिमा के पिता को बताते है जो कि पास मे ही खड़े है कि पूर्णिमा पूरी तरह से ठीक है। अब शालीनी और पवन के अलावा बाकी डॉक्टर और स्टाफ वहाँ से चला जाता है।

डॉक्टर शालीनी जो पूर्णिमा के पास ही खड़ी है उसे समझाती है। पूर्णिमा के पिता भी उसे समझाते है पर पूर्णिमा की माँ एकदम चुप खड़ी होती है।

पूर्णिमा धीरे से अपने बिस्तर पर बैठ जाती है। उसकी आँखो से आँसु बह रहे होते है। तब पूर्णिमा की माँ पालने मे से बच्चे को अपनी गोद मे उठाती है और फिर पूर्णिमा की तरफ बढती है। वह बच्चा पूर्णिमा की गोद मे देती है।

इस समय कमरे मे मौजूद हर इंसान की आँखो मे आँसु होते है।

आप त्रिलोक को कब देखना चाहेगे। डॉक्टर पवन अटकते हुए धीरे से बोलते है।

अभी। पूर्णिमा के पिता फौरन बोल उठते है।

ठीक है तो आप सभी को मै कुछ देर मे बुलाता हूं। इतना कहकर डा0 पवन और शालीनी वहाँ से चले जाते है।

तकरीबन आधे घंटे बाद पूर्णिमा और उसके माता–पिता को बुलाने एक वॉड बॉय आता है। पूर्णिमा जाने के लिए अपने बच्चे को गोद मे उठाती है।

मैडम आप इसे वहाँ नही ले जा सकती। कमरे मे मौजूद नर्स पूर्णिमा से कहती है। आप बच्चे को यही छोड़ जाए मै इसका ख्याल रखूंगी।

पूर्णिमा नर्स की बात मान जाती है और फिर अपने माता–पिता के साथ वहाँ से चली जाती है। कुछ देर बाद तीनो वॉड बॉय के साथ एक कमरे मे पहुँचते है जो बहुत बड़ा कमरा है। वहाँ पर उन्हे डॉक्टर पवन खड़े मिलते है जिनके साथ एक और डॉक्टर भी होता है जिसे पूर्णिमा नही जानती है। उस कमरे मे अनेको पलंग होते है जिनपर से कुछ पर लाशे होती है और सभी सफेद कपडे से ढकी होती है। डॉक्टर पवन और उनका साथी पूर्णिमा और उसके माता–पिता को एक पलंग की तरफ इशारा करके ले जाते है।

पूर्णिमा और संतोष जी की आँखो से आँसु लगातार बह रहे होते है। जबकी जगदीश जी के चहरे पर कोई भाव नही होता। वो एकदम से चुप है और कमरे मे इधर–उधर देख रहे है।

तभी आगे बढकर डॉक्टर पवन धीरे से पलंग पर पडे शव के ऊपर से कपड़ा हटाते है। कपड़ा हटते ही पूर्णिमा की जोरो से चीख निकल जाती है और वो जोरो से रोने लगती है। यही हाल संतोष जी का भी होता है। जगदीश जी की आँखो से भी आँसु बह रहे है। पूर्णिमा त्रिलोक के

शव से लिपटकर जोरो से रोने लगती है। डॉक्टर पवन की आँखो से भी आँसु बह रहे है। डॉक्टर पवन पूर्णिमा को समझाते हुए त्रिलोक के शव से हटाते है।

मै आपसे कुछ बात करना चाहता हूं। जगदीश जी की तरफ देखते हुए पवन उनसे कहता है।

हाँ जरूर। अपने चहरे से आँसु पौछते हुए जगदीश जी जवाब देते है।

अब डॉक्टर पवन और जगदीश जी वहाँ से दूर एक कोने मे चले जाते है।

अब आप चाहे तो त्रिलोक को ले जा सकते है। पवन दुख भरी आवाज से जगदीश जी से कहता है।

ठीक है। जगदीश जी गर्दन हिलाते हुए कहते है।

अब जगदीश जी किसी को फोन मिलाते है और बात करते हुए कमरे से बाहर चले जाते है।

कुछ देर बाद पूर्णिमा और उसके माता–पिता एक कमरे मे बैठे होते है और त्रिलोक की बॉडी मिलने का इंतजार कर रहे होते है। तभी वहाँ डॉक्टर पवन आते है।

मै आप सब को एक बात बताना चाहता हूं। डॉक्टर पवन कहते है।

जी कहिए। जगदीश जी जवाब मे कहते है। जबकि पूर्णिमा और उसकी माँ चुपचाप पवन की तरफ देख रहे होते है।

न्यूज मे आयी एक खबर से पता चला है कि जो कुछ त्रिलोक के साथ हुआ है वो एक आतंकवादी हमला था ।

डॉक्टर पवन के मुँह से ये सब सुनते ही सभी चौंक पडते है और अपनी जगह से उठकर खड़े हो जाते है।

क्या कह रहे है आप ? पूर्णिमा की माँ एक चौंके हुए अंदाज मे कहती है।

जिसके जवाब मे पवन केवल गर्दन हिला देते है और पास ही रखा टी.वी. का रिमोट उठाकर टी.वी. चला देते है।

जिसपर न्यूज आ रही होती है कि कल रात विश्व के अनेको देशो मे आतंकवादी हमले हुए और उनमे बेकसूर लोग मारे गए। टी0 वी0 पर तस्वीर भी दिखाई जा रही है जिसमे लोग बहुत डरे हुए दिखाई दे रहे है और कुछ तस्वीरो मे कुछ लोगो के शव जमीन पर पडे है जो बहुत ही अजीब लोग है। उनका पहरावा सामान्य नही है। वे काले दुशाले जैसे कपड़े पहने हुए है। कुछ लोगो के पास लकड़ी की एक फीट लम्बी छड़ी पडी मिली है। न्यूज मे लोगो की प्रतिक्रिया दिखाई जा रही है जिसमे से कुछ लोग मान रहे है कि ये आतंकवादी हमले थे पर कुछ लोग इनहे आतंकवादी हमले मानने से इंकार कर रहे है और कह रहे है कि ये कोई दूसरी दुनिया के लोग है। क्योकि इनका पहरावा बहुत ही अलग है और इनके पास कोई हत्यार न होकर केवल एक लकड़ी की छड़ी का मिलना लोगो की इस दुविधा का कारण है। कुछ ऐसे

भी शव मिले है जो हमारी दुनिया के आम लोगो जैसे ही है।

इतनी खबर सुनने के बाद डॉक्टर पवन टी.वी. बन्द कर देते है। सभी के चहरे पर बहुत ही अजीब सा भाव होता है। जो दुविधा मे लग रहे है। क्योंकि यहाँ भी वही परिस्थिति है जो बाहर दुनिया के लोगो मे है। किसी को भी समझ नही आ रहा है कि इन हमलो का सही कारण क्या है।

ये पुलिस इन्सपेक्टर को डॉक्टर त्रिलोक की बॉडी के पास पड़ी मिली थी। एक लकड़ी की छड़ी को जेब से निकालकर पूर्णिमा की तरफ बढाते हुए डॉक्टर पवन कहते है।

पूर्णिमा हाथ बढाकर उस छड़ी को पकड लेती है। अब डॉक्टर पवन वहाँ से चले जाते है। कुछ देर बाद उन्हे त्रिलोक की बॉडी मिल जाती है और त्रिलोक की बॉडी को अस्पताल से ले जाते समय पूरा अस्पताल का स्टाफ गाड़ी के पास खड़ा होता है। डॉक्टश्र पवन, शालीनी के साथ–साथ पूरे स्टाफ की आँखो मे आँसु होते है।

अब पूर्णिमा और उसकी माँ बच्चे के साथ एक कार मे बैठ जाते है और जगदीश जी त्रिलोक के साथ एम्बुलेंस मे बैठते है। अस्पताल से भी काफी डॉक्टर अपनी कारो मे उनके साथ निकलते है। अब गाड़ी त्रिलोक के घर की तरफ चल देती है और कुछ देर बाद सभी त्रिलोक के घर पर पहुँच जाते है। जैसे ही घर के बाहर पूर्णिमा की

कार रूकती है वह देखती है कि घर पर लोगो की भीड़ लगी होती है। क्योंकि अस्पताल से जाने से पहले ही पूर्णिमा के पिता अपने सभी रिश्तेदारो को फोन करके इस दुखद हादसे के बारे मे बता चुके होते है। पूर्णिमा बच्चे को लेकर अपने माता–पिता के साथ घर के अन्दर चली जाती है। घर का माहौल इस समय बहुत ही शोकाकुल होता है। घर पर आए लोगो मे बहुत से ऐसे लोग होते है जिन्हे पूर्णिमा या उसके माता–पिता कोई जानता ही नही है। इनमे एक बहुत ही बूढा व्यक्ति भी होता है। जिसकी लम्बी सफेद दाढी मुँछे है।

कुछ समय बाद त्रिलोक के शव को पूर्ण हिन्दु रिति–रिवाजो के साथ शमशान घाट ले जाया जाता है और त्रिलोक के शव का दहा संस्कार किया जाता है।

धीरे–धीरे वक्त बीतता है और कुछ दिनो तक पूर्णिमा के माता–पिता पूर्णिमा के घर पर ही रहते है और कुछ दिन बाद वो पूर्णिमा और बच्चे को लेकर अपने घर चले जाते है। अब पूर्णिमा अपने माता–पिता के यही रहने लगती है। पूर्णिमा त्रिलोक की मौत के बाद बहुत शान्त रहने लगती है। वो ज्यादा किसी से बात नही करती और अपने मे ही खोई रहती है। पूर्णिमा की माँ समय–समय पर उसे समझाती रहती है।

दिन महीनो मे बदलने शुरू हो जाते है और धीरे–धीरे त्रिलोक की मौत हुए 6 महीने हो जाते है। इन 6 महीनो मे पूर्णिमा मे भी कुछ बदलाव आ जाते है और वह पहले से कुछ सम्भल जाती है। वह अपने बच्चे के साथ खुश रहने की कोशिश करती है और उसका हर तरह से

ख्याल रखती है। अब पूर्णिमा पहले की तरह परिवार मे मिलकर रहने की कोशिश करने लगती है। वह घर के काम मे अपनी माँ की मदद करने लगी है। बच्चा भी 6 महीनो का हो चुका है। पूर्णिमा बच्चे का नाम रोनक रखती है क्योंकि अब उसके जीवन मे केवल उसके बेटे से ही रोनक है।

अध्याय चार

कॉलेज की घटना

यह अक्टूबर माह की एक बहुत ही खूबसूरत सुबह है। दुनिया की हर माँ की तरह पूर्णिमा रोनक को उठाने के लिए जोरो से आवाज लगा रही है। रोनक अपने कमरे मे सो रहा है और पूर्णिमा रसोई मे खाना बना रही है।

त्रिलोक की मौत को 18 साल बीत चुके है। पूर्णिमा अब अपने पति त्रिलोक के घर मे रहती है। पूर्णिमा के माता–पिता अब इस दुनिया मे नही है। पूर्णिमा अपना घर चलाने के लिए एक कम्पनी मे सी. एस. के पद पर नौकरी करती है।

त्रिलोक की कमी तो पूर्णिमा को हमेशा ही खलती है जो कोई भी पूरी नही कर सकता। पर इसके अलावा पूर्णिमा के पास सब कुछ है। वो अपने 18 साल के बेटे के साथ खुशी–खुशी जीवन व्यतीत कर रही है।

पूर्णिमा रोनक को उठाने के लिए रसोई से बार–बार आवाज लगा रही है पर रोनक के कमरे से जवाब मे कोई आवाज नही आ रही है। फिर गुस्से मे आकर पूर्णिमा रसोई का काम बीच मे छोड़कर रोनक के कमरे की तरफ जाती है और जोरो से उसके कमरे का दरवाजा खोलकर अन्दर प्रवेश करती है। दरवाजा दीवार से जोरो से टकराता है। वह देखती है कि रोनक चादर ओढे बिस्तर पर सो रहा है।

उठो रोनक कॉलेज के लिए देर हो जाएगी। पूर्णिमा चिल्लाते हुए रोनक के बिस्तर की तरफ बढती है और एक झटके मे ही रोनक के ऊपर से चादर खीच लेती है।

रोनक जो बिस्तर पर उलटा लेटा हुआ है। अंगडाई लेते हुए करवट बदलकर सीधा होता है और फिर धीरे से बिस्तर पर बैठ जाता है। यह बिस्तर पर बैठकर अपनी आँखे मसल रहा है। चादर पूर्णिमा के हाथ मे होती है।

उठ जाओ बेटा। पूर्णिमा चादर को बिस्तर पर दोबारा फैंकते हुए कहती है।

गुड मॉर्निंग माँ। रोनक मुस्कुराकर पूर्णिमा से कहता है और अपनी आँखो से हाथ हटाता है।

गुड मॉर्निग। एक हल्की सी मुस्कान के साथ पूर्णिमा जवाब मे कहती है। रोनक का चेहरा देखते ही पूर्णिमा का गुस्सा कही उड जाता है।

जल्दी से उठो और तैयार हो जाओ। पूर्णिमा रोनक के बिखरे बालो मे हाथ फैरते हुए कहती है। कॉलेज के लिए देर हो रही है।

इतना कहने के बाद पूर्णिमा रोनक के कमरे से बाहर चली जाती है और रोनक अपने बिस्तर से नीचे उतरकर खड़ा हो जाता है।

रोनक 18 साल का एक खूबसूरत लडका है। जिसकी लम्बाई लगभग 5 फीट 7 इंच है। आँखे बडी और कहारी है। रंग गोरा है बाल काले और घुंघराले है। जो ज्यादा लम्बे तो नही है पर फिर भी उसके माथे पर बालो के

कुछ गुच्छे पडे है। नाक लम्बी और पतली है। चहरा लम्बा है। इसने इस समय काले रंग का लोवर और आसमानी रंग की टी–सर्ट पहन रखी है। अब रोनक कॉलेज मे पढता है और यह रोनक का कॉलेज मे पहला साल है। रोनक को कॉलेज गए अभी कुछ महीने ही हुए है।

बिस्तर से उठने के बाद रोनक सीधे बाथरूम मे चला जाता है। रोनक के कमरे से आने के बाद पूर्णिमा दोबारा रसोई मे नाश्ता बनाने लग जाती है। कुछ देर बाद रोनक तैयार होकर अपने कमरे से निकलता है। इसने ब्लू कलर की जींस और पींक कलर टी–सर्ट पहन रखी है। रोनक कमरे से बाहर निकलकर सीधे डाईनिंग टेबल की तरफ जाता है। पूर्णिमा डाईनिंग टेबल पर नाश्ता लगा रही है। रोनक वहाँ आकर कुर्सी पर बैठ जाता है। पूर्णिमा भी उसके साथ दूसरी कुर्सी पर बैठ जाती है। पूर्णिमा रोनक के लिए एक प्लेट मे नाश्ता लगाकर उसे देती है और फिर अपने लिए प्लेट मे नाश्ता लगाती है। दोनो साथ मे नाश्ता शुरू करते है। नाश्ता करते–करते दोनो बात कर रहे है। कुछ देर बाद रोनक और पूर्णिमा नाश्ता खत्म करते है और पूर्णिमा खाली प्लेटो को लेकर रसोई मे चली जाती है।

ड्राईग रूम की दीवार पर आज भी बहुत सारे फोटो फ्रेम लटके हुए है। जिनमे कुछ फोटो पूर्णिमा और त्रिलोक की है। जो रोनक के पैदा होने से पहले की है और कुछ फोटो रोनक के बचपन की है। कुछ मे पूर्णिमा और रोनक साथ–साथ है।

ठीक है माँ। मै कॉलेज के लिए निकलता हूं। इतना कहते हुए रोनक अपनी कुर्सी पीछे खिसकाता है और कुर्सी से खड़ा हो जाता है।

ठीक है। अपना लंच तो लेते जाओ। पूर्णिमा रसोई से निकलकर उसकी तरफ आते हुए कहती है। लंच का डिब्बा पूर्णिमा के हाथ मे होता है।

नही माँ। मै अब छोटा बच्चा नही हूं। चिडते हुए रोनक पूर्णिमा से कहता है और दूसरी कुर्सी पर पडा अपना बैग उठाकर कंधे पर लटका लेता है। इसके बाद बाय बोलकर रोनक दरवाजे की तरफ चला जाता है।

एक गहरी सांस लेते हुए पूर्णिमा दोबारा रसोई की तरफ बढती है। कुछ देर बाद पूर्णिमा भी घर के दरवाजे का ताला लगाकर अपने ऑफिस के लिए चली जाती है।

कुछ समय बाद रोनक कॉलेज पहुँचता है और बाईक को कॉलेज पार्किंग मे लगाता है। पार्किंग के बाहर कुछ दूरी पर उसके दोस्त खड़े उसका इन्तजार कर रहे होते है। बाईक पार्क करके वह अपने दोस्तो के पास जाता है।

हेलो दोस्तो। कैसे हो तुम सब ? पार्किंग मे से निकलते हुए रोनक अपने दोस्तो की तरफ हाथ हिलाते हुए जोर से कहता है।

हेलो। सभी एक साथ बोलते है। हम सब ठीक है। रोनक अपने दोस्तो के पास जाकर उनसे हाथ मिलाता है। जिनमे दो लड़के और दो लड़किया है।

लड़को मे एक का नाम सैम है जो लगभग 5 फीट 7 इंच लम्बा है। सीना चोड़ा है। आँखे बड़ी और काली है। बाल सीधे और बिखरे हुए है। चहरा सामान्य लम्बा है। रंग सावला है। इसने क्रीम कलर की पेन्ट और काले रंग की टी–सर्ट पहन रखी है।

दूसरे लड़के का नाम सन्नी है। जो कुछ ज्यादा ही दुबला–पतला है। रंग गोरा है, आँखे बड़ी और काली है। कद 5 फीट 6 इंच है। चहरा लम्बा, बाल काले और छोटे है। इसने काले रंग की फॉर्मल पेन्ट और आसमानी रंग की सर्ट पहनी है। यह कुछ ज्यादा ही चनचल स्वभाव का लड़का है।

लड़कियों मे एक का नाम चारू है। जो सन्नी की तरह ही दुबली–पतली है। कद 5 फीट 3 इंच लम्बा है। आँखे काली है जिनपर यह चश्मा लगाए हुए है। रंग गोरा, बाल लम्बे है। इसने कुर्ती और जीन्स पहन रखी है। इसकी नजर काफी तेज है और अगर इसे कोई कुछ कह दे तो समझो की यह उसकी आखरी गलती है। क्योंकि उसके बाद चारू के हाथ पैर और जबान सभी चलने शुरू हो जाते है।

दूसरी लड़की राशी। जो सेहत मे ठीक है । कद 5 फीट 2 इंच लम्बा है। आँखे काली चहरा गोल, बाल लम्बे जो कुछ काले और कुछ सुन्हेरी। इसने जींस और टॉप पहन रखा है।

सैम और सन्नी दोनो ही दिल्ली से है। जबकी चारू हरियाण से और राशी पंजाब से है। जो दिल्ली मे पी जी मे रहती है।

क्या बात है रोनक। चारू रोनक से हाथ मिलाते हुए और आँखो से इशारा करते हुए कहती है। आज तो बडे... ही हेंडसम लग रहे हो।

ये बात चारू के कहते ही राशी भी होठ को दबाकर हँसने लगती है। सैम और सन्नी भी इस बात पर मुस्कुराने लगते है।

थैंक्स। रोनक के चहरे पर एक बड़ी सी मुस्कान आ जाती है और वो सैम की तरफ चहरा घुमाकर आँख मारता है।

अरे बहुत हो गई तारीफ चारू। सन्नी थोडा चिडते हुए कहता है। कभी हमे भी तो हेंडसम बोल दिया करो।

सभी सन्नी की बात सुनकर हँस देते है और कुछ देर बाद सभी क्लास के लिए चले जाते है।

क्लास मे इस समय कोई भी टीचर नही है। सभी बच्चे आपस मे बात कर रहे है और छोटे बच्चो की तरह शोर मचा रहे है। कुछ देर बाद कमरे मे एक टीचर आता है। टीचर को देखकर सब चुप हो जाते है और कमरे मे एक खामोशी छा जाती है।

गुड मार्नींग बच्चो। टीचर एक जोर की आवाज के साथ बच्चो से कहता है।

गुड मार्नींग सर। सभी बच्चे एक साथ कहते है।

तो सभी अपनी किताबे निकाल ले। टीचर अपनी किताब को मेज पर रखते हुए कहते है। आज हम एक बहुत ही महत्त्वपूर्ण टॉपिक पढने जा रहे है। मुझे यकीन है कि ये आपको पसन्द आएगा।

टीचर की उम्र लगभग 40 साल होगी। इन्होने काले रंग की पेन्ट और सफेद रंग की कमीज पहन रखी है। इनका थोडा सा पेट बाहर है। कद सामान्य है। रंग सावला है। आँखो पर चश्मा है। सर के कुछ बाल उड चुके है।

टीचन की बात सुनकर सभी बच्चे किताब निकालने लगते है और कुछ देर बाद ही कमरा एक बहुत ही लम्बी खामोशी मे डूब जाता है। ऐसी खामोशी जिससे लगता है कि टीचर के अलावा शायद कोई कमरे मे है ही नही। क्योंकि टीचर की आवाज के अलावा किसी और की आवाज नही आ रही होती। टीचर लगातार बोलता जा रहा है।

लैक्चर बहुत ही लम्बा होता जा रहा है और सभी बोर होने लगते है। टीचर बीच–बीच मे कुछ समझाने के लिए बोर्ड पर कुछ लिख देता है और फिर दोबारा बोलना शुरू कर देता है। टीचर के लिखे शब्दो से बोर्ड लगभग भर ही चुका है।

रोनक और उसके दोस्त आपस मे एक–दूसरे को देख रहे होते है और अपनी बोरीयत के बारे मे एक–दूसरे को इशारो मे बता रहे होते है कि तभी रोनक को उबासी आती है और वह अपने मुँह पर हाथ लाकर चुटकी

बजाता है। ऐसा करते ही टीचर एक जोकर मे बदल जाता है। जिसने रंग–बिरंगे कपड़े पहने होते है। सिर पर एक टोपी लगी होती है। यह देखकर सभी बच्चे जोरो से हँसने लगते है और टीचर को ये समझ नही आता कि ये सब कैसे हुआ ? वह हँसते हुए बच्चो को जोरो से डाटता है और तेजी से क्लास के बाहर चला जाता है।

पूरी क्लास इस जादू से अचम्भे मे है कि ये हुआ कैसे और किया किसने पर इससे सभी को बहुत ही मजा आया। अध्यापक के वहाँ से जाते ही कलास के सारे बच्चे वहाँ से उठकर बाहर जाने लगते है। सभी इस बारे मे बात कर रहे होते है कि यह सब कैसे हुआ पर कोई भी यह समझ नही पा रहा है।

रोनक और उसके दोस्त भी इस बात से हैरान है पर किसी को भी कुछ समझ नही आ रहा है।

वैसे हुआ कैसे ये तो नही पता पर जिसने भी किया मजा आ गया। चारू हँसते हुए कहती है।

जिससे सुनकर सब हँसने लगते है पर रोनक कुछ परेशान हो जाता है। वो किसी सोच मे डूब गया है। उसे ठीक से याद है कि सब कुछ तब हुआ जब उसे उबासी आयी और उसने ठीक अपने मुँह के सामने एक चुटकी बजायी। पर रोनक किसी को भी ये सब बताना नही चाहता। क्योंकि वह जानता है कि अगर वह यह बात अपने दोस्तो को बताएगा तो वे सभी उसका मज़ाक ही बनाएगे।

चलो केन्टीन चलते है। सन्नी अपनी हँसी को रोकते हुए कहता है। कुछ खाने का मन हो रहा है।

सन्नी की बात से सब सहमत हो जाते है और फिर पाँचो कॉलेज की केन्टीन मे जाते है। पाँचो युवा अवस्था मे है तो ये सब खूब मोज मस्ती करते है। केन्टीन मे पहुँचकर सभी एक गोल मेज के चारो तरफ बैठ जाते है और सभी अपनी–अपनी पसन्द का खाना मंगवाते है।

वैसे ये सब कलास मे किया किसने होगा ? सैम एक–दम से अपनी सीट से उछलता हुआ बोलता है।

सभी सैम की बात सुनकर सोच मे पड जाते है और एकदम खामोशी के साथ एक–दूसरे की तरफ देख रहे होते है।

वैसे सब कुछ जादू जैसा था ना ? चारू खामोशी को तोडते हुए कहती है। जो चहरे से कुछ ज्यादा ही रोमांचित लग रही है।

रोनक चुप–चाप सबकी बाते सुन रहा है पर कोई जवाब नही देता।

तुझे क्या हुआ है ? राशी रोनक की तरफ देखते हुए उससे पूछती है। तू बडा चुप है क्लास के बाद से।

नही। कुछ नही। रोनक एक–दम से चौंक्कर जवाब देता है।

राशी के कहने पर उसे महसूस होता है कि वो काफी देर से बहुत ही ज्यादा चुप बैठा है इसलिए अब सब इस बात को महसूस कर रहे है।

जब चारू कुछ और पूछने के लिए मुँह खोलती है। तभी खाना लेकर एक लडका आ जाता है और वो खाने को मेज पर रखता है। जिससे चारू का ध्यान भटक जाता है और वो अपना सवाल भूलकर खाने मे लग जाती है।

पाँचो एक–दूसरे के साथ खाना खा रहे है। सभी बहुत खुश है और खूब बाते कर रहे है। सभी कुछ पल के लिए क्लास मे हुई घटना को भूल चुके है। रोनक भी अब मुस्कुरा रहा है और अपने दोस्तो के साथ खाना खा रहा है।

उसी समय केन्टीन मे कुछ लम्बे तगडे लडके आते है। जो कॉलेज के बिगडे हुए लडके है। इन्होने कपडे भी अजीब से पहन रखे है। वो सभी एक दूसरी मेज के चारो ओर बैठ जाते है और अपना आर्डर करते है। कुछ ही देर बाद एक लडका उनका आर्डर किया हुआ खाना लेकर उनकी मेज पर पहुँचता है। उनका खाना मेज पर रखने के बाद लडका वहाँ से चला जाता है। रोनक और उसके दोस्त अपनी टेबल पर बैठे है और बात कर रहे है। तभी वो लडके रोनक की दोस्तो की तरफ देखते है। जो बहुत ही खुश होकर आपस मे बात कर रही है और इस समय किसी बात पर हँस रही है।

ऐ.... । उन लडको मे से एक लडका रोनक की दोस्तो की तरफ जोरो से चिल्लाकर बोलता है।

अचानक से बुलाने की आवाज सुनकर रोनक और उसके सभी दोस्त उन लड़को की तरफ पलटते है और

बस एक नजर देखकर फिर से अपने खाने मे लग जाते है।

आ जा हमारे पास.....। उन बिगडे लडको मे से एक लडका चारू की तरफ इशारा करते हुए कहता है।

सभी की नजर एक बार दोबारा उनकी ओर जाती है। चारू का चहरा गुस्से से लाल हो गया है।

क्या है बे ? चारू चिल्लाते हुए उन लड़को से कहती है।

ओह..... सारे लड़के एक साथ आवाज निकालते है।

उन लड़को की इस हरकत से रोनक को भी गुस्सा आ जाता है और वो जैसे ही खड़ा होता है। राशी उसका हाथ पकड़ लेती है।

बैठ जाओ रोनक। राशी धीरे से उससे कहती है। चलो अब हम यहाँ से चलते है। सेम तुम बिल मंगा लो। कोई लड़ाई नही करेगा।

रोनक को बैठाने के बाद राशी चारू से भी चुप रहने के लिए कहती है। सैम आवाज लगाकर बिल मंगा लेता है। सेम की आवाज सुनते ही एक लड़का बिल लेकर आ आता है और फिर बिल पे करके पाँचो वहाँ से बाहर की तरफ चल देते है। रोनक का गुस्सा अब भी सातवे आसमान पर है। वो किसी से बात नही कर रहा है। चारू भी लड़ने के लिए पूरी तरह से तैयार है। उसका चहरा भी गुस्से से लाल है। सैम और सन्नी आगे होते है चारू और राशी बीच मे और रोनक सबसे पीछे।

पाँचो उन लडको के पास से निकलते है। तभी उनमे से एक लड़का जाते–जाते चारू का हाथ पकड लेता है और अपनी जगह खड़ा हो जाता है।

तेरी तो.... हाथ पकडते ही चारू भड़क कर पलटती है। तभी रोनक गुस्से मे आकर चारू के कुछ करने से पहले ही उस लड़के को एक जोर का पंच मार देता है। पंच लगते ही वो लडका अपनी जगह से उडकर बहुत दूर जाकर गिरता है। सभी देखते रह जाते है। उस लड़के के सभी दोस्त वहाँ से डरकर भाग जाते है और वो लडका जिसे रोनक ने पंच मारा था वो भी उठकर लंगडाता हुआ वहाँ से भाग जाता है। केन्टीन का कुछ सामान टूट जाता है।

रोनक के सभी दोस्त और केन्टीन मे मौजूद हर कोई रोनक को देख रहा होता है। रोनक की आँखे एकदम से लाल है जैसे खून उतर आया हो और उसके चहरे पर भयंकर गुस्सा है।

यहाँ से चलो। राशी आगे बठकर रोनक के कंधे पर हाथ रखते हुए कहती है।

अब रोनक तेजी से केन्टीन से बाहर निकल आता है। उसके दोस्त उसके पीछे–पीछे तेजी से आ रहे होते है।

रोनक कॉलेज के पार्क मे जाकर एक बैंच पर बैठ जाता है। उसके सभी दोस्त वहाँ पहुँचते है और उसके पास बैठकर उसे देख रहे होते है। रोनक ये महसूस करता है कि सभी उसे देख रहे है।

क्या है ? रोनक थोडा चिड़ते हुए कहता है। तुम सब मुझे ऐसे क्यो देख रहे हो ?

कुछ नही। कुछ नही। सभी एक साथ कह उठते है और रोनक पर से अपनी नजर हटा लेते है।

चारू और राशी की नजर मिलती है। चारू रोनक के गुस्से को देखकर अब शान्त को गई है और वही सोच रही है जो बाकी सभी सोच रहे है कि रोनक ने ये सब किया कैसे ?

अरे यार रोनक। चारू एकदम से कहती है । उन्हे तो मै ही देख लेती। तूने क्यो पंगा लिया।

चारू की इस बात पर रोनक कोई प्रतिक्रिया नही करता और अपने दोस्तो की तरफ ना देखकर पार्क की घास को ही घूरता रहता है।

रोनक जो हुआ उसे भूल जाओ। राशी रोनक को समझाते हुए कहती है। और अब अपना गुस्सा शान्त करो।

चलो घर चलते है। सन्नी रोनक के कन्धे पर हाथ लगाकर कहता है।

सेम, सन्नी, राशी और अब चारू सभी रोनक को समझाते है। रोनक अपने गुस्से को शान्त करने की कोशिश करता है और सब घर जाने लिए पार्क मे से उठ जाते है।

सभी ने रोनक का गुस्सा शान्त करने के लिए उसे समझा तो दिया पर किसी को भी ये समझ नही आ रहा

कि रोनक ने ये सब किया कैसे ? कैसे उसने उस लड़के को इतनी दूर केवल एक पंच से फेंक दिया। पर इस समय किसी मे भी उससे कुछ भी पूछने की हिम्मत नही है। क्योंकि इस बात से रोनक का मूड बहुत ही ज्यादा खराब है।

पार्क से उठकर सभी कॉलेज के बाहर की तरफ जा रहे होते है। रोनक आगे चल रहा है और उसके दोस्त उसके पीछे। सभी एक–दूसरे की तरफ इशारा कर रहे है कि कोई उससे पूछ ले कि उसने ये सब कैसे किया।

कुछ देर बाद चलते–चलते वो सभी कॉलेज की पार्किंग के पास आ जाते है।

रोनक एक बात पूछू। सन्नी टूटी हुई आवाज मे अटक कर कहता है। उसके चहरे पर अंजाना सा डर होता है कि शायद रोनक चिल्ला पडेगा।

मै जानता हूं कि तुम क्या पूछना चाहते हो। रोनक पलटकर एकदम सन्नी की बात काटते हुए कहता है। तुम सभी मुझसे यही पूछना चाहते हो कि मैने केन्टीन मे वो सब कैसे किया। पर सच कहू तो मै खुद नही जानता कि ये सब कैसे हुआ। रोनक एक ही सांस मे सब कुछ कह देता है उसके चहरे पर अब गुस्से से ज्यादा परेशानी झलक रही होती है।

कैसे मेरे एक पंच से वो लड़का इतनी दूर जाकर गिरा। मै खुद नही समझ पा रहा हूं कि ये आज मेरे साथ क्या हुआ।

ये सब सुनकर सभी चुप रहते है और एक लम्बी खामोशी छा जाती है। जिसे सैम तोड़ता है।

कोई नही यार। सैम रोनक को समझाते हुए कहता है। अब छोड इसे, और घर जा। अपने दिमाक से आज की सब बाते निकाल दे। जो हो गया है उसे अब जाने दो।

सैम की बाते सुनकर रोनक चुपचाप गर्दन हिलाता है और सबकी तरफ एक नजर देखता है। फिर वह पलटकर पार्किंग मे चला जाता है और अपनी बाईक स्र्टाट करके किसी की तरफ भी देखे बिना वहाँ से अपने घर के लिए चला जाता है ।

अध्याय पाँच

रोनक और दिव्या की मुलाकात

शाम का समय है और रोनक ड्राईंग रूम मे सोफे पर बैठा है। उसके पैर सोफे के सामने पड़ी मेज पर है। टी. वी. चल रहा है। टी.वी. का रिमोट रोनक के हाथ मे है। रोनक की नजर तो टी.वी. पर है पर उसका ध्यान कही ओर ही है। वह एकदम से शान्त है और ऐसा लग रहा है कि वह आज कॉलेज मे हुई घटनाओ के बारे मे सोच रहा है। उसकी नजर एक टक टी.वी. पर है। तभी घर के बाहर का मेन दरवाजा खुलता है और पूर्णिमा घर मे प्रवेश करती है। रोनक अपने ख्यालो मे इतना खोया है कि उसे दरवाजा खुलने का और पूर्णिमा के घर आने का भी पता नही चल पाता। पूर्णिमा रोनक को टी.वी. देखता देखकर उसके पास वाले सोफे पर आकर बैठ जाती है। पूर्णिमा रोनक से बोलती है पर रोनक कोई जवाब नही देता फिर पूर्णिमा रोनक के कन्धे पर हाथ रखती है। पूर्णिमा के ऐसा करते ही रोनक चौंक्कर उछल जाता है। टी.वी. का रिमोट उसके हाथ से छूट जाता है और रोनक लगभग गिरने ही वाला होता है। वह घबराकर पूर्णिमा की तरफ देखता है।

क्या हुआ ? तुम कहाँ खोए हो ? पूर्णिमा रोनक से पूछती है। क्या कोई परेशानी है ?

नही...नही... कुछ नही। रोनक अपने माथे पर हाथ फेरता है। जैसे वो अपने माथे पर आए पसीने को पौंछ रहा हो।

मै ठीक हूं। ठीक हूं। एक लम्बी सांस लेते हुए रोनक बोलता है। कुछ नही हुआ है।

रोनक बताओ मुझे क्या हुआ ? पूर्णिमा थोडी तेज आवाज मे बोलती है। जैसे वो गुस्सा हो रही हो। तुम क्यो परेशान हो ? मै जब आयी तो तुम टी.वी. देख रहे थे। मैने आकर तुमसे बात की, पर तुमने कोई जवाब नही दिया। अगर कुछ है जो तुम्हे परेशान कर रहा है तो तुम मुझे बता सकते हो।

ऐसा कुछ नही है। रोनक पूर्णिमा को समझाते हुए और अपनी आवाज को सामान्य करते हुए कहता है। मै ठीक हूं।

पूर्णिमा रोनक की तरफ इस तरह से देखती है जैसे वो जानती है कि वह कुछ छुपा रहा है।

चलो कोई बात नही। पूर्णिमा बात को खत्म करते हुए कहती है। जब मन हो तब बता देना। पर हाँ मै जानती हूं कि तुम परेशान हो और तुम्हारी परेशानी तुम्हारे चहरे पर साफ दिखाई दे रही है।

चलो छोडो। पूर्णिमा फिर से एक लम्बी सांस लेते हुए कहती है। पर मै तुम्हे एक बात बताना चाहती हूं।

क्या ? रोनक एक दम से अलग अंदाज मे पूछता है। क्या बात है ?

आज पडोस मे रहने वाली रेवती आंन्टी का फोन आया था। पूर्णिमा खुश होकर बताती है। आज उनकी शादी की सालगिरह है।

हाँ तो ? रोनक एक दम से सवालिया अंदाज मे बोलता है।

तो उन्होने हम दोनो को आज शाम को अपने घर बुलाया है। पूर्णिमा रोनक की बात का जवाब देती है।

नही। मै नही। रोनक परेशान होकर पूर्णिमा से कहता है। आप चले जाओ। मेरा मन नही है।

मुझे नही पता रोनक। पूर्णिमा गुस्सा होते हुए अपने स्थान से खड़ी हो जाती है और रोनक की तरफ गुस्से से घूरते हुए कहती है। मै कोई बहाना नही सुनना चाहती। 9 बजे चलना है और तुम टाईम पर तैयार हो जाना।

इतना कहकर पूर्णिमा रोनक की बात को ना सुनते हुए अपने कमरे मे धड़धड़ाती हुई चली जाती है और रोनक झल्लाकर सोफे पर लेट जाता है।

रात के 9 बजे रोनक तैयार होकर अपने कमरे से बाहर निकलता है। रोनक ने काले रंग की सर्ट और ब्लू जींस पहनी है। रोनक देखता है कि ड्राईंग रूम मे कोई नही है। उसकी माँ अभी तैयार हो रही है।

माँ....। रोनक तेज आवाज लगाते हुए कहता है। और कितना टाईम लगेगा ? जल्दी करो।

तभी पूर्णिमा के कमरे का दरवाजा खुलता है और पूर्णिमा कमरे से बाहर आती है। उसने लाल रंग की चमकदार साड़ी पहन रखी है। जिसमे पूर्णिमा बेहद खूबसूरत लग रही है।

क्या तुम तैयार हो रोनक ? पूर्णिमा अपने कमरे से निकलते हुए कहती है।

जी माँ। रोनक अपनी माँ को देखकर मुस्कुरा देता है और उसका ना जाने वाला गुस्सा कही गायब हो जाता है।

आप बहुत ही सुन्दर लग रही है। रोनक अपनी माँ की तारीफ करते हुए कहता है।

पूर्णिमा अपने बेटे के मुँह से तारीफ सुनकर थोडा सा मुस्कुरा देती है।

अब दोनो घर से बाहर निकलते है। पूर्णिमा घर का दरवाजा बन्द करके उसपर ताला लगा देती है और फिर दोनो रेवती के घर की तरफ चले जाते है। रेवती का घर कुछ ही दूरी पर एक गली मुडते ही है।

कुछ ही देर बाद दोनो रेवती के घर मे प्रवेश करते है। दोनो दरवाजे पर ही होते है कि तभी सामने से एक खूबसूरत औरत आती है। जिसने नीले रंग की एक बहतरीन साड़ी पहन रखी है जो सितारो की तरह चमक रही है। वह पास आकर पूर्णिमा को गले लगा लेती है। यह खूबसूरत औरत रेवती है। जो दिखने मे बेहद खूबसूरत है और नीले रंग की साड़ी मे ये और भी ज्यादा खूबसूरत लग रही है। इसकी आँखे बडी और काली है,

घने और लम्बे बाल है, कद लगभग 5 फीट 4 इंच है और रंग बहुत ही गोरा है।

रोनक, रेवती को नमस्ते करता है। पूर्णिमा और रोनक एक साथ रेवती को शादी की सालगिरह की बधाई देते है। अब रेवती पूर्णिमा और रोनक को घर के अन्दर ले जाती है और एक लम्बे, चौडे आदमी के सामने ले जाकर खड़ा कर देती है। ये आदमी रेवती का पति है और इसका नाम प्रमोद है। पूर्णिमा इसे काफी पहले से जानती है। पूर्णिमा को देखते ही प्रमोद के चहरे पर एक मुस्कान आ जाती है।

पूर्णिमा और रोनक दोनो प्रमोद से मिलते है और उन्हे भी शादी की सालगिरह की बधाई देते है। प्रमोद दिखने मे 5 फीट 8 इंच लम्बा हट्टा–कट्टा आदमी है । रंग गोरा है आँखे बडी और काली है। बाल छोटे है । इनका थोड़ा सा पेट बाहर आया हुआ है। इन्होने कोट–पेन्ट पहन रखा है।

रेवती का घर बहुत ही खूबसूरती से सजा होता है। घर मे चारो तरफ छोटी लाईट की झालर लटक रही होती है जिनमे रंग–बिरंगी लाईट जल रही होती है। जगह–जगह पर फूलो के गुलदस्ते होते है। एक तरफ खाने के लिए लम्बी मेज लगी होती है। जिसपर खाने का सामान रखा होता है। जो अभी खाने के लिए खुला नही है। सफेद रंग की ड्रेस पहने हुए वेटर कोल्ड ड्रिंक और खाने की बाकी चीजे सर्व कर रहे होते है। रेवती और प्रमोद की शादी की सालगिरह पर बहुत सारे मेहमान आए होते है। घर मे बहुत भीड होती है। कुछ

लोग घर मे और कुछ घर के बाहर लोन मे घूम रहे होते है। घर मे हल्की आवाज मे संगीत की धुन बज रही होती है।

इसी तरह समय बितता है। रोनक और पूर्णिमा थोडा बहुत खाने की चीजे खाते है जो वेटर घूम–घूम कर सबको सर्व कर रहा है। तकरीबन एक घंटे बाद केक काटने की तैयारी हो जाती है और एक ट्रोली जिसपर एक बड़ा–सा केक रखा है हॉल के बीचो–बीच एक वेटर लेकर आता है। रेवती और प्रमोद दोनो ट्रोली के पास आते है। सभी लोग उनके सामने इकटठा हो जाते है। पूर्णिमा रेवती और प्रमोद के बराबर मे खड़ी होती है। रोनक सभी से थोडी दूर पर रेवती और प्रमोद की केक की ट्रोली के एकदम सामने खड़ा होता है और उनकी तरफ देख रहा होता है। तभी रोनक की नजर एक लड़की पर पडती है। जो बहुत खूबसूरत है। इस लडकी ने हल्के गुलाबी रंग का फ्रॉक सूट पहन रखा है। जो इसके पैरो से कुछ ही ऊँचा है। इसकी आँखे बडी और नीली है। बाल काले और सुनहरी है जो कुछ बन्धे है और बाकी खुले है। बालो की एक लट इसके चहरे पर आ रही है। रोनक इसे देखकर बस देखता रह जाता है। यह लड़की रेवती के पास जाकर खड़ी हो जाती है। इस लड़की के चहरे पर एक बहुत ही प्यारी सी मुस्कान होती है। रेवती और प्रमोद चाकू उठाते है और मिलकर एक साथ केक काटते है। सभी ताली बजाते है और उन्हे बधाई देते है। रोनक बार–बार उस लड़की को देख रहा है। रोनक की नजर उससे हट ही नही पा रही है। रोनक इधर–उधर भी देख रहा है जिससे वह जान सके

कि कोई उसे देख तो नही रहा और फिर दोबारा वह उस लड़की को देखने लगता है। ऐसा कुछ देर तक होता है और फिर उस लड़की की नजर भी रोनक पर पडती है। उसके देखते ही रोनक अपनी नजर बचा लेता है। रोनक सोचता है कि शायद वह जान गई है कि वो उसे देख रहा है। अब कुछ देर तक रोनक उसे नही देखता पर फिर रोनक अपने आपको रोक नही पाता और फिर से उस लड़की को देखने लगता है। वह लड़की भी रोनक को देख रही होती है। जब रोनक को यह अहसास हो जाता है कि वो लड़की भी बार–बार उसे देख रही है तो रोनक अपनी नजर कम बचाता है और फिर दोनो बार–बार एक–दूसरे को देखने लगते है। ऐसा होते–होते काफी देर हो जाती है।

तभी रोनक एक आवाज सुनता है। रेवती रोनक को अपने पास बुला रही होती है। रेवती के इस तरह बुलाने पर रोनक डर जाता है। उसे लगता है कि शायद रेवती ने उसे उस लड़की को देखते हुए देख लिया है। रोनक का दिल उछलकर गले मे आ जाता है। उसकी धड़कन बढ जाती है। वह डरता हुआ रेवती की तरफ बढता है।

जी आन्टी। रेवती के पास पहुँचकर रोनक बहुत ही धीमी आवाज मे एक डर के साथ कहता है।

रेवती के बराबर मे वही लड़की खड़ी होती है और उसके पास ही पूर्णिमा और प्रमोद खड़े होते है।

तुम इतनी दूर अकेले क्यो खड़े हो ? रेवती रोनक से पूछती है। सभी की नजर रोनक पर होती है।

रोनक ये सुनकर सोच मे पड जाता है ।

नही। बस यू ही। रोनक अटकते हुए कहता है ।

कोई नही। इससे मिलो। रेवती रोनक को उसी लड़की से मिलवाते हुए कहती है। ये मेरे भाई की बेटी है दिव्या। ये पहले मुम्बई मे रहती थी और वही पढाई कर रही थी पर अब यह यही हमारे साथ रहेगी और यही पर पढाई करेगी।

ओ.... । हैलो। रोनक उस लड़की की तरफ देखते हुए कहता है। मेरा नाम रोनक है।

हाय। वो लड़की एक प्यारी सी धीमी आवाज मे कहती है।

अब रोनक का यह डर खत्म हो जाता है कि शायद रेवती ने उसे दिव्या को घूरते हुए देख लिया था। क्योंकि अब सारी बात उसके सामने थी।

तभी प्रमोद सभी से खाना खाने के लिए कहता है और रेवती, पूर्णिमा और प्रमोद, दिव्या और रोनक को एक साथ छोड़कर वहाँ से चले जाते है।

रोनक दिव्या से हुई इस मुलाकात से बेहद खुश होता है। उसके चहरे पर अलग ही खुशी झलक रही होती है। उसे यकीन ही नही हो रहा होता कि अभी कुछ देर पहले वो जिस लड़की को दूर से घूर रहा था। अब वो उसके साथ बात कर रही है।

तो हम भी खाना खाए। रोनक दिव्या से पूछता है।

दिव्या गर्दन हिलाकर हाँ मे जवाब दे देती है।

अब दोनो खाने की टेबल की तरफ बढते है और अपनी–अपनी प्लेट मे खाना लगाते है। दोनो प्लेट मे खाना लगाने के बाद एक मेज पर जाकर खाने की प्लेट रख देते है और आमने–सामने कुर्सीओ पर बैठ जाते है। दोनो खाना शुरू करते है।

तो मुम्बई मे कहाँ रहती थी तुम ? रोनक बात को शुरू करते हुए कहता है।

अंधेरी मे। दिव्या रोनक की तरफ देखते हुए कहती है।

इसी तरह दोनो की बाते बढ जाती है और कुछ ही देर मे दोनो आपस मे काफी अच्छे से बाते करने लगते है। बाते करते हुए काफी देर हो जाती है। दोनो खाना भी खा चुके होते है। रोनक दिव्या के साथ बहुत खुश होता है। दोनो ऐसे बात कर रहे होते है जैसे वो एक–दूसरे को बरसो से जानते हो।

कुछ देर बाद पूर्णिमा रोनक और दिव्या के पास आती है।

रोनक काफी देर हो चुकी है। पूर्णिमा रोनक के कहती है। क्या अब हम घर चले ?

हाँ जरूर। रोनक बोलता हुआ एकदम से अपनी कुर्सी से खड़ा हो जा है।

ठीक है दिव्या फिर मिलते है। रोनक दिव्या कि तरफ देखते हुए उससे कहता है। जो अब अपनी कुर्सी से खड़ी हो चुकी है। बाय दिव्या।

दिव्या भी रोनक को बाय बोलती है।

दिव्या को बाय बोलकर रोनक, पूर्णिमा के साथ चल देता है। अब पूर्णिमा, रेवती और प्रमोद से मिलती है और एक बार फिर उन्हे शादी की सालगिरह की मुबारकबाद देती है और घर जाने की इजाज़द लेती है। रोनक की नजर बार–बार पलट रही होती है और वो बार–बार दिव्या को देख रहा होता है। अब पूर्णिमा रोनक को साथ लेकर घर के बाहर के दरवाजे की तरफ बढती है। अब भी रोनक बार–बार पलटकर दिव्या को देख रहा होता है और दिव्या भी एकटक उसे ही देख रही होती है। रोनक का रेवती के घर से जाने का बिल्कुल भी मन नही होता पर मजबूर होकर उसे पूर्णिमा के साथ अपने घर लौटना पडता है।

घर आकर पूर्णिमा अपने कमरे मे कपडे बदलने चली जाती है और रोनक अपने कमरे मे आ जाता है। रोनक को दिव्या इतनी पसन्द आती है कि वह उसे भूला ही नही पा रहा है और बार–बार दिव्या के बारे मे ही सोच रहा है। कुछ देर बाद पूर्णिमा रोनक के कमरे मे आती है। रोनक कपडे बदल चुका है और अपने बिस्तर पर बैठा दिव्या के बारे मे सोच रहा है। पूर्णिमा रोनक के कमरे मे आकर रोनक के बिस्तर पर बैठ जाती है।

तो कैसी लगी पार्टी ? पूर्णिमा मुस्कुराते हुए रोनक से पूछती है।

बहुत अच्छी। रोनक मुस्कुराते हुए कहता है और अपनी माँ को अपनी बाहो मे भर लेता है और फिर रोनक

पूर्णिमा की गोद मे सर रखकर लेट जाता है। पूर्णिमा रोनक के बालो मे हाथ फेरने लगती है और साथ–साथ रोनक से बात भी कर रही होती है। कुछ देर बाद पूर्णिमा अपने कमरे मे सोने के लिए चली जाती है और रोनक अपने कमरे की लाईट ऑफ करके अपने बिस्तर पर लेट जाता है। रोनक आँख बन्द करके सोने की कोशिश करता है पर उसे नींद नही आ रही होती। वो जैसे ही आँखे बन्द करता है दिव्या का चहरा उसके सामने होता है। रोनक पूरी तरह से दिव्या के लिए सम्मोहित हो चुका है। वो बार–बार लेटा हुआ उसके बारे मे सोच रहा है और इसी तरह सोचते–सोचते उसे रात के 2 बज जाते है। कुछ देर बाद रोनक को नींद आ जाती है और वो सो जाता है।

सोते समय रोनक सपना देखता है कि वह दिव्या के साथ एक बहुत ही खूबसूरत जंगल मे घूम रहा है। चारो तरफ हरियाली ही हरियाली है। सुन्दर–सुन्दर फूल है। पेडो पर सुन्दर फल लगे हुए है। रंग बिरंगी तितलीया उड़ रही है। एक सुन्दर झरना पहाड से नीचे गिर रहा है और चिड़ियाओ के शोर से पूरा जंगल गूंज रहा है। रोनक और दिव्या एक–दूसरे की बाहो मे बाहे डाले दो प्यार करने वालो की तरह वहाँ घूम रहे है। कुछ देर बाद रोनक और दिव्या एक पेड के नीचे घास पर बैठ जाते है। रोनक दिव्या को बहुत ही प्यार से देख रहा है और दोनो ने हाथ मे हाथ लिए हुए है। दोनो एक–दूसरे मे खोए हुए है। रोनक और दिव्या अपने चहरो को एक–दूसरे के काफी नजदीक लाते है और जैसे ही रोनक दिव्या को चूमने वाला होता है। तभी कोई उसे

पीछे से उसके नाम से आवाज लगाता है। अपना नाम वहाँ सुमसान जंगल मे सुनकर रोनक फौरन पलटकर देखता है और उसकी आँखे खुल जाती है। रोनक का यह खूबसूरत सपना टूट जाता है। रोनक उठकर देखता है कि सुबह हो चुकी है और पूर्णिमा उसे उठा रही है। रोनक यह देखकर चिडता हुआ अपने बिस्तर पर बैठ जाता है।

क्या माँ। रोनक चिडते हुआ पूर्णिमा से कहता है। थोडा और देर से नही उठा सकती थी। मेरा सपना तुडवा दिया। मै बहुत ही खूबसूरत सपना देख रहा था।

इतना कहते हुए रोनक अपने ऊपर से चादर हटाता है और पैर पटकता हुआ बाथरूम मे चला जाता है। पूर्णिमा रोनक की बात पर ज्यादा गौर नही देती और कमरे से बाहर आकर अपने काम मे लग जाती है।

अध्याय छः

मुलाकाती जंगल

रोनक के कमरे से आने के बाद पूर्णिमा रसोई मे खाना बना रही है और रोनक अपने कमरे मे ही है। रोजाना के हिसाब से आज उसे अपने कमरे से बाहर आने मे ज्यादा समय लग रहा है। पूर्णिमा को यह बात महसूस होती है और वो रोनक को बुलाने के लिए जोरो से आवाज लगाती है। पूर्णिमा की आवाज सुनकर रोनक अपने कमरे से बाहर आता है। वह तैयार हो चुका है। रोनक आकर सीधा डाईनिंग टेबल पर बैठ जाता है। पूर्णिमा टेबल पर नाश्ता लेकर आती है और फिर रोनक के साथ बैठ जाती है। पूर्णिमा रोनक के लिए प्लेट मे नाश्ता लगाती है और फिर रोनक नाश्ता करना शुरू कर देता है। पूर्णिमा भी नाश्ता कर रही होती है। दोनो बिल्कुल चुप–चाप बैठे है।

सॉरी बेटा। पूर्णिमा अपनी चुप्पी को तोड़ते हुए कहती है।

रोनक की नजर एकदम से पूर्णिमा पर पडती है और वो हल्के से मुस्कुरा देता है।

नही माँ। कोई बात नही। रोनक थोड़ा अजीब सा मुँह बनाकर और नाक चढाते हुए पूर्णिमा से कहता है। आपको क्या पता था कि मै सपना देख रहा हूं।

हम........ वैसे क्या देखा था तुमने सपने मे ? अब पूर्णिमा रोनक की टांग खीचते हुए कहती है और उसके चहरे पर बड़ी सी मुस्कान होती है।

कुछ नही। रोनक बात को काटते हुए कहता है। मै कॉलेज के लिए चलता हूं। मुझे देर हो रही है।

रोनक अपनी नाश्ते की प्लेट टेबल पर छोड़कर पूर्णिमा को बाय बोलकर वहाँ से कॉलेज के लिए चला जाता है। कुछ ही देर मे रोनक कॉलेज पहुँच जाता है और अपने दोस्तो से मिलता है। सभी से मिलने के बाद सभी एक साथ क्लास के लिए चले जाते है। रोनक और उसके दोस्त तीन या चार क्लास करते है और दोपहर के समय क्लास खत्म होने के बाद पाँचो क्लास रूम से निकलते है। पाँचो बहुत ही बोर फील कर रहे होते है क्योंकि आज सभी कलास एक के बाद एक थी और बीच मे आराम करने का टाईम नही मिला था।

कही घूमने चलते है। क्लास से बाहर आते समय चारू कहती है।

सभी चारू की बात से सहमत हो जाते है और आपस मे बात करके मॉल जाने का फैसला करते है। कुछ ही देर बाद वे सभी मॉल के लिए कॉलेज से निकलते है। मॉल कॉलेज के काफी पास है तो सभी पैदल ही वहाँ के लिए चल देते है। रास्ते मे सभी आपस मे बात कर रहे है। चारू और सैम काफी मज़ाक कर रहे है पर रोनक उनकी बातो पर कुछ खास ध्यान नही दे रहा है। वह अपनी ही सोच मे डूबा है और सोचकर मुस्कुरा रहा है।

रोनक आज अपने सपने के कारण बहुत खुश है जो उसने सुबह देखा था। वह चाहता है कि काश यह सपना सच हो जाए। सभी चारो रोनक को बार–बार देख रहे है।

क्या बात है रोनक ? सन्नी रोनक से पूछता है। आज तो तुम बडे ही खुश लग रहे हो।

सन्नी की बात सुनकर रोनक के चहरे पर लाली आ जाती है और उसकी मुस्कान बढ जाती है। वह अपनी नजरे सबपर डालता है।

मै कल माँ के साथ पडोस मे रहने वाली एक आन्टी के यहाँ पार्टी मे गया था। रोनक सभी को बताना शुरू करता है। सभी चलते–चलते एकदम चुप–चाप उसकी बात सुनते है।

पार्टी मे मै किसी को खास जानता नही था और मै जल्द ही काफी बोर फील करने लगा। तभी मेरी नजर एक लड़की पर पडी। जो बहुत ही खूबसूरत थी। मै तो उसे देखता ही रह गया। कुछ देर बाद वो भी मुझे देखने लगी। हमारी नजरे बार–बार मिल रही थी।

फिर.....। सैम बीच मे बोलता है। सभी के चहरो पर रोनक की बात सुनने की बेचैनी होती है।

फिर...। फिर जब केक कट चुका। तब रेवती आन्टी ने मुझे अपने पास बुलाया। रेवती आन्टी जिनके यहाँ पार्टी थी। मुझे लगा कि शायद उन्होने मुझे उस लड़की को देखते हुए देख लिया है और मै घबरा गया।

पर ऐसा कुछ नही हुआ था। उन्होने मुझे उस लड़की से मिलवाया। उसका नाम दिव्या है। वो आन्टी के भाई की बेटी है और हम दोनो जल्द ही बहुत अच्छे दोस्त बन गए।

फिर क्या हुआ ? चारू बीच मे बोलती है।

फिर हमने खूब बाते की और साथ मे ही खाना खाया। सच कहू तो मेरा तो मन ही नही था पार्टी से आने का। मै तो दिव्या के साथ ही रहना चाहता था पर माँ मुझे घर ले आयी।

ओह..........। चारो एक साथ आवाज करते है।

रोनक एक मिनट रूककर फिर बोलता है।

और रात मे सोते हुए मेने सपने मे उसे देखा।

रोनक के इतना बोलते ही दोबारा सभी उसकी बात पर ध्यान देने लगते है।

दिव्या और मै एक घने और बहुत ही खूबसूरत जंगल मे घूम रहे थे। वहाँ की सुन्दरता को शब्दो मे बया नही किया जा सकता। दिव्या की बाहे मेरी बाहो मे थी। हम दोनो एक प्रेमी जोडे की तरह ही वहाँ घूम रहे थे और एक समय ऐसा आया जब हम दोनो इतने करीब थे कि एक–दूसरे को चूमने वाले ही थे। तभी मेरी माँ ने मुझे उठा दिया और मेरा सपना टूट गया।

इस बात पर सैम और सन्नी की आह निकल जाती है पर चारू और राशी लगभग हँसने लगती है।

रोनक गुस्से से चारू और राशी की तरफ देखता है। जिससे वो एकदम चुप हो जाती है पर एक–दूसरे को देखकर मुस्कुरा रही होती है।

होता है ऐसा ! सन्नी रोनक को समझाते हुए कहता है और उसके कन्धे पर हाथ रखता है।

अब बात करते–करते सभी मॉल पहुँच जाते है। पाँचो मॉल मे प्रवेश करते है और अलग–अलग चीजे देखने लगते है। रोनक, सन्नी और सेम सर्ट, जीन्स और जूतो पर ज्यादा ध्यान दे रहे है जबकी जारू और राशी आर्टीफिशल ज्वेलेरी और कपडो को देख रही है। कुछ देर तक यूँ ही पाँचो कुछ ना कुछ देखते रहते है। फिर कुछ देर बाद रोनक, सन्नी और सैम, चारू और राशी से अलग होते है। तब सैम, रोनक से कल केन्टीन मे हुई घटना का ज़िर्क करता है। जिसे सुनते ही रोनक थोड़ा परेशान हो जाता है। वो सैम और सन्नी को बताता है कि वो सच मे नही जानता कि कल उसने ये सब कैसे किया। वो उन्हे समझाता है कि जो भी हुआ वो बहुत ही अलग था और उसे वो खुद भी समझ नही पा रहा है। वो कल से ही इस बारे मे सोच रहा है पर उसे कुछ भी समझ नही आ रहा है।

ठीक है, ठीक है । सैम, रोनक को बीच मे ही रोकते हुए कहता है। कोई बात नही। मैने तो बस यूँ ही पूछ लिया था। तुम परेशान ना हो।

अब दोबारा सैम और सन्नी जेकेट देखने लगते है। रोनक का ध्यान भटक चुका होता है। वो अब अपने

सपने को भूलकर कल केन्टीन मे हुई घटना के बारे मे सोचने लगता है। वह कपडे देखते–देखते सैम और सन्नी से अलग हो जाता है।

तभी रोनक की नजर दुकान के दरवाजे पर पडती है जो काँच का है। दुकान के दरवाजे के बाहर दिव्या खड़ी होती है और रोनक की तरफ ही देख रही होती है। दिव्या को देखते ही रोनक के दिमाक से सभी बाते इस तरह से गायब हो जाती है जैसे किसी ने उन्हे पानी डालकर धो दिया हो। वो सब कुछ छोड़कर दुकान के दरवाजे की तरफ बढता है और दरवाजा खोलकर दिव्या के पास चला जाता है। दिव्या रोनक को देखकर मुस्कुराती है।

तुम यहाँ कैसे ? रोनक दिव्या से पूछता है।

मै यहाँ घूमने आयी हूं। दिव्या फौरन रोनक को जवाब देती है। पर तुम यहाँ कैसे ?

मेरा कॉलेज पास ही है। रोनक दिव्या से कहता है। मै अपने दोस्तो के साथ यहाँ आया हूं। वे सभी अन्दर है।

ठीक है। दिव्या एक हल्की सी आवाज मे कहती है और आगे की तरफ चल देती है।

रोनक भी उसके पीछे–पीछे चलना शुरू कर देता है।

चलो मै तुम्हे अपने दोस्तो से मिलवाता हूं। रोनक दिव्या के पीछे–पीछे चलते हुए कहता है।

आज नही रोनक। दिव्या अपने स्थान पर रूककर खड़ी हो जाती है और पलटकर उससे कहती है। क्या आज हम दोनो साथ घूम सकते है ?

दिव्या की बात सुनकर रोनक के पेट मे खुशी का गुब्बारा फूल जाता है और वो फौरन उसके साथ घूमने के लिए हाँ कर देता है।

दिव्या फिर से आगे की तरफ बढती है। रोनक उसके साथ–साथ चलना शुरू कर देता है। थोडा सा आगे चलते ही दिव्या रोनक का हाथ पकड लेती है और एक मुस्कान के साथ उसकी तरफ देखती है।

अब रोनक अपने दोस्तो को पूरी तरह से भूल गया है और दिव्या पर पूरी तरह से मोहित हो गया है।

रोनक और दिव्या मॉल मे एक–दूसरे का हाथ पकडे–पकडे घूम रहे है। दिव्या रोनक को सीढीयो से उतारती हुई एक अलग ही जगह पर ले जाती है। जो ग्राउंड फलोर से भी नीचे है। यहाँ सीढीयाँ खत्म हो जाती है। इस जगह पर बहुत ही कम रोशनी होती है। यह एक तरह का लम्बा गलिहारा है।

हम कहाँ है ? रोनक चारो तरफ देखते हुए दिव्या से पूछता है।

दिव्या रोनक की बात का जवाब नही देती और उसे गलिहारे के छोर की तरफ ले जाने लगती है। रोनक दिव्या को बार–बार देख तो रहा होता है पर वह दोबारा उससे कुछ नही पूछता। दिव्या गलिहारे मे कुछ दूर जाने के बाद रूक जाती है। रोनक देखता है कि उसके सामने

एक चमकता हुआ बडा सुनहेरा दरवाजा है। दिव्या आगे बढकर दरवाजा खोलती है। दरवाजा खुलते ही सूरज की किरण की तरह का प्रकाश बाहर निकलता है ऐसा लग रहा है कि जैसे सूरज इसके अन्दर से झाँक रहा है। अब दिव्या रोनक को लेकर उस दरवाजे के अन्दर चली जाती है। दोनो के अन्दर जाते ही दरवाजा अपने आप बन्द हो जाता है। इस दरवाजे के अन्दर चौंकाने वाला दृश्य है। रोनक इस दृश्य को देखकर अचम्भे मे रह जाता है। उसकी आँखे बाहर होती है और उसका मुँह खुला रह जाता है। इस दरवाजे से अन्दर प्रवेश करके रोनक एक सुन्दर जंगल मे पहुँच जाता है। चारो तरफ पेड़ ही पेड़ है। सूरज की किरणे पेडो के बीच से नीचे आ रही है। चारो तरफ चिड़ियो की चहचाहट की आवाज गूंज रही है। फलो के पेडो पर सुन्दर फल लगे हुए है। जमीन पर हरी–भरी सुन्दर घास है। कुछ छोटे पौधे है जिनपर सुन्दर रंग–बिरंगे फूल खिल रहे है और तितलिया उनपर उड़ रही है।

रोनक को ये सब देखकर अपना सपना याद आता है जो बिल्कुल ऐसा ही था। एक बार तो रोनक को लगता है कि वो सपना ही देख रहा है। रोनक बहुत खुश हो जाता है और वहाँ की सुन्दरता को ओर करीब से देखने के लिए दिव्या का हाथ छोड़कर आगे बढ जाता है। रोनक अचम्भीत होकर इधर–उधर की खूबसूरती को देखने लगता है। रोनक को ऐसा लगता है कि जो कुछ भी उसने सपने मे देखा था अब वो सच मे हो रहा है और जैसे ही वह अपने सपने के बारे मे दिव्या को बताने के लिए पीछे मुडता है। तो वह पाता है कि दिव्या वहाँ

नही है और वह दरवाजा जिससे दिव्या और रोनक अन्दर आए थे वह भी नही है। वह इस जंगल के बीचो–बीच अकेला खड़ा है । उसके चारो तरफ पेड ही पेड है और दूर–दूर तक उसे कोई नजर नही आ रहा है। रोनक यह देखकर घबरा जाता है। वो दिव्या को आवाज लगाना शुरू करता है। उसे लगता है कि शायद दिव्या उससे मज़ाक कर रही है। वह दौड़कर कुछ पेडो के पीछे देखता है कि कही दिव्या उनके पीछे तो छिपी नही है। पर उसकी सारी कोशिश नाकाम हो जाती है। वहाँ दिव्या नही होती है। अब रोनक बुरी तरह डर जाता है और दिव्या को ढूढता हुआ आगे बढता है। वो लगातार दिव्या का नाम लेकर उसे पुकार रहा है पर वहाँ चिड़ियो की चहचहाने की आवाज के अलावा किसी की भी आवाज नही होती। रोनक लगातार इधर–उधर भटक रहा है और कुछ दूरी पर वह एक सुन्दर झरना देखता है। जो पहाड से नीचे गिर रहा है। पहाड पर कही–कही हरी घास है और कुछ पत्थरो पर हरे रंग की काई लगी हुई है। इस खूबसूरत झरने का पानी नीचे एक तालाब मे गिर रहा है। वह पानी नदी की तरह कही बह नही रहा है बल्कि वही तालाब मे ही इकट्ठा हो रहा है। रोनक के लिए यह एकदम से नई बात होती है क्योकि उसने हमेशा झरने के नीचे नदी को बहते देखा है।

रोनक बार–बार दिव्या को आवाज लगा रहा है। अब रोनक घूमते–घूमते थक जाता है और उसे प्यास लगने लगती है। वह आगे बढकर झरने के नीचे के तालाब से पानी पीता है और फिर पीछे मुडकर देखता है। वही पास मे एक बडा पत्थर होता है। रोनक जाकर पत्थर पर बैठ

जाता है और इस खूबसूरत झरने को देखने लगता है। तभी रोनक झरने के नीचे के तालाब मे एक तेज रोशनी को उभरते हुए देखता है। वह तेजी से पत्थर से उठकर एक पेड के पीछे छुप जाता है और वहाँ से छुपकर तालाब मे हुई इस रोशनी को देखता है। देखते ही देखते वह रोशनी काफी ऊँची हो जाती है और उस रोशनी से तालाब के बीचो–बीच एक बूढा व्यक्ति प्रकट होता है। इसकी लम्बी–लम्बी सफेद दाढी और मूँछ है और इसने सफेद रंग के बडे–बडे कपडे पहने हुए है जो इसके पैरो तक लम्बे है। कपडो की बडी–बडी बाजू है। यह बहुत ही अजीब से कपडे है। इसने हाथ मे एक बहुत लम्बी छडी ली हुई है। रोनक छीपकर पेड के पीछे से इसे देख रहा है। तालाब के बीच प्रकट होने के बाद यह व्यक्ति पानी पर इस तरह खड़ा है कि जैसे फर्श पर खड़ा हो और फिर यह पानी पर आगे कदम बढाता है। यह जहाँ भी पैर रखता है वहाँ बर्फ बन जाती है और इस बर्फ पर चलता हुआ यह किनारे तक आता है। रोनक ये सब पेड के पीछे से छुपकर देख रहा होता है। यह व्यक्ति किनारे पर आकर खड़ा हो जाता है। इसकी लम्बी छड़ी जमीन पर टिकी है।

रोनक मेरे सामने आओ। यह बूढा व्यक्ति रोनक का नाम लेकर उसे बुलाता है। मै तुमसे ही मिलने आया हूं।

रोनक एक अजनबी के मुँह से अपना नाम सुनकर और डर जाता है। वह अपने मन मे सोचता है कि यह व्यक्ति मेरा नाम कैसे जानता है ?

रोनक पर उस व्यक्ति की बात का कोई असर नही होता और वह उस पेड के पीछे ही छुपा रहता है।

डरो मत रोनक। वह व्यक्ति दोबारा से कहता है। मेरे पास आओ। मै तुमसे ही मिलना चाहता हूं ।

मै जानता हूं तुम यही किसी पेड़ के पीछे छुपे हुए हो। कृपा कर बाहर आ जाओ।

रोनक डरा हुआ है पर वह हिम्मत करके पेड के पीछे से निकलता है और उस व्यक्ति से दूर, पर उसके सामने आकर खड़ा हो जाता है।

कौन हो तुम ? रोनक यह कहते हुए अटकता है और उसकी आवाज मे डर होता है। और मेरा नाम कैसे जानते हो ?

मेरा नाम जलेश्वर है। वह व्यक्ति रोनक से कहता है। और मै यहाँ महागुरू के आदेश पर तुमसे मिलने आया हूं। मै जलमहल मे महागुरू का सेवक हूं।

रोनक को जलेश्वर द्वारा कही गई बात मे से उसके नाम के अलावा कोई भी बात समझ ही नही आती।

तुम मेरा नाम कैसे जानते हो ? रोनक दोबारा जलेश्वर से कहता है।

ठीक है रोनक मै तुम्हे सब कुछ बताता हूं। जलेश्वर रोनक को समझाते हुए कहता है। पर तुम घबराओ मत। मै तुम्हे कोई नुकसान नही पहुँचाऊगा।

रोनक और जलेश्वर काफी दूरी पर खड़े होते है और एक–दूसरे को देख रहे होते है।

रोनक मै तुम्हे और तुम्हारे परिवार को अच्छे से जानता हूं। जलेश्वर एक लम्बी सांस लेने के बाद कहता है। मै हर वो बात जानता हूं जो तुम्हारे परिवार से जुड़ी है।

पर कैसे ? रोनक एकदम से चौंक्कर कहता है। कैसे तुम मेरे और मेरे परिवार के बारे मे जानते हो ? जबकि मै तुम्हे नही जानता। मैने तुम्हे आज से पहले कभी नही देखा और ना ही माँ ने कभी तुम्हारा जिक्र किया।

जलेश्वर रोनक की तरफ देख रहा है और चुपचाप उसकी बात सुन रहा है।

पहले तुम वहाँ पानी के बीच एक रोशनी के साथ प्रकट हुए और फिर पानी पर इस तरह चलकर किनारे तक आये जैसे कोई फर्श पर चलता है। कोई भी इंसान ऐसा नही कर सकता और अब तुम कह रहे हो कि तुम मेरे और मेरे परिवार के बारे मे सब कुछ जानते हो।

कौन हो तुम ? और कहाँ हूं मै ? रोनक परेशानी मे इधर–उधर देखते हुए कहता है। और ये दिव्या मुझे यहाँ छोडकर कहाँ चली गई ?

रोनक मै जानता हूं। इतनी सारी चीजो को एक साथ समझना बहुत मुश्किल है। जलेश्वर रोनक के चुप होते ही बोल पड़ता है। चलो मेरे साथ यहाँ बैठो। मै तुम्हे सब समझाता हूं। जलेश्वर उसी पत्थर की तरफ इशारा करता है जिसपर रोनक अभी कुछ देर पहले तक बैठा था। जब तक की जलेश्वर वहाँ नही आया था।

ये कहता हुआ जलेश्वर उस पत्थर पर बैठ जाता है पर रोनक जलेश्वर के पास नही जाता और अपने स्थान पर ही खड़ा रहता है।

आओ यहाँ मेरे साथ बैठो। जलेश्वर रोनक से दोबारा कहता है। मै तुम्हे कोई नुकसान नही पहुँचाऊगा। मेरा विश्वास करो। नम्र स्वभाव के साथ जलेश्वर रोनक से कहता है।

नही मै यही ठीक हूं। रोनक अब भी अपने स्थान पर ही खड़ा रहता है।

ठीक है। एक लम्बी सांस लेते हुए जलेश्वर रोनक से कहता है। मै तुम्हे सब कुछ ठीक से बताता हूं।

मै तुम्हे पहले ही बता चुका हूं कि मेरा नाम जलेश्वर है और मै जादूई दुनिया के जलमहल के राजा महागुरू बुद्धघोष का सेवक हूं।

जादूई दुनिया ? रोनक बीच मे बोल पड़ता है। उसके चहरे पर चौकने का भाव होता है। क्या ऐसी भी दुनिया होती है।

हाँ। रोनक की बात सुनकर जलेश्वर जवाब देता है। एक जादूई दुनिया है इस पृथ्वी से अलग। वहाँ एक महल है जिसे जलमहल कहते है और महागुरू बुद्धघोष वहाँ के राजा है।

पर ऐसा कैसे हो सकता है ? रोनक चौंककर कहता है।

क्यो नही हो सकता है ? जलेश्वर रोनक की बात को काटते हुए कहता है। ये ब्रहमाण बहुत बड़ा है और इंसान केवल पृथ्वी के बारे मे ही ज्यादा जानता है अन्य ग्रहो के बारे मे उसे इतनी जानकारी नही है।

रोनक जलेश्वर की इस बात पर हाँ मे गर्दन हिला देता है।

और जहाँ हम है ये एक मुलाकाती जंगल है। यहाँ आप हर उस व्यक्ति से मिल सकते है जिससे आप मिलना चाहते है। पर बशर्ते आपको पता हो कि वह आपको इस जंगल मे कहाँ मिलेगा। क्योकि यह जंगल इतना बडा है कि आपका जीवन खत्म हो सकता है इसमे घूमते–घूमते पर यह जंगल खत्म नही होगा। इस जंगल मे बहुत से राज छुपे है पर हर कोई हर राज नही जान सकता।

तो आप मुझसे यहाँ पृथ्वी पर क्यो मिलने आए है ? रोनक जलेश्वर की तरफ धीरे–धीरे कदम बढाते हुए कहता है।

क्योकि मै तुम्हे तुम्हारा सच बताना चाहता हूं कि तुम कौन हो। जलेश्वर भी अपने स्थान से उठ जाता है।

मतलब क्या है आपका ? रोनक जलेश्वर से चौंककर पूछता है।

तुम एक जादूगर हो रोनक। जलेश्वर एकदम से कह देता है।

क्या.......? रोनक चौंक पडता है । मै जादूगर हूं।

हाँ । और तुम्हारे पिता भी एक जादूगर थे।

नही ऐसा नही है। रोनक लड़ने के अन्दाज मे जलेश्वर से कहता है। वो एक डॉक्टर थे।

क्या तुम्हारी माँ ने कभी तुम्हे बताया तुम्हारे पिता के बारे मे ? जलेश्वर दोबारा कहता है।

हाँ। माँ कहती है कि पापा एक बहुत बडे डॉक्टर थे। उनके सिर्फ छूने से ही बिमारी ठीक हो जाया करती थी। दूर–दूर से लोग आते थे उनसे इलाज कराने के लिए।

हाँ। वो सही कहती है। जलेश्वर इधर–उधर घूमते हुए कहता है। त्रिलोक के सिर्फ छूने से ही मरीज आराम महसूस करने लगता था और इसका कारण यही था कि वे अपने जादू से लोगो का ईलाज किया करते थे। वरना डॉक्टर तो ओर भी थे अस्पताल मे पर केवल त्रिलोक ही ऐसा कर पाते थे।

ये सुनकर रोनक सोच मे पड जाता है कि जलेश्वर सही कह रहा है या सिर्फ कोई कहानी बना रहा है। रोनक कुछ बोलने ही वाला होता है कि तभी।

अब तुम मेरी बात ध्यान से सुनो रोनक। जलेश्वर रोनक को बीच मे ही रोकते हुए कहता है। जलेश्वर की आवाज सामान्य से तेज होती है। रोनक, महागुरू बुद्धघोष जलमहल के राजा है। जिन्होने त्रिलोक को जादूई शिक्षा दी थी और बाद मे उन्हे एक बहुत ही महत्त्वपूर्ण काम सौंपा गया। जिसकी पूरी जिम्मेदारी उनकी और इस काम मे शामिल यौद्धाओ की थी। सभी ने बहुत ही बहादुरी से काम किया पर फिर भी

दुर्भाग्यवश वो कार्य पूरा ना हो सका। इसलिए अब वह कार्य तुम्हे और तुम्हारे साथ के यौद्धाओ को पूरा करना होगा और उसके लिए तुम्हे मेरे साथ जलमहल चलना होगा।

नही। मै तुम्हारे साथ कही नही जा सकता। रोनक एक झटके के साथ ऊंची बोलता है । मै तो अपने दोस्तो के साथ मॉल मे आया था पर वो दिव्या मुझे यहाँ ले आयी और मुझे यहाँ छोडकर ना जाने कहाँ चली गई।

दिव्या का काम सिर्फ तुम्हे यहाँ तक लाने का ही था। जलेश्वर मुस्कुराते हुए कहता है। वह अपना काम करके यहाँ से चली गई।

क्या ? रोनक जलेश्वर की बात सुनकर थोडा हडबडा जाता है। मै कुछ समझा नही। क्या वो भी तुम्हारे साथ मिली हुई है ?

हाँ। जलेश्वर रोनक के नजदीक आकर कहता है। दिव्या भी जादूई दुनिया का हिस्सा है। वह भी एक जादूगर है।

जलेश्वर के मुँह से ये सब सुनकर रोनक परेशान हो जाता है और सोचता है कि वह कहाँ आकर फस गया है।

क्या तुम अभी मेरे साथ जलमहल चलोगे ? जलेश्वर रोनक से पूछता है।

नही। रोनक एकदम से जवाब देता है। मेरी माँ ऑफिस गई है। वह शाम को घर आकर मेरा इंतजार

करेगी और जब मै घर नही पहुँचुगा तो क्या होगा। और मेरे दोस्त जो मेरे साथ मॉल आए है वो भी मुझे ढुढेंगे। अगर मै यूँ अचानक से चला गया तो सब मुझे ढुढेंगे और परेशान होगे।

वैसे ऐसा होगा तो नही जैसा तुम सोच रहे हो। जलेश्वर एक लम्बी सांस छोडते हुए बोलता है। पर फिर भी ठीक है। कोई बात नही। मै तुम्हे बता दू कि बहुत जल्द तुम्हे जलमहल का हिस्सा बनना होगा। तुम्हे उस मकसद को पूरा करने के लिए वहाँ आना ही होगा।

इतना कहकर जलेश्वर झरने के नीचे के तलाब की तरफ बढता है।

क्या है वो मकसद ? रोनक पीछे से बोलता है। क्या आप मुझे बता सकते है ?

रोनक की बात सुनकर जलेश्वर पलटता है और सोचता है कि जब तक रोनक असली वज़ह नही जान जाता वो जलमहल नही आएगा। इसलिए उसे बताना ही होगा।

वैसे तो महागुरू ने मना किया है अभी तुम्हे ये सब बताने के लिए। जलेश्वर रोनक की तरफ आते हुए बोल उठता है। पर मुझे लगता है कि तुम पूरी बात जाने बिना जलमहल नही आओगे। इसलिए मै तुम्हे सब कुछ बताता हूं।

क्या तुम जानते हो तुम्हारे पिता की मौत कैसे हुई ? इस समय जलेश्वर की आँखे लाल हो जाती है।

हाँ। रोनक एकदम से बोलता है। माँ बताती है कि वो एक कार एक्सीडेन्ट था और शायद इसके पीछे...

नही। ऐसा नही था। जलेश्वर चिल्लाते हुए कहता है। सारी दुनिया यहाँ तक की तुम्हारी माँ को भी यही लगता है कि वो एक कार एक्सीडेन्ट था पर पूरी जादूई दुनिया जानती है कि वो एक हत्या थी।

हत्या ? जलेश्वर के मुँह से ये सुनते ही रोनक का चहरा पीला पड जाता है और उसकी आँखे बाहर आ जाती है। क्या मतलब है तुम्हारा ?

रोनक बहुत पहले की बात है। जब तुम्हारे पिता एक छोटे बच्चे थे। तब महागुरू ने धरती से कुछ ऐसे बच्चो का चयन किया जो साधारण नही थे। जिनमे कुछ ऐसा था जो उन्हे जादूई दुनिया के काबिल बनाता था। जिसमे तुम्हारे पिता भी एक थे। महागुरू ने चयन किये गये सभी बच्चो को जादूई शक्तिया दी और उन्हे बहतरीन जादूगर बनाया पर जब वो बच्चे बडे हुए तो कुछ ने अपनी शक्तियो का सही इस्तेमाल नही किया और वो दुनिया का विनाश करके अपना साम्राज्य स्थापित करने का सपना देखने लगे। कुछ जादूगरो ने अपनी एक फौज बना ली।

रोनक जब तुम्हारे पिता की मौत हुई उस समय उन्ही बुरे जादूगरो ने पृथ्वी पर हमला किया था पृथ्वी को नष्ट करने के लिए, और पृथ्वी को बचाने की जिम्मेदारी त्रिलोक को दी गयी थी। जो उन्होने बहुत ही अच्छी तरह से निभायी भी पर उस भयंकर युद्ध मे उस बुरे

जादूगर विक्टर ने उन्हे मार दिया। आज उस भयानक रात को 18 साल बीत चुके है पर ऐसा लगता है जैसे वह सब अभी हुआ था।

जलेश्वर एक लम्बी सांस लेता है और कुछ देर के लिए खामोश हो जाता है।

अब महागुरू दोबारा से योद्धाओ का चयन कर रहे है और इसलिए तुम्हे वहाँ आना ही होगा। क्योकि तुम उस महान जादूगर के बेटे हो जिसने उस रात पृथ्वी को नष्ट होने से बचाया था।

जलेश्वर से यह सब सुनकर रोनक की आँखे भर जाती है। जलेश्वर की आँखो मे भी आँसू आ जाते है।

मै जरूर आऊगा। रोनक अपने आपको सम्भालते हुए कहता है। पर अभी मै तुम्हारे साथ नही चल सकता।

ठीक है रोनक। जलेश्वर रोनक की भावनाओ को समझते हुए कहता है। अभी मुझे जाना होगा पर जैसे ही महागुरू का आदेश होगा वैसे ही मै तुम्हे लेने आऊगा।

इतना कहकर जलेश्वर पलटता है और झरने की तरफ चला जाता है। वह पानी पर चलकर तालाब के बीच मे पहुँचता जाता है और फिर अपनी छड़ी को घुमाता है। छडी के घूमते ही तेज रोशनी होती है। इस रोशनी से ही सारा जंगल कही गायब हो जाता है और रोनक अपने आपको मॉल मे वही खड़ा पाता है जहाँ से वह दिव्या को देखकर उसके पीछे गया था। रोनक यह देखकर चकित हो जाता है और चारो तरफ देखता है। वह दुकान के दरवाजे के बाहर देखता है पर अब वहाँ

दिव्या नही होती। रोनक के सभी दोस्त सामान खरीद रहे होते है। रोनक कही गया था इसका अहसास किसी को भी नही होता। रोनक के लिए यह सब सपने के समान हो जाता है। वह भौचक्का सा रह जाता है और कुछ भी नही समझ पाता, पर इस सब से उसे जल्द ही यह समझ आ जाता है कि यह सब भी एक जादू के द्वारा ही किया गया था। उसे विश्वास हो जाता है कि जादू जैसी भी कोई चीज है और यकिनन जादूई दुनिया भी।

रोनक फौरन अपने दोस्तो के पास जाता है और सिर मे दर्द होने का बहाना बनाकर सबको वहाँ से ले आता है। कुछ देर बाद कॉलेज पहुँचकर रोनक वहाँ से अपनी बाईक लेता है और सीधा अपने घर चला जाता है।

अध्याय सात

खूबसूरत पेंटींग

घड़ी मे शाम के छः बजे है। रोनक अपने ड्राईंग रूम मे सोफे पर बैठा है और किताबे इसके सामने मेज पर रखी है। एक किताब इसके चहरे के आगे है। जिसे वो ध्यान से देख रहा है। रोनक को देखकर ऐसा लग रहा कि जैसे वो पढ रहा हो पर असल मे उसका ध्यान किताब मे है ही नही। वो किसी गहरी सोच मे डूबा है। वह इस समय घर मे अकेला है। पूर्णिमा अभी ऑफिस से नही आयी है। रोनक बहुत परेशान है क्योंकि आजकल जो उसके साथ हो रहा है वह इससे पहले कभी नही हुआ था और अगर ऐसा कुछ भी उसके साथ इससे पहले हुआ था तो उसे बिल्कुल भी ध्यान नही था। ये सारी घटनाए उसके लिए एकदम से नई थी।

रोनक पहले तो ठीक से उस घटना को ही नही समझ पा रहा था जो उसके साथ कॉलेज मे हुई थी जिसमे उसने एक लडके को मारा था और वह लडका हवा मे उडकर बहुत दूर जाकर गिरा था। उससे पहले और उसी दिन उसके साथ एक और बात हुई थी जो उसके अलावा कोई नही जानता था। जब उसके चुटकी बजाने से अध्यापक एक जोकर मे बदल गया था। रोनक जानता है कि जो भी उस दिन अध्यापक के साथ हुआ था वह सब उसकी वजह से ही हुआ था पर इस बात को समझना कि ये सब कैसे हुआ बहुत ही कठीन था।

रोनक इन दोनो बातो को ठीक से समझ भी नही पाया था कि आज उसके साथ एक और नई घटना हो गई। मुलाकाती जंगल मे जाकर जलेश्वर से मुलाकात उसे और भी ज्यादा परेशान कर रही है। जलेश्वर ने उसे उसके पिता के बारे मे जो भी बताया उस पर उसे यकीन ही नही हो रहा है और वह यह सब सोच–सोचकर परेशान हो रहा है। रोनक को कभी लगता है कि जो भी उसके साथ हो रहा है वो सभी सच नही है पर वह इसे मानने से इंकार भी नही कर सकता।

रोनक कि परेशानी का कारण यह भी है कि वह यह बात किसी ओर को बता भी नही सकता क्योंकि कोई उसकी इन सब बातो पर विश्वास ही नही करेगा। बस वह इन्ही ख्यालो मे खोया है कि तभी दरवाजे की घंटी बजती है। रोनक अपने ख्यालो मे इतना खोया है कि अचानक से घंटी बजने के कारण वह एकदम सोफे से उछल पड़ता है और किताब उसके हाथ से छूटकर जमीन पर गिर जाती है। रोनक देखता है कि कुछ नही हुआ है सिर्फ दरवाजे की घंटी बजी है। वह अपने को सम्भालता है और जमीन पर पडी किताब को उठाकर मेज पर रखता है फिर वह दरवाजा खोलने जाता है। रोनक दरवाजा खोलकर देखता है कि सामने रेवती खड़ी होती है।

हाय रोनक। रेवती बहुत खुश होकर एक बड़ी सी मुस्कान के साथ रोनक से कहती है।

हाय आन्टी। रोनक जवाब देता है और अपने चहरे पर मुस्कान लाता है। कैसे हो आप आन्टी ?

मै ठीक हूं । रेवती मुस्कुराकर कहती है। तुम कैसे हो?

मै भी ठीक हूं। रोनक फौरन जवाब देता है। आन्टी माँ तो अभी घर पर नही है।

कोई बात नही। रेवती मुस्कुराकर कहती है। आज मै तुम्से ही मिलने आयी हूं।

ओह, जरूर। रोनक रेवती को हाथ से अन्दर आने का इशारा करता है।

रेवती फौरन घर मे प्रवेश करती है और ड्राईंग रूम मे जाकर सोफे पर बैठ जाती है। रोनक भी दरवाजा बन्द करके उसके पीछे–पीछे आता है।

पानी लेंगी आप ? रोनक, रेवती से पूछता है।

नही। नही। रेवती, रोनक से कहती है।

अब रोनक रेवती के सामने वाले सोफे पर बैठ जाता है।

तो तुम पढाई कर रहे थे ? रेवती मेज पर रखी एक किताब को हाथ मे उठाते हुए कहती है।

जी। रोनक हलके से गर्दन को हिलाते हुए कहता है।

रेवती किताब को दोबारा मेज पर रख देती है। अब दोनो कुछ देर के लिए चुप हो जाते है। रोनक, रेवती के यहाँ होने से थोडा परेशान हो रहा है क्योंकि रेवती उसके ख्यालो मे दखल दे रही है।

रोनक क्या हुआ ? तुम कुछ परेशान लग रहे हो। रेवती रोनक की तरफ देखते हुए कहती है।

नही..। नही..। ऐसी कोई बात नही है। रोनक अटकते हुए कहता है और एक छोटी सी मुस्कान रेवती की तरफ देखते हुए अपने चहरे पर लाता है।

मै तुम्हारी परेशानी का कारण जानती हूं रोनक। रेवती एकदम से कहती है।

क्या...? रोनक रेवती के मुँह से ये बात सुनते ही चौंक जाता है और अटकते हुए कहता है। क्या जानती है आप ?

सब कुछ। रेवती के चहरे पर एक दृढ और आत्मविश्वास से भरा भाव है और वो सीधे रोनक की नज़रो मे देख रही है। मै वो सब जानती हूं जो तुम्हारे साथ आजकल हो रहा है।

रोनक एकटक रेवती को देख रहा है। वो थोडा सा डरा हुआ भी है।

वो सब एकदम से अलग है। पर हाँ वो सब सच है। रेवती यह बोलने के बाद एक सेकण्ड के लिए रूकती है और फिर।

जलमहल भी, जलेश्वर भी, वो मुलाकाती जंगल, और दिव्या भी।

रोनक रेवती के मुँह से ये सब बाते सुनकर चौंक पडता है। उसकी आँखे अचम्भे से चौड़ी हो जाती है।

पर आप ये सब कैसे जानती है ? रोनक रेवती से हैरान होकर पूछता है।

रोनक के ये सवाल पूछने पर रेवती अपने स्थान से उठ जाती है और घूमकर उसी सोफे के पीछे आकर खड़ी हो जाती है जिस पर वह बैठी थी। अब भी रोनक उसके सामने ही होता है।

रोनक आज से 18 साल पहले मै भी उस दुनिया का हिस्सा थी। रेवती अचानक से बोल उठती है। जलमहल की जादूई दुनिया का जीवन यकीनन अलग है। वो दुनिया बहुत ही खूबसूरत है। वहाँ जाकर ऐसा लगता है जैसे हम स्वर्ग मे आ गए हो। मै वहाँ बहुत खुश थी पर 18 साल पहले जब तुम्हारे पिता की हत्या हुई तभी जलमहल मे भी कुछ ऐसा हुआ कि ना चाहते हुए भी मुझे वह महल छोड़ना पडा।

रोनक बडी ही दिलचस्पी से रेवती की बाते सुन रहा है। उसका डर खत्म हो चुका है क्योंकि अब उसे जलमहल के बारे मे कोई ओर नही बल्की उसकी वह आन्टी बता रही है जिसे वह बचपन से जानता है।

रोनक मै तुम्हारी माँ के जीवन मे तब आयी जब तुम केवल दो या तीन दिन के थे। तुम्हारे पिता की हत्या जादूई दुनिया के लिए एक बहुत बडा झटका था। तुम्हारे पिता के मरने की खबर पाकर जादूई दुनिया का हर इंसान बहुत ही दुखी हुआ था और फिर। रेवती एक सेकण्ड के लिए बोलती हुई रूक जाती है।

और फिर। महागुरू ने मेरा चुनाव किया। मुझे चुना गया पृथ्वी भेजने के लिए। महागुरू ने मुझे आदेश दिया कि मै यहाँ तुम्हारे पास रहु और तुम्हारी और तुम्हारी माँ की रक्षा करू।

महागुरू के आदेश पर मै यहाँ पृथ्वी पर तुम्हारे पास आ गयी और तभी से मै तुम्हारी माँ के जीवन मे हूं। मैने हर वो दिन देखा है जो तुम्हारी माँ ने तुम्हारे पिता के बिना जिया है और सिर्फ तुम्हारे लिए। पूर्णिमा, त्रिलोक की मौत के बाद बुरी तरह टूट गई थी पर तुम्हारे नाना–नानी ने उसे बहुत ही अच्छे से सम्भाला। बहुत ही अच्छे थे वो दोनो।

ये सब कहते हुए रेवती की आँखो मे आँसू छलक जाते है और रोनक उसे बहुत ही ध्यान से चुपचाप देख रहा होता है।

रोनक कुछ चीजो का डर इन्सान को हमेशा बना रहता है। एक लम्बी सांस लेने के बाद रेवती बोलती है। और उसी डर से लड़ने के लिए तुम्हे जलमहल बुलाया जा रहा है।

मै कुछ समझा नही। अब रोनक बोलता है।

रोनक शायद महागुरू फिर से कुछ ऐसा जानते है जो कोई ओर नही जानता। रेवती बहुत ही गहरी सोच मे डूबे हुए यह कहती है। और इसलिए ही नए यौद्धाओ का चयन हो रहा है। दुनिया भर से जादूगरो को जलमहल बुलाया जा रहा है।

ठीक है। रोनक यह सब सुनकर कहता है। पर मै ये समझ नही पा रहा हूं कि मुझमे ऐसा क्या है जो मुझे चुना जा रहा है। क्योकि.......

रोनक क्या तुम्हे याद है अभी कुछ दिन पहले तुम्हारी कॉलेज मे लड़को से लड़ाई हुई थी। रोनक की बात को बीच मे ही काटते हुए रेवती बोलती है।

हाँ। मुझे याद है। पर.....

तुम्हारे अलावा वहाँ तुम्हारे दोस्त भी थे पर केवल तुम्हे गुस्सा आया और तुम्हारे एक हलके से पंच ने उस लड़के को इतनी दूर फैंक दिया।

क्या तुम्हे लगता है ये साधारण था ? रेवती रोनक के पास आते हुए कहती है और उसके बराबर मे बैठ जाती है।

नही रोनक। कोई भी साधारण आदमी यह सब कर ही नही सकता था।

रोनक और रेवती बराबर–बराबर बैठे है और एक–दूसरे की नजरो मे देख रहे है।

रोनक तुम्हारे अन्दर तुम्हारे पिता की शक्तियाँ है और यही कारण है कि तुम वहाँ जाने के काबिल हो। तुम नही जानते तुम्हारे पिता क्या थे। वो बहुत ही काबिल डॉक्टर थे। ऐसा कोई नही था।

अब रोनक, रेवती की सभी बातों को समझ चुका है और विश्वास कर चुका है कि जो भी रेवती कह रही है सब सच है।

आन्टी मै आपसे कुछ पूछना चाहता हूं ? रोनक एक बार फिर से रेवती से कहता है। क्या कभी बचपन मे मेरे साथ कुछ ऐसा हुआ था जो अलग हो जिसे समझाया ना जा सके। जो साधारण ना हो।

हाँ। रेवती फौरन कह उठती है। ऐसी बहुत सी बाते है जो हुई है। जिनमे से एक तब की है जब तुम केवल....

तभी बाहर का दरवाजा खुलता है। रोनक और रेवती फौरन दरवाजे की तरफ पलटते है। पूर्णिमा घर मे प्रवेश कर रही है। पूर्णिमा के हाथ मे कुछ सामान है। पूर्णिमा दरवाजा बन्द करके अन्दर आती है और रेवती को वहाँ देखकर खुश हो जाती है।

हाय रेवती, कैसी हो ? पूर्णिमा एक जोरदार आवाज मे रेवती से कहती है।

ओ हाय। रेवती भी पूर्णिमा को कहती है। मै बिल्कुल ठीक हू।

कब आयी ? और घर पर सब कैसे है ? पूर्णिमा एक साथ ही रेवती से इतने सारे सवाल कर देती है।

घर पर भी सब ठीक है। रेवती पलटकर जवाब मे कहती है। मै अभी कुछ देर पहले ही आयी थी और तुम्हारे आने का ही इंतजार कर रही थी।

पूर्णिमा गर्दन हिलाते हुए हाँ करती है और रेवती के सामने वाले सोफे पर आकर बैठ जाती है। जो भी सामान पूर्णिमा के हाथ मे था वो उसे अपनी बराबर मे रख देती है।

रोनक फौरन उठकर वहाँ से चला जाता है और कुछ ही क्षण बाद रेवती और पूर्णिमा के लिए पानी लेकर आता है। दोनो पानी पीती है और फिर रोनक वहाँ से कुछ देर के लिए गायब हो जाता है। कुछ देर बाद रोनक अपनी माँ के बराबर मे सोफे पर आकर बैठ जाता है।

तभी रेवती की नजर उस सामान पर पडती है जो पूर्णिमा अभी लेकर आयी है।

वो क्या है पूर्णिमा ? रेवती एक लकड़ी की चीज की तरफ उंगली का इशारा करते हुए कहती है। वह चीज इस समय उल्टी रखी है।

ओ ये। पूर्णिमा उस चीज को हाथ मे पकड़कर घुमाते हुए कहती है। ये एक पेंटिंग है।

यह एक बहुत ही खूबसूरत पेंटिंग होती है। जिसमे समुन्द्र को बडी ही खूबसूरती से दिखाया गया है। चारो और समुन्द्र है। समुन्द्र के बीच मे एक पत्थर है और दूर किनारे पर जंगल है। यह एक सुन्दर पेंटिंग है। इसमे प्रकृति का बडी ही खूबसूरती से वर्णन किया गया है। इसे देखकर ऐसा लगता है जैसे कलाकार ने इसमे जीवन डाल दिया हो।

जैसी ही रेवती उस पेंटिंग को देखती है उसकी आँखो मे चमक आ जाती है।

ये तुम्हे कहाँ से मिली ? रेवती पूर्णिमा से दोबारा पूछती है।

रेवती की बात सुनकर पूर्णिमा हँसने लगती है। रोनक और रेवती पूर्णिमा को ध्यान से देख रहे होते है। कुछ देर बाद पूर्णिमा बोलती है।

रेवती आज जब मै ऑफिस से आते समय बाजार गयी तो मुझे रास्ते मे किसी ने पीछे से मेरे नाम से आवाज लगायी। मै अपना नाम सुनकर पलटी तो मैने देखा एक बूढा व्यक्ति मुझसे कुछ दूर मेरे पीछे खड़ा था। वो बहुत ही दुबला–पतला था। बहुत ही गरीब लग रहा था। उसके कपड़े भी फटे हुए थे। मै उसके पास गयी और मैने उससे पूछा कि वह मेरा नाम कैसे जानता है ? पर उस व्यक्ति ने इस बात का कोई जवाब नही दिया। मैने दोबारा उससे इस बारे मे पूछा पर वो तब भी कुछ नही बोला। फिर उसने मेरी तरफ यह पेंटिंग बढा दी और बोला ये आपके लिए है। मैने उससे पेंटिंग लेने से मना किया और कहा कि मुझे इसकी जरूरत नही है पर वो नही माना। वह जबरजसती पेंटिंग मेरे हाथ मे पकडाकर वहाँ से जाने लगा। मैने उससे पूछा कि यह कितने की है पर इस बात पर उसने कहा। ये अपके लिए फ्री है। इतना कहने के बाद वह व्यक्ति वहाँ से चला गया। मैने उसे रोकने की बहुत कोशिश की जिससे मे उसे पैसे दे सकु पर वो नही रूका और देखते ही देखते वह वहाँ से बहुत दूर चला गया और भीड मे कही खो गया। ये सब बोलते समय पूर्णिमा एकदम से गम्भीर होती है। रोनक और रेवती उसकी बात बहुत ही ध्यान से सुन रहे होते है।

अब मै क्या करती ? एक छोटी सी खामोशी के बाद पूर्णिमा कहती है। मै इसे लेकर घर आ गयी।

कोई बात नही। पूर्णिमा की बाते सुनने के बाद अचानक से रेवती बोलती है। कभी–कभी ऐसा होता है पर पेंटिंग बहुत खूबसूरत है। रेवती पेंटिंग की तरफ देखते हुए कहती है। और तुमने बहुत अच्छा किया जो इसे घर ले आयी।

अब मै चलती हूं। इतना कहकर रेवती सोफे से उठ जाती है और रोनक की तरफ एक नजर देखकर पूर्णिमा को बाय कहकर बाहर दरवाजे की तरफ चली जाती है।

रेवती के जाने के बाद पूर्णिमा भी अपने कमरे मे चली जाती है। रोनक दोबारा सोफे पर बैठकर रेवती की बतायी हुई बातो को सोचने लगता है। कुछ देर बाद पूर्णिमा अपने कमरे से कपडे बदल कर आती है और उस पेंटिंग को हॉल मे ही एक दीवार पर लटका देती है। इसके बाद पूर्णिमा घर के काम मे लग जाती है। रोनक सोफे पर बैठा हुआ दीवार पर लगी उस पेंटिंग को देख रहा होता है। तभी वह महसूस करता है कि पेंटिंग मे समुन्द्र की लहरे हिल रही है। रोनक यह देखकर चौंक पडता है और सोफे से उठकर पेंटिंग के पास जाकर उसे नजदीक से देखता है पर इस समय रोनक उसमे हलचल महसूस नही करता। वह इसे अपना वहम सोचता है और फिर से सोफे पर जाकर बैठ जाता है।

अध्याय आठ

जलमहल और महागुरू

आधी रात का समय है। रोनक और पूर्णिमा अपने–अपने कमरे मे सो रहे है। घड़ी मे रात के दो बजे है। घड़ी की टिक–टिक की आवाज के अलावा कोई आवाज नही आ रही है। चारो तरफ शान्ति है। तभी एक धीमी सी आवाज से रोनक की आँख खुलती है। वह अपने बिस्तर पर बैठ जाता है और अपने कमरे मे चारो तरफ देखता है पर वहाँ कोई नही होता। अब रोनक अपने बिस्तर से नीचे उतरता है और धीरे–धीरे दरवाजे की तरफ बढता है। रोनक का हाथ दरवाजे के हैंडल पर उसे खोलने के लिए जाता है। रोनक धीरे से दरवाजा खोलता है और ड्राईंग रूम मे आता है। रोनक देखता है कि ड्राईंग रूम मे बहुत ही हल्की रोशनी है और इस हल्की सी रोशनी मे कोई इंसान ड्राईंग रूम मे लगी उस पेंटिंग के सामने खड़ा है। उस इंसान का चहरा उस पेंटिंग की तरफ है और वह पेटिंग को देख रहा है। इस अजनबी इंसान ने एक लम्बा कोट पहन रखा है जो इसके पैरो तक लम्बा है और एक काली टोपी इसके सिर पर लगी है। इसे पीछे से देखकर अन्दाजा नही लगाया जा सकता कि ये कौन है। रोनक को लगता है कि शायद घर मे कोई चोर घुस आया है।

कौन है वहाँ ? रोनक धीरे से कहता है।

मै हूं रोनक। रोनक की बात सुनकर एक औरत बोलती है और फौरन रोनक की तरफ पलटती है।

रेवती आंटी। रोनक उस औरत को देखते ही पहचान जाता है। आप इस समय यहाँ क्या कर रही है ?

रेवती, रोनक के इस सवाल पर बिल्कुल भी ध्यान नही देती और ना ही इस बात का जवाब देती है।

यहाँ मेरे पास आओ रोनक। रेवती रोनक को बुलाने का हाथ से इशाना करते हुए कहती है। मै तुम्हे सब कुछ बताती हूं।

रोनक, रेवती की बात सुनते ही तेजी से उसकी तरफ कदम बढाता है और उसके पास जाकर खड़ा हो जाता है।

रोनक यह कोई साधारण पेंटिंग नही है। रेवती दोबारा दीवार पर लगी पेंटिंग की तरफ देखते हुए कहती है। यह एक रास्ता है जलमहल जाने का। और इसे पूर्णिमा को देने वाला भी जरूर जलमहल से ही होगा।

पर ये कैसा रास्ता है ? रोनक पेंटिंग की तरफ देखते हुए कहता है । हम इस पेंटिंग के जरिए कैसे जाएंगे ?

रोनक समय आ गया है। रेवती फिर से रोनक की बात का कोई जवाब नही देती। अब हमे जलमहल जाना होगा। तुम्हे जलमहल पहुँचाने का कार्य मुझे सौंपा गया है। चलो अब हम चलते है। रेवती, रोनक की तरफ अपना हाथ बढाते हुए। तुम मेरा हाथ पकड़ लो।

पर अभी हम कैसे जा सकते है ? रोनक, रेवती की तरफ दुविधा भरे अंदाज मे देखते हुए कहता है। अभी आधी रात का समय है और माँ सो रही है। अगर मै यू कही चला जाऊंगा तो माँ मुझे ढुंढेगी और मेरे यहाँ ना मिलने पर परेशान होगी।

ऐसा नही होगा रोनक। रेवती, रोनक को समझाते हुए कहती है। तुम्हारी माँ को कभी पता ही नही चलेगा कि तुम यहाँ नही हो। और मै हूं यहाँ, उनकी रक्षा करने के लिए। बस अब तुम मेरा हाथ पकड़ो और मेरे साथ चलो।

रोनक रेवती का हाथ नही पकड़ता और उसे देखता रहता है।

रोनक मेरा विश्वास करो। रेवती, रोनक को समझाने की आखिरी कोशिश करते हुए कहती है।

अब रोनक अपना हाथ आगे बढ़ाकर रेवती का हाथ पकड़ लेता है। रोनक और रेवती एक–दूसरे का हाथ मुट्ठी बनाकर कसकर पकड़ लेते है। रेवती अपना दूसरा हाथ पेंटिंग की तरफ बढाती है और उसे छू लेती है। पेंटिंग को छूते ही उससे एक सफेद रोशनी निकलती है और इस सफेद रोशनी के साथ ही वह पेटिंग उन दोनो को अपने अन्दर खीच लेती है। रोनक और रेवती पृथ्वी से गायब हो जाते है। सफेद प्रकाश खत्म हो जाता है और पेंटिंग साधारण हो जाती है। रोनक और रेवती के गायब होते ही पूर्णिमा एक आवाज सुनती है जो दोनो के पेंटिंग के अन्दर जाने पर होती है। पूर्णिमा की आँख खुल जाती है और वह अपने बिस्तर से उठकर कमरे से बाहर

निकलती है। अपने कमरे से निकलने के बाद वह रोनक के कमरे की तरफ जाती है और रोनक के कमरे का दरवाजा खोलकर देखती है। रोनक अपने बिस्तर पर सो रहा होता है। पूर्णिमा रोनक को देखने के बाद ड्राईंग रूम मे भी एक नजर देखती है पर वहाँ कोई नही होता। अब पूर्णिमा दोबारा अपने कमरे मे चली जाती है और सो जाती है।

यहाँ पृथ्वी से गायब होकर रोनक और रेवती एक अलग दुनिया मे पहुँचते है। दोनो एक बडे पत्थर पर खड़े होते है जो समुन्द्र के बीचो–बीच है। दोनो ने एक–दूसरे का हाथ पकड़ा हुआ है। तेज हवा चल रही है। रेवती के कपडे अपने आप ही बदल गये है। इस समय इसने सफेद रंग का एक गाऊन पहना हुआ है। जो तेज हवा मे उड रहा है और उसकी कुछ बन्धी और कुछ खुली जुल्फे हवा मे उडकर उसके चहरे पर आ रही है। रेवती अपने हाथ से उन्हे हटा रही है। रोनक के बाल भी हवा मे उड रहे है। इन दोनो के चारो तरफ समुन्द्र ही समुन्द्र है और समुन्द्र मे ऊँची–ऊँची लहरे उठ रही है। पानी की छींटे रोनक और रेवती को भिगो रही है। रोनक भौचक्का सा होकर चारो तरफ देख रहा है। उसके चहरे पर अचम्भे के साथ–साथ खुशी है।

हमारी दुनिया मे स्वागत है रोनक। रेवती रोनक से कहती है।

रोनक यह सुनकर रेवती की तरफ देखकर मुस्कुराता है और फिर चारो तरफ देखने लगता है।

यह तो बहुत ही सुन्दर नजारा है। दूसरी तरफ देखते हुए रोनक रेवती से कहता है। पर हम यहाँ से जाएगे कहाँ ? यह कहते हुए रोनक रेवती की तरफ देखता है।

हमे वहाँ किनारे पर जाना है। रेवती मुस्कुराकर दूर हाथ का इशारा करते हुए कहती है।

रोनक उधर देखता है जहाँ रेवती हाथ की उंगली का इशारा कर रही है। उस पत्थर से बहुत दूर किनारा है। जहाँ पेड ही पेड है।

पर हम वहाँ जाएगे कैसे ? रोनक दूर देखते हुए कहता है।

रोनक की यह बात सुनकर रेवती मुस्कुराती है और अपने गाऊन मे से एक छड़ी निकालती है। अब रेवती छड़ी को पानी की तरफ घुमाती है और झटकती है। देखते ही देखते पानी पर बर्फ का एक रास्ता बनना शुरू हो जाता है। यह रास्ता तकरीबन चार फीट चौड़ा है और इसके दोनो तरफ छोटे–छोटे स्तम्भ होते है। रास्ता बनते–बनते ही उसपर लाल रंग का कारपेट अपने आप ही बिच्छ रहा है। कुछ ही देर मे समुन्द्र के बीच उस पत्थर से जिसपर रोनक और रेवती खड़े है दूर किनारे तक रास्ता बन जाता है। रोनक के लिए यह एकदम से चौंकाने वाला जादू होता है क्योंकि उसने ऐसा पहले कभी भी नही देखा है।

वाह। क्या बात है। रोनक रेवती की तारीफ करते हुए और इस खूबसूरत रास्ते को देखते हुए कहता है।

अब हमे चलना चाहिए। रेवती आगे बढने के लिए हाथ का इशारा करते हुए रोनक से कहती है।

रेवती और रोनक अपने कदम बढाते है और उस रास्ते पर चलना शुरू कर देते है। रोनक देखता है कि चारो तरफ नीला–नीला पानी है। कुछ ही देर बाद दोनो इस रास्ते द्वारा किनारे पर पहुँच जाते है। किनारे पर पहुँचकर रेवती रास्ते की तरफ पलटती है। रोनक भी पीछे मुडकर देखता है। रेवती अपनी छड़ी रास्ते की तरफ करके झटकती है और तभी समुन्द्र मे एक बड़ी लहर उठती है और वह उस बर्फ के रास्ते पर चढ जाती है। देखते ही देखते लहर के साथ वह रास्ता कही गायब हो जाता है और वहाँ पहले की तरह पानी ही पानी हो जाता है।

वाह। रोनक यह सब देखते हुए कहता है । यह सब कितना सुन्दर और चौंकाने वाला है। हमारी दुनिया मे ऐसा कभी नही हो सकता।

अभी तो शुरूआत है रोनक। रेवती रोनक की बात सुनकर मुस्कुराते हुए कहती है। तुम अभी इससे भी ज्यादा चौंकाने वाली चीजे देखोगे और कुछ दिन बाद खुद करोगे भी।

इस समय दोनो किनारे पर समुन्द्र की रेत मे खड़े होते है। दोनो दूसरी ओर पलटते है। रोनक देखता है कि किनारे से थोडी ही दूरी पर एक घना जंगल है और एक तरफ एक पर्वत शंखला है जिससे एक झरना गिर रहा है।

रोनक आगे चले। रेवती रोनक से कहती है जो ध्यान से गिरते हुए झरने को देख रहा है।

हाँ, हाँ जरूर। रोनक फौरन रेवती की तरफ पलटते हुए कहता है।

अब दोनो किनारे से घने जंगल की तरफ बढते है। वे जंगल शुरू होने से कुछ ही पहले होते है कि तभी सफेद घोडे पर सवार जलेश्वर जंगल से बाहर निकलता है। रोनक और रेवती जलेश्वर को देखकर रूक जाते है। जलेश्वर का घोडा सामान्य घोडो से कुछ अलग है क्योकि इसके बडे–बडे पंख है और सिर पर कुछ लम्बे बाल है।

तुम दोनो का स्वागत है। जलेश्वर घोडे पर बैठा–बैठा ही उनकी तरफ बढता हुआ एक तेज आवाज मे कहता है।

धन्यवाद। रेवती और रोनक जलेश्वर की बात सुनकर एक साथ कहते है।

रेवती इतने सालो बाद तुम्हे यहाँ देखकर बहुत अच्छा लगा। जलेश्वर रेवती से कहता है जो अब दोनो के पास ही खड़ा है।

मुझे भी यहाँ आकर बहुत अच्छा लगा। रेवती एक बडी सी मुस्कान के साथ कहती है। पर अब मुझे जाना होगा क्योंकि मुझे रोनक को यहाँ तक पहुँचाने का काम दिया गया था जो हो चुका है। इसलिए अब मुझे चलना चाहिए।

हाँ, बिल्कुल सही कह रही हो तुम। जलेश्वर रेवती की तरफ देखते हुए कहता है। पर महागुरू तुमसे मिलना चाहते है और इसलिए तुम्हे महल मे आना होगा।

ठीक है। रेवती खुश होकर कहती है। मै जरूर मिलूंगी।

रोनक तुम मेरे पास आओ। जलेश्वर रोनक की तरफ हाथ का इशारा करते हुए कहता है।

रोनक जलेश्वर की बात सुनकर जलेश्वर के पास जाता है। जलेश्वर रोनक का हाथ पकड़कर उसे ऊपर घोड़े पर खींच लेता है और अपने आगे बैठा लेता है।

महल के द्वार पर मिलते है। जलेश्वर रेवती की तरफ इशारा करते हुए कहता है।

इतना कहकर जलेश्वर घोड़े के पेट पर पैर मारता है और पैर लगते ही घोड़ा जंगल की तरफ मुडकर दौड़ने लगता है। कुछ देर बाद ही दौड़ते–दौड़ते यह धरती से ऊपर उठकर उड़ने लगता है। इसके पंख हवा मे खुले होते है जिन्हे यह तेजी से हिला रहा होता है। कुछ देर मे ही यह जंगल के ऊपर पहुँच जाता है। इधर किनारे पर रेवती अपने हाथो को ऊपर की तरफ उठाती है और दोनो हाथो को जोड लेती है। दोनो हाथ जुडते ही एक हल्की सफेद चिंगारी उठती है और रेवती एक बड़ी सफेद चिड़ियाँ मे बदल जाती है। यह सफेद चिड़ियाँ आकाश की तरफ तेजी से उड़ जाती है।

दूसरी तरफ रोनक और जलेश्वर उड़ते हुए जंगल के ऊपर से एक पर्वत के पास पहुँचते है। इस समय घोड़े

के ऊपर बैठे हुए तेज हवा लग रही है । जलेश्वर के बड़े–बड़े कपड़े तेज हवा मे उड़ रहे है और सफेद दाढी एक ओर को लहरा रही है। रोनक देखता है कि इस पर्वत के चारो तरफ पेड़ ही पेड़ है और इन पेड़ो के बीच से ही एक रास्ता नीचे से ऊपर आ रहा है। जो पर्वत के चारो तरफ गोल–गोल घूम रहा है। पर्वत पर एक तरफ एक उजडी हुई बस्ती है जिसके कुछ टूटे–फूटे घर दिखायी दे रहे है। इस बस्ती से ऊपर पर्वत पर एक बड़ा महल है। महल के बीच एक हरा मैदान है और महल के बाहर काफी जगल खाली है जहाँ हरियाली ही हरियाली है। महल के बाहर एक झील है जिसमे एक झरना आकाश से गिर रहा है। इस झरने का पानी झील के बाद नदी के रूप मे बह रहा है। रोनक एक सफेद बडी चिड़ियाँ को भी आकाश मे उड़ते हुए देखता है। रोनक उसे देखकर इस समय नही पहचान पाता कि यह कौन है। रोनक के लिए यह एक बहुत ही अदभुद नजारा है।

घोड़ा इस पर्वत के दो चक्कर लगाता है और इसी समय रोनक यहाँ की सुन्दरता को देखता है। कुछ देर बाद घोड़ा महल से कुछ दूर एक रास्ते पर दौड़ते हुए उतरता है और दौडते–दौडते महल से कुछ पहले ही रूक जाता है। जलेश्वर फौरन घोड़े से नीचे उतरता है और फिर रोनक को भी नीचे उतारता है। इन दोनो के नीचे उतरते ही घोड़ा हिनहिनाता है और मुड़कर घास के मैदान की तरफ चला जाता है।

आओ आगे चलते है। जलेश्वर हाथ से आगे बढने का इशारा करते हुए रोनक से कहता है।

दोनो आगे की तरफ बढते है। जलेश्वर रोनक को लेकर महल के बड़े दरवाजे की तरफ बढता है। तभी एक बडी चिड़ियाँ द्वार के सामने आकर उतरती है और देखते ही देखते रेवती मे बदल जाती है। रोनक यह देखकर खुश हो जाता है क्योंकि ऐसा जादू उसने पहले कभी नही देखा है। जलेश्वर रोनक को लेकर रेवती के पास पहुँचता है।

अब तीनो इस बडे दरवाजे के सामने खड़े हाते है। यह दरवाजा बहुत ही बड़ा है। इसपर खुदी हुई नक्काशी का काम है। जलेश्वर दरवाजे को हाथ लगाता है और ऐसा करते ही दरवाजा स्वम् खुल जाता है। दरवाजे के खुलते ही तीनो महल के अन्दर प्रवेश करते है। अन्दर से यह एक बहुत ही सुन्दर महल है। सामने ही एक बड़ा बगीचा है जिसके बीचो–बीच एक फवारा लगा है। तीनो आगे बढते है। बगीचे मे रंग–बिरंगे फूल लगे है। आगे चलने पर वो एक गलिहारे से गुजरते है। इसकी ऊँची–ऊँची दीवारे है। इसकी दीवारो पर अलग–अलग तरह की नक्काशी का काम है। कही सुन्दर चित्र है तो कही दीवार मे खुदे हुए मुर्ति नुमा कला। दीवारो पर शेर, चीते, सांप, पशु–पक्षी आदी के चित्र है। कुछ ओर आगे चलने पर रोनक देखता है कि दीवारो पर परियो के चित्र है। उन्हे देखकर ऐसा लग रहा है जैसे चित्रो द्वारा कोई कहानी दीवार पर लिखी गयी हो। किनारो पर बडे–बडे स्तम्भ है जिनपर भी नक्काशी का काम है। महल की दीवारो पर मशाले लगी है जो दिन का समय होने के कारण अभी जल नही रही है। अन्दर से यह एक सुन्हेरी महल है। यह पृथ्वी के किसी भी महल से बहुत सुन्दर

है। रोनक चारो तरफ नज़र दौड़ाकर महल की सुन्दरता को देख रहा है। ये तीनो आगे बढते है और फिर एक भव्य भवन के आगे पहुँचते है। इसके बड़े–बड़े दरवाजे है जो खुले हुए है। तीनो इस भवन मे प्रवेश करते है। इसके अन्दर प्रवेश करते ही रोनक एक अलग और अनोखा दृश्य देखता है। इस भवन मे कुछ दूरी पर एकदम सामने एक बड़ा सिंहासन है। जो जमीन से कुछ ऊँचाई पर एक ऊँचे स्थान पर है। वहाँ तक पहुँचने के लिए जमीन से ऊपर तक काफी सीढीया है। सिंहासन के पीछे काफी सुन्दर दीवार है जिसपर बहतरीन कलाकारी की गयी है। बड़े सिंहासन से कुछ नीचे चार सिंहासन ओर है। दो सिंहासन एक तरफ है और दो दूसरी तरफ। चारो सिंहासन ही सोने के बने लग रहे है पर बडे सिंहासन की सुन्दरता को शब्दो मे बया नही किया जा सकता। इस समय ये पाँचो सिंहासन ही खाली पड़े है। भवन मे दोनो तरफ बैठने के लिए कुछ ओर कुर्सीया है जो बहुत ही सुन्दर है। बीच का रास्ता खाली है जिसपर लाल रंग का कारपेट बिच्छ रहा है। जो बड़े दरवाजे से ऊँचे सिंहासन तक जाने वाले रास्ते पर बिच्छा हुआ है। भवन मे दोनो तरफ बडे–बडे स्तम्भ है जिनपर लिपटे हुए सांपो की आकृतियाँ है और इनपर मशाले लगी हुई है। इस भवन की छत खुले आसमान सी लग रही है। दीवारो पर छत की तरफ से नीचे को पानी बह रहा है और वह फर्स मे ही कही जा रहा है। नीचे फर्स इतना साफ और सुन्दर है कि आसमान जैसी छत का प्रतिबिम्ब इसमे साफ दिखाई दे रहा है। यह रोनक के लिए एक सुन्दर और अनोखा नजारा है। रोनक चारो तरफ नज़र

दौड़ाकर देख रहा है। रोनक महसूस करता है कि शायद यह किसी राजा का सभा महल है। तीनो आगे बढते है और उस ऊँचे सिंहासन के सामने सीढीयों से नीचे जाकर रूक जाते है। जलेश्वर और रेवती अपने घुटनो के बल बैठ जाते है और सिर झुकाते है। रोनक भी इन्हे देखकर ऐसा ही करता है।

महागुरू, हम रोनक को ले आए। सिर झुके हुए ही जलेश्वर यह शब्द कहता है।

जलेश्वर के इतना कहते ही बीच वाले बडे सिंहासन पर आग की ऊँची–ऊँची लपटे जल उठती है। कुछ देर बाद इन लपटो की चोटी से पानी की एक धारा निकलती है। जो आग को धीरे–धीरे शान्त करती है। जैसे–जैसे यह आग शान्त होती है तो देखते ही देखते इसमे से एक बूढा व्यक्ति दिखाई देता है। थोडी देर मे वह आग पूरी तरह शान्त हो जाती है और सिंहासन पर एक बूढा व्यक्ति प्रकट होता है। यह बूढा व्यक्ति दिखने मे जलेश्वर से थोडी कुछ ज्यादा उम्र का है। इसकी पेट तक लम्बी सफेद दाढी है और कमर तक लम्बे सफेद बाल है। चहरे पर एक अलग ही तेज है। इन्होने जलेश्वर की तरह ही सफेद रंग के बडे–बडे कपडे पहन रखे है और इनके हाथ मे सफेद रंग की एक बड़ी छडी है जो काफी लम्बी है। इनके सिर पर सोने का एक छोटा सा मुकुट लगा है। सिंहासन पर प्रकट होने वाला व्यक्ति जलमहल का राजा बुद्धघोष है। जिन्हे सभी महागुरू कहते है।

महागुरू के प्रकट होने के बाद तीनो अपने स्थान पर खड़े हो जाते है। इन तीनो को देखते ही महागुरू अपने सिंहासन से उठते है और नीचे की तरफ तीनो के पास आते है। महागुरू के चहरे पर एक मुस्कुराहट होती है। कुछ ही देर मे महागुरू तीनो के सामने खड़े होते है।

तुम दोनो का जलमहल मे स्वागत है। खुश होते हुए महागुरू रोनक और रेवती से कहते है।

आज इतने सालो बाद तुम्हे जलमहल मे दोबारा देखकर हमे बहुत अच्छा लग रहा है। महागुरू खुश होकर रेवती से यह कहते है। हम बहुत खुश है तुम्हारे काम से। क्योंकि जो काम तुम्हे दिया गया था तुमने उसे इतनी अच्छी तरह किया है कि शायद कोई ओर ना कर पाता।

धन्यवाद महागुरू। रेवती के चहरे पर खुशी की एक बड़ी मुस्कान होती है। मैने तो सिर्फ आपके आदेश का पालन किया है।

रेवती की यह बात सुनकर महागुरू मुस्कुराते हुए गर्दन हिलाते है।

अब मुझे चलना चाहिए महागुरू। रेवती महागुरू से कहती है। आज्ञा दे।

ठीक है। महागुरू मुस्कुराकर रेवती से कहते है। अपना और रोनक की माँ का ख्याल रखना।

जी महागुरू। अब सिर झुकाकर रेवती दरवाजे की तरफ चली जाती है और कुछ ही देर मे ओझल हो जाती है।

रोनक हम बहुत खुश है तुम्हे यहाँ देखकर। गला भरी हुई आवाज मे महागुरू रोनक से कहते है।

वैसे तो जलेश्वर तुम्हे तुम्हारे पिता और हमारी दुनिया दोनो के बारे मे काफी कुछ बता चुका है पर कुछ ओर भी है जो मै तुम्हे बताना चाहता हूं।

रोनक 18 साल पहले जब तुम्हारे पिता की हत्या हुई वह बहुत ही बुरा वक्त था। महागुरू ये सब कहते हुए महल मे इधर–उधर घूमने लगते है।

उस समय एक दुष्ट जादूगर ने पृथ्वी को नष्ट करके अपना साम्राजय स्थापित करने के लिए पृथ्वी पर हमला किया। इस हमले से पृथ्वी को बचाने के लिए हमारे जादूगरो ने उनसे लड़ाई की।

एक पल के लिए रूकने के बाद महागुरू दोबारा बोलते है।

बहुत भयंकर युद्ध हुआ रोनक । बहुत भयंकर। इसमे हमारे भी बहुत से जादूगर मारे गए जिनमे से तुम्हारे पिता भी एक थे पर तुम्हारे पिता को खुद उसी जादूगर ने मारा जिसका नाम विक्टर है और जो इन सभी दुष्ट जादूगरो का राजा है। विक्टर ही यह युद्ध करा रहा था।

इतना कहने के बाद महागुरू रोनक के पास आते है और उसके सामने खड़े हो जाते है फिर से कुछ पल की खामोशी छा जाती है।

पर उस रात कुछ ओर भी हुआ जो शायद कोई नही जानता। खामोशी को तोडते हुए महागुरू फिर से बोलते है। सभी अंदाजा लगा रहे है कि क्या हुआ और कैसे हुआ। कुछ लोग मानते है कि विक्टर उस रात मारा गया था और कभी–कभी लगता भी ऐसा ही है क्योंकि इन 18 सालो मे कभी भी कुछ भी ऐसा नही हुआ जिसे कहा जा सके कि यह विक्टर ने किया है, पर रोनक मुझे कभी यह विश्वास ही नही होता कि वह मर चुका है।

क्यो ? आपको क्यो नही लगता कि वो मर गया है ? रोनक अचानक से बीच मे एक दबी आवाज मे बोलता है।

क्योंकि बहुत सालो पहले किसी महान जादूगर ने मुझे कुछ बताया था। रोनक की बात सुनकर महागुरू एकदम से कह उठते है। जिसे मै पूरी तरह तो नही जानता। पर हाँ उसके अनुसार विक्टर इतनी आसानी से नही मर सकता।

तो फिर कहाँ है वो ? रोनक महागुरू से फिर से सवाल करता है।

अफसोस। मुझे नही पता। एक लम्बी सांस छोडते हुए महागुरू कहते है। पर हाँ अगर वह जिन्दा है तो वह बहुत जल्द दुनिया के सामने आयेगा।

आप ये कैसे जानते है ? रोनक फिर से बीच मे बोल उठता है।

महागुरू एक नजर रोनक की तरफ देखते है।

मै जानता हूं रोनक। महागुरू रोनक के सवाल का जवाब देते हुए कहते है। क्योंकि जादूई दुनिया का एक छोटा– सा पर बहुत ही महत्त्वपूर्ण नियम है। यदी कोई जादूगर जिन्दा है और वह 20 साल तक दुनिया को अपनी मौजूदगी साबित नही करता तो 20 साल बाद वह अपनी जादूई शक्तिया खो देता है। इसलिए अगर वह जिन्दा है तो वह बहुत जल्द दुनिया के सामने आएगा और इसलिए ही मै दौबारा नए यौद्धाओ का चयन कर रहा हूं। जिससे की जब वह दौबारा हमला करे तो हम तैयार हो उससे लड़ने के लिए।

यौद्धाओ का चयन। रोनक चौंककर कहता है। तो क्या यहाँ मेरे अलावा ओर भी लड़के है ?

बेशक। महागुरू एक सपाट आवाज मे कहते है। और भी लड़को का चुनाव हुआ है यौद्धाओ के लिए। जलेश्वर अभी तुम्हे वहाँ उनके पास छोड़ आएगा और तब तुम उन सबसे मिल सकोगे। अब थोडी देर की खामोशी छा जाती है।

क्या कुछ और पूछना चाहते हो रोनक ? महागुरू कुछ देर की खामोशी के बाद बोलते है।

नही महागुरू। रोनक फौरन बोलता है।

जलेश्वर। महागुरू जलेश्वर की तरफ देखते हुए कहते है जो काफी देर से चुपचाप एक तरफ खड़ा महागुरू और रोनक मे हो रही बातो को सुन रहा था। जाओ रोनक को उसके कमरे मे लड़को के पास छोड आओ।

जी महागुरू। जलेश्वर गर्दन झुकाकर महागुरू से कहता है।

और रोनक को वहाँ छोडकर हमारे पास ही आना। हम तुमसे कुछ जरूरी बात करना चाहते है।

जी महागुरू। जलेश्वर गर्दन हिलाते हुए जवाब देता है।

हमारे साथ आओ रोनक। जलेश्वर रोनक से कहता है।

अब जलेश्वर रोनक को लेकर वहाँ से बाहर आ जाता है। कुछ समय बाद ये दोनो एक गलिहारे से होते हुए एक कमरे के दरवाजे पर पहुँचते है। यह भी एक बड़ा दरवाजा है। जलेश्वर हाथ बढाकर दरवाजे को अन्दर की तरफ धक्का देता है। दरवाजा खुल जाता है और जलेश्वर अन्दर प्रवेश करता है। रोनक उसके पीछे–पीछे होता है। दरवाजे के खुलने की आवाज सुनकर चार लड़के दरवाजे के सामने और कमरे के बीच आकर खड़े हो जाते है। रोनक जलेश्वर से चार फीट के फासले पर खड़ा उन चारो लड़को पर नज़र डालता है। सभी उसकी ही उम्र के लड़के है।

लड़को यह रोनक है। जलेश्वर एक भारी और ऊँची आवाज मे चारो लड़को से कहता है। आज से यह भी तुम्हारे साथ यही रहेगा।

अब बाकी बाते और जान–पहचान तुम खुद करो। जलेश्वर पीछे मुड़ते हुए कहता है। मुझे कुछ जरूरी काम है इसलिए मुझे जाना होगा। मै जल्द ही तुम सबसे दोबारा मिलता हूं।

इतना कहकर जलेश्वर रोनक को उन लड़को के पास कमरे मे छोड़कर वहाँ से चला जाता है। अब रोनक कमरे मे आगे बढता है। चारो लड़के उसे देख रहे है। तभी एक लड़का आगे बढकर रोनक के पास आता है।

आओ रोनक। वह लड़का रोनक का हाथ पकडते हुए कहता है और उसे अन्दर ले जाता है।

थोडी देर बाद ही सभी एक पलंग पर बैठे होते है और आपस मे बात कर रहे होते है।

रोनक सभी से उनके नाम पूछता है। तब सभी एक–एक करके अपने नाम बताते है। सबसे पहले वही लड़का बोलता है जो उसे हाथ पकडकर कमरे मे लाया था।

रोनक मेरा नाम समीर है और मै पृथ्वी पर हिमाचल से हूं। समीर, रोनक को ये बहुत ही खुश होकर बताता है।

इसी तरह से सभी रोनक को अपना–अपना परिचय देते है। समीर के अलावा तीन लड़को के नाम दिव्यांश,

सलिल और प्रत्यक्ष होते है। दिव्यांश गुजरात से, सलिल बेंगलूरू से और प्रत्यक्ष पटना से है।

सभी एक–दूसरे के बारे मे पूछ रहे है। रोनक इन्हे बताता है कि वो दिल्ली से है। रोनक इन सभी से मिलकर बहुत खुश होता है। सभी का व्यवहार बहुत ही अच्छा होता है। रोनक और चारो लड़के जल्द ही दोस्त बन जाते है। धीरे–धीरे दिन ढलता है और रात का खाना खाने के बाद सभी अपने–अपने बिस्तर पर सो जाते है।

अध्याय नौ

चार गुरू

सुबह हो चुकी है। चिड़ीयाओ की चहचहाहट की आवाज कमरे के बाहर हो रही है। सूरज की किरणे कमरे की खिड़की से अन्दर झांक रही है। तभी लड़को के कमरे का दरवाजा खुलता है। दरवाजे के बाहर जलेश्वर खड़ा होता है। जलेश्वर देखता है कि पाँचो लड़के अपने–अपने बिस्तर पर सो रहे है।

ये पृथ्वीवासी भी ना। जलेश्वर गर्दन हिलाते हुए धीरे से अपने आप से ये कहता है। जलेश्वर की नजर लड़को पर होती है।

उठो सभी। सुबह हो चुकी है। जलेश्वर एक ऊँची आवाज मे कमरे मे प्रवेश करते हुए कहता है।

जलेश्वर की ऊँची आवाज सुनकर सभी की आँख खुल जाती है और सलिल तो डर जाता है। वह एकदम से कूद पड़ता है और बिस्तर से नीचे गिर जाता है। सभी देखते है कि उनके सामने जलेश्वर खड़ा है और वो गुस्से मे दिख रहा है। सलिल फौरन जमीन से उठकर अपने बिस्तर पर बैठ जाता है।

तुम लोग अब तक सो रहे हो। जलेश्वर गुस्सा करते हुए कहता है। बाहर देखो सूरज भी आसमान मे निकल आया है।

जलेश्वर के इतना कहते ही सभी की नजर कमरे की खिड़की पर पडती है।

आप सभी को सभा महल मे महागुरू ने बुलाया है। जल्द से जल्द तैयार होकर वहाँ पहुँचो। इतना कहकर जलेश्वर गर्दन हिलाता हुआ पलटता है और कमरे से बाहर आ जाता है।

पाँचो लड़के फटाफट अपने–अपने बिस्तर से उठ जाते है और सभी मे तैयार होने की दौड लग जाती है। सभी जल्दी–जल्दी काम कर रहे है और जल्दी तैयार होने की कोशिश कर रहे है। कुछ देर बाद सभी तैयार होकर अपने कमरे से बाहर निकलते है और सभा महल की तरफ बढते है। बहुत जल्द सभी सभा महल के पास पहुँच जाते है। सभी देखते है कि आज सभा महल के बाहर दो पहरेदार खड़े है जिनके हाथ मे एक लम्बी लाठी जैसी छड़ी है। पाँचो सभा महल के दरवाजे पर पहुँच जाते है और अन्दर प्रवेश करते है। सभी की नजर सामने पडती है। ऊँचे सिंहासन पर महागुरू बुद्धघोष बैठे होते है और उनके दोनो ओर उनके सिंहासन से कुछ नीचे चार सिंहासन और होते है। जिसमे से दो एक तरफ और दो दूसरी तरफ होते है। इन सिंहासनो पर चार अन्य व्यक्ति बैठे होते है। महागुरू इन चारों से किसी विषय मे बात कर रहे है। पाँचो लड़के आगे बढते है। इन सिंहासनो से नीचे एक तरफ जलेश्वर खड़ा होता है। इन पाँचो के महल मे प्रवेश करते ही सभी की नजर घूमती है और इन पाँचो पर पड़ती है। पाँचो धीरे–धीरे बढते हुए सिंहासन के ठीक नीचे वाले स्थान पर पहुँच

जाते है। जहाँ से ऊपर सिंहासन तक जाने के लिए सीढिया शुरू होती है। पाँचो अपने एक घुटने के बल बैठते है और अपने–अपने सिर झुकाते है और फिर अपने स्थान पर खड़े हो जाते है। सभी की नजर महागुरू पर होती है जो थोडे गुस्से मे दिख रहे है।

आप सभी अपने समय के अनुसार यहाँ देर से पहुँचे है। एक तेज आवाज के साथ महागुरू बोलते है। मै चाहुंगा कि भविष्य मे दौबारा ऐसा ना हो।

जी महागुरू। पाँचो लड़को की नजर थोडी सी झुक जाती है और गर्दन हिलाते हुए सभी एक साथ कहते है।

और मै चाहता हूं कि कल से आप सभी सुबह जल्दी उठेंगे और व्ययाम करेगे। महागुरू दोबारा बोलते है।

सभी लड़के दोबारा से गर्दन हिलाते है। अब महल मे एक खामोशी छा जाती है।

आज मैने आप सभी को यहाँ इस सभा महल मे अन्य गुरूओं से मिलवाने के लिए बुलाया है। खामोशी को तोड़ते हुए महागुरू कहते है। आप सभी मेरे बारे मे तो जानते ही है। सभी मुझसे मिल भी चुके है पर मेरे अलावा और भी जादूगर है जो मेरा साथ देने के लिए और इस महल की सुरक्षा के लिए यहाँ रहते है। ये सब भी मेरी तरह ही इस महल को और दुनिया को बुरी ताकतो से बचाना चाहते है। चारो गुरूओ की तरफ हाथ करते हुए महागुरू कहते है।

ये है आपके गुरू हेमआध। अपनी दायी ओर हाथ का इशारा करते हुए महागुरू लड़को से कहते है। महागुरू

के इतना कहते ही महागुरू के दायी ओर बैठा एक व्यक्ति मुस्कुराता है और हाँ मे गर्दन हिलाता है। जो आपको भविष्य देखने की कला सिखाएगे। इतना कहने के बाद महागुरू एक पल के लिए सांस लेते है और फिर एक पल बाद दोबारा बोलते है। ये कला जितनी मुश्किल है उतनी ही महत्त्वपूर्ण भी है। इसके ज्ञान से मनुष्य भविष्य मे होने वाली घटनाओ को घटने से पहले ही देख सकता है और समय रहते बहुत कुछ सम्भाल सकता है। हमारे यहाँ कुछ ऐसे जादूगर रहे है जिन्हे इस कला का बहुत ही बहतरीन ज्ञान था। इस कला के कुछ नियम भी है जो गुरू हेमआध आपको बाद मे बताएगे जब वो आपको इस कला का ज्ञान दे रहे होंगे। मै उम्मीद करता हूं कि आपमे से जरूर कोई ना कोई इस कला को बहुत अच्छे से सीख पाएगा।

एक पल का विराम लगता है और सभी लड़के गुरू हेमआध को देख रहे होते है। एक पल बाद फिर

ये है आपके गुरू इष्ट। अब महागुरू हेमआध के साथ बैठे हुए दूसरे गुरू की तरफ इशारा करते हुए कहते है। जो आपको औषधियो का ज्ञान कराएंगे। मै बताना चाहुंगा कि ये बहुत ही कठिन पर बहुत ही बहतरीन और जरूरी विषय है। इस विषय मे इष्ट आपको सिखाएंगे कि किस प्रकार औषधिया एक मरते हुए इंसान को भी जीवन प्रदान कर सकती है। यह वाकई एक बहुत ही अच्छा विषय है और मुझे यकीन है कि आप इसे बडे अच्छे से सिखेंगे और मै चाहुंगा कि आप सभी इस विषय मे अच्छे रहे। आगे देखते है कि क्या होता है।

फिर से एक सेकण्ड का विराम आता है और फिर.......

रोनक तुम्हारे पिता त्रिलोक को औषधियो का बहुत ही अच्छा ज्ञान था। महागुरू अचानक से रोनक की तरफ देखकर कहते है। जिससे रोनक का ध्यान एकदम से इष्ट से हटकर महागुरू पर आता है। इसी कारण वे पृथ्वी पर एक अच्छे और मशहूर चिकित्सक बन पाए।

ओह, वो क्या कहते है पृथ्वी पर। हाँ, डॉक्टर बन पाए।

रोनक महागुरू की बात सुनकर खुश हो जाता है और थोडा सा चौड़ा हो जाता है। अन्य सभी लड़के रोनक की तरफ देखते है।

ये है आपके गुरू रूहेल। अब महागुरू अपनी बाई और बैठे गुरू की तरफ इशारा करते हुए कहते है। महागुरू की नजर पाँचो लड़को पर होती है और महागुरू के हाथ के इशारे के साथ ही पाँचो लड़को की नजर उनकी बाई ओर बैठे गुरू पर जाती है। जो आपको काले जादू की शिक्षा देंगे। यह विषय बहुत ही अलग है। इसका इस्तेमाल ना केवल हमारी दुनिया मे बल्कि पृथ्वी पर भी होता है। इस जादू का इस्तेमाल अगर सही तरीके से करो तो यह बहुत लाभदायक साबित होता है पर इसका गलत इस्तेमाल बहुत भयंकर हो सकता है। इस विषय को पढाते हुए गुरू रूहेल आपको इसके बारे मे बहुत ही बारीकी से बतांगे । मुझे उम्मीद है कि आपको यह विषय बहुत ही अच्छा लगेगा, पर मै एक बात ओर कहना चाहूंगा की आपमे से कोई भी कभी भी

इसका गलत इस्तेमाल नही करेगा। जैसा कि मै पहले ही बता चुका हू कि इसका गलत इस्तेमाल बहुत ही भयंकर परिणाम पैदा कर देता है। इसलिए सभी इसका सही इस्तेमाल ही करे।

जी महागुरू। पाँचो लड़के एक साथ महागुरू की कही बात के बाद कहते है।

ये है आपके गुरू काव्य। महागुरू चौथे और आखिरी गुरू की तरफ इशारा करते हुए कहते है जो ठीक रूहेल के बराबर मे पडे सिंहासन पर बैठे है। जो आपको तलवारबाजी सिखाएंगे। इस कला का उपयोग अकसर युद्ध मे ही होता है। वैसे तो हमारी दुनिया मे केवल छडी के जादू से ही लडाईया लडी जाती है पर कुछ ऐसे जादूगर है जो तलवार का इस्तेमाल भी करते है और वे अपनी छड़ी के स्थान पर तलवार का ही प्रयोग करते है। जो भी जादूगर तलवार का प्रयोग करता है वो अकसर राजकीय परिवार से होता है। क्योंकि कोई भी साधारण जादूगर तलवार का प्रयोग नही कर सकता। साधारण जादूगर केवल छड़ी का ही प्रयोग करते है। और इसलिए ही यह विद्या बहुत जरूरी है। मै चाहूंगा कि आप सभी इस विद्या मे निपूर्ण हो।

इतना कहने के बाद महागुरू चुप हो जाते है और रोनक की नजर बारी–बारी चारो गुरूओ पर पडती है वह देखता है कि चारो गुरू अपने–अपने स्थान पर बैठे है। काव्य दिखने मे एक लम्बे तगडे शरीर वाला है। इसका रंग साफ है। आँखे बडी और काली है। इसके बाल थोडे लम्बे और सीधे है। चहरे पर हल्की–हल्की दाठी मूँछ है।

फिर रोनक की नजर रूहेल पर पडती है। इनका कद लम्बा है और शरीर चौड़ा है। आँखे बडी और पीली है। बाल कुछ लाल और घुघराले है।

रूहेल के बाद रोनक हेमआध को देखता है। जिसका शरीर ठीक–ठाक और चुस्त है। बाल कुछ सफेद और कुछ काले है। आँखे बडी और काली है। चहरा मुस्कुराता हुआ है।

अब रोनक आखिरी गुरू इष्ट की तरफ देखता है। यह लम्बा तगडा है। बाल काले है, आँखे बडी और लाल है। चहरे पर दाढी मूँछे है। इनका शरीर थोडा सा झुका हुआ है। इन्हे देखकर लग रहा है कि ये आज भी अपनी विद्या मे बहुत ही निपूर्ण होंगे।

आप सभी को इस जादूई दुनिया मे बुलाने का एक ओर कारण भी है। चारो गुरूओ का परिचय कराने के बाद और एक लम्बी खामोशी के बाद महागुरू बोलते है। जो आपके माता–पिता तो बखूबी जानते है पर आप नही जानते। मै चाहता हूं कि आपको यह सब पता होना चाहिए कि आप सब यहाँ क्यो और किस मकसद से आए है।

महागुरू की जबान से ये शब्द निकलते ही पाँचो लड़के एक–दूसरे की तरफ देखते है और फिर से महागुरू को देखने लगते है।

अब महागुरू अपने सिंहासन से उठकर खड़े हो जाते है। महागुरू को उठता देख अन्य गुरू भी खड़े हो जाते है पर महागुरू फौरन अपने हाथ से उन्हे बैठने का

इशारा करते है और फिर इसके बाद सभी अपने स्थान पर बैठ जाते है।

आप पाँचो का चयन पृथ्वी की रक्षा के लिए किया गया है। अपने सिंहासन के स्थान से आगे आते हुए महागुरू कहते है और उस स्थान पर खड़े हो जाते है जो पाँचो लड़को के ठीक सामने है पर कुछ ऊँचाई पर है।

आज से 18 साल पहले पृथ्वी पर विक्टर ने हमला किया था पर वह उसमे कामयाबी हासिल नही कर पाया था। क्योंकि हमने उसे रोकने की पूरी कोशिश की और उसके साथ युद्ध किया। उस युद्ध मे हमारे भी बहुत से जादूगर मारे गए पर उस रात कुछ ऐसा हुआ जो शायद ही कोई जानता है।

बहुत से जादूगर कहते है कि उस रात युद्ध मे विक्टर मारा गया और कुछ कहते है कि वह जिन्दा है।

इतना कहने के बाद महागुरू एक पल के लिए रूक जाते है और फिर कुछ क्षण बाद दोबारा बोलना शुरू करते है।

अगर वह मारा गया तो बहुत ही अच्छा है पर अगर वह जिन्दा है तो वो वक्त नजदीक ही आ रहा है जब वह दौबारा हमला करेगा और इसलिए हम सभी को उसे जवाब देने के लिए तैयार रहना चाहिए। हमे उससे लडने के लिए तैयार रहना चाहिए।

फिर से एक खामोशी छा जाती है। सभी लडके महागुरू की बात को बहुत ही ध्यान से सुन रहे है। अब कुछ देर बाद महागुरू फिर से बोलते है।

दुनिया मे बहुत से बच्चे है पर उनमे से सिर्फ आप पाँच को चुना गया है इस बहतरीन दुनिया मे शामिल करने के लिए और विक्टर का सामना करने के लिए। क्या आप इसका कारण जानते है ? नही ना।

आप सभी मे कुछ ना कुछ खास है। जो आप शायद अभी नही जानते पर उस खासियत को हम जानते है, आपके माता–पिता जानते है। आप सभी का जन्म कुछ खास शक्तियो के साथ हुआ है और ये शक्तिया आपको आपके माता–पिता से मिली है। यहाँ रहकर आप ओर जादूई शक्तिया प्राप्त करेंगे और उनका प्रयोग करना सिखेंगे। अब महागुरू चारो गुरूओ की तरफ हाथ का इशारा करते हुए कहते है। हम आपको जादूई शक्तिया देगे और फिर आप यहाँ रहकर उनका इस्तेमाल करना सिखोगे और अब आखिर मे मै आप सभी को महल के कुछ नियम बताना चाहता हूं और चाहूंगा की आप सभी उनका पालन करे।

महागुरू की बात सुनकर पाँचो लडके गर्दन हिलाते है।

मै बता दू कि महल के पास एक जंगल है जिसमे आप मे से कोई नही जाएगा। आपका वहाँ जाना खतरनाक साबित हो सकता है। महागुरू त्योरिया चढाते

हुए कहते है। और रात के अन्धेरे मे भी सभी अपने कमरे मे ही रहेंगे कोई भी बाहर नही घूमेगा।

इतना कहने के बाद महागुरू मुडकर अपने सिंहासन पर दोबारा जाकर बैठ जाते है।

अब आप सभी जा सकते है। महागुरू पाँचो लड़को से कहते है। आप सभी शक्तिया कब और कैसे पाएंगे ये हम गुरूओ के साथ विचार करके आपको बता देंगे। आज आप सभी का महल मे पहला दिन है तो अगर आप चाहे तो इस खूबसूरत महल को देखने का विचार बना सकते है।

इतना कहने के बाद महागुरू पाँचो लड़को की तरफ बाहर जाने का हाथ का इशारा करते है। जिसे देखकर पाँचो लड़के महागुरू और चारो गुरूओ के सामने सिर झुकाकर महल से बाहर की तरफ चले जाते है।

अध्याय दस

सुमसान गलिहारा

शाम का समय है और मौसम बहुत ही सुहाना है। सूरज के ढलने मे कुछ ही समय बचा है और हल्की–हल्की ठंड बढ रही है। पाँचो लड़के महल के बगीचे मे घूम रहे है। पाँचो ही अच्छे दोस्त बन चुके है पर रोनक और समीर की दोस्ती कुछ अलग है। रोनक और समीर कम समय मे ही बहुत अच्छे दोस्त बन गए है। बगीचे मे घूमते हुए रोनक और समीर आपस मे बात कर रहे है। कुछ देर बाद दिव्यांश, सलिल और प्रत्यक्ष बगीचे मे बैठ जाते है पर रोनक के मन मे महल को देखने की इच्छा होती है इसी वजह से रोनक और समीर महल को देखने के लिए बगीचे से महल मे आ जाते है। ये दोनो महल मे यहाँ–वहाँ घूमने लगते है। रोनक और समीर जहाँ भी देखते है वह इतना सुन्दर होता है कि वैसा उन्होने कही देखा ही नही होता। दोनो महल की खूबसूरती देखकर चौंक रहे है और आपस मे बात कर रहे है। महल मे पुराने समय की कलाकारिया है। जो महल को खूबसूरत बना रही है। घूमते–घूमते दोनो महल के एक सुमसान स्थान पर पहुँच जाते है। उस स्थान को देखकर ऐसा लगता है कि शायद यहाँ बरसो से कोई नही आया है। यह एक चौडा गलिहारा है। जो शायद बरसो से साफ नही हुआ है। फर्श और सभी दीवारो पर धूल है।

ये कैसी जगह है। रोनक समीर से कहता है। पूरा महल इतना सुन्दर है और यहाँ देखो कितना गंदा है। इस जगह को देखकर ऐसा लग रहा है कि शायद बरसो से यहाँ कोई नही आया।

हाँ, समीर रोनक की बात सुनकर बोलता है। देखकर तो ऐसा ही लग रहा है कि शायद ये जगह बरसो से खाली है और यहाँ कोई नही आया।

चलो आगे देखते है कि यहाँ क्या है। रोनक समीर से कहता है और फिर दोनो आगे बढते है और बहुत ही जल्द एक बडे दरवाजे के सामने पहुँच जाते है।

रोनक और समीर इस दरवाजे को देखते है। यह दरवाजा बहुत बडा और सुन्हेरी है। इस पर सुन्दर कारीगरी है। इसके दोनो तरफ शेरो की दो मूर्तिया है। दरवाजा इस समय बन्द है। रोनक इस दरवाजे को देखकर थोडा सा उत्साहीत हो जाता है और दरवाजे की तरफ बढता है।

रोनक इस जगह को देखकर ही ऐसा लग रहा है कि बरसो से यहाँ कोई नही आया। समीर रोनक को रोकते हुए कहता है। शायद हमे इस दरवाजे के अन्दर नही जाना चाहिए। समीर रोनक का हाथ पकडकर कहता है। चलो अब हम वापस अपने कमरे मे चलते है।

हाँ, लगता तो ऐसा ही है। रोनक समीर की बात सुनने के बाद कहता है। पर अब जब हम यहाँ आ ही गए है तो हमे इस जगह को देखना चाहिए कि क्या है इस दरवाजे के अन्दर।

तुम कहना क्या चाहते हो ? समीर थोडा सा घबराते हुए कहता है।

मै देखना चाहता हूं कि इस दरवाजे के पीछे क्या है? रोनक समीर की बात सुनकर फौरन बोलता है।

नही रोनक। रोनक की बात सुनकर समीर एकदम जोर से बोलता है। समीर की आवाज मे एक डर होता है। रोनक पता नही उस दरवाजे के पीछे क्या है या कौन है। कही ऐसा ना हो कि हम किसी मुसीबत मे पड जाए। समीर रोनक को समझाते हुए कहता है।

घबराओ मत। ऐसा कुछ नही होगा।

इतना कहकर रोनक उस दरवाजे की तरफ बढता है। रोनक काफी करीब से देखता है कि दरवाजे पर मकड़ी के जाले लगे हुए है। रोनक आगे बढकर अपना हाथ बढाता है और हाथ से ही इन जालो को हटाता है। रोनक के चहरे पर यह जानने की बेचैनी को साफ देखा जा सकता है कि उस दरवाजे के पीछे क्या है। जैसे ही वह उस दरवाजे को छूने के लिए अपना हाथ आगे बढाता है तभी कोई पीछे से रोनक को आवाज लगाता है।

रोनक !

आवाज सुनकर रोनक डर जाता है और अपने हाथ को एकदम पीछे खीचते हुए झटके से पलटकर देखता है। बिल्कुल ऐसा ही समीर के साथ भी होता है। वह भी आवाज सुनकर डर जाता है और फौरन पलटकर देखता है। दोनो देखते है कि समीर के पीछे कुछ दूरी पर

जलेश्वर खड़ा होता है। रोनक और समीर दोनो जलेश्वर को वहाँ देखकर डर जाते है। रोनक डरकर फौरन समीर की तरफ बढता है और उसके पास आकर खड़ा हो जाता है। अब रोनक और समीर दोनो ही जलेश्वर के सामने खड़े होते है।

तुम दोनो यहाँ क्या कर रहे हो ? जलेश्वर रोनक और समीर की तरफ देखते हुए पूछता है। जलेश्वर की आवाज सामान्य से तेज होती है और उसकी आवाज मे गुस्सा साफ झलक रहा होता है।

हम दोनो। हम दोनो यहाँ घूमते–घूमते आ गए थे। रोनक घबराते हुए जलेश्वर से कहता है जिसपर हाँ भरता हुआ समीर भी गर्दन हिलाता है।

ठीक है। जलेश्वर थोडा गुस्से के अन्दाज मे ही बोलता है। पर इस तरह शाम के समय अकेले महल मे इधर–उधर घूमना ठीक नही है। महागुरू ने तुम लोगो को बताया भी था।

जी जलेश्वर। रोनक और समीर एक साथ कहते है।

तुम दोनो को मै बताना चाहुंगा कि कभी भी ऐसी जगह पर मत घूमो जहाँ लगे कि बहुत दिनो से उसका इस्तेमाल नही हुआ है। ठीक ऐसी जगह जहाँ हम इस समय खड़े है।

जी जलेश्वर। फिर से दोनो बोलते है।

मै आपसे कुछ पूछना चाहता हूं ? रोनक जलेश्वर से कहता है।

क्या ? जलेश्वर भोहे चढाता हुआ रोनक की तरफ देखता है।

वहाँ उस दरवाजे के पीछे क्या है ? रोनक पलटकर उस दरवाजे की तरफ देखते हुए पूछता है जिसे अभी कुछ देर पहले वह खोलने वाला था।

रोनक की बात सुनकर जलेश्वर एकदम से शान्त हो जाता है। उसका गुस्सा कही फूर्र हो जाता है और वह दोनो की तरफ देखता हुआ कुछ सोचने लगता है।

बताओ ना। क्या है उस दरवाजे के पीछे ? रोनक दोबारा से अपना सवाल पूछता है।

कुछ नही। जलेश्वर एक धीमी आवाज मे कहता है। वह एक पुराना कक्ष है और कुछ नही।

अब कुछ क्षणो की खामोशी छा जाती है और जलेश्वर की नजर रह–रहकर उस दरवाजे पर जाती है।

मै तुम दोनो से एक बहुत ही जरूरी बात करना चहता हूं। जलेश्वर खामोशी को तोड़ते हुए कहता है। और इसलिए ही मै तुम दोनो को काफी देर से ढूढ रहा था।

आप हमे ढूंढ रहे थे ? समीर सवालीया अन्दाज मे जलेश्वर से कहता है।

हाँ, मै तुम दोनो को कुछ जरूरी बात बताना चाहता हूं। जलेश्वर फिर से अपने रौब मे आकर बोलता है। महागुरू बुद्धघोष और चारो गुरूओ ने मिलकर फैसला

किया है कि कल से तुम सभी को जादूई शक्तिया दी जाएगी।

क्या ? सच मे। समीर खुश होते हुए कहता है।

और हाँ सबसे पहले ये शक्तिया तुम्हे ही दी जाएंगी। जलेश्वर समीर की तरफ देखते हुए कहता है।

यह खबर सुनकर समीर झूम उठता है। उसकी खुशी का कोई ठिकाना नही होता।

मुझे ये शक्तिया कब मिलेगी ? समीर को उत्साहित होते देखकर रोनक जलेश्वर से पूछता है।

तुम्हे शक्तिया पूर्णिमा की रात को मिलेंगी। जब आकाश मे चाँद पूरा होगा। जलेश्वर रोनक की बात का जवाब देते हुए कहता है। वह रात जादूई शक्तियो के लिए बडी खास होती है क्योंकि इस रात मे सभी शक्तिया जाग्रत होती है।

जलेश्वर की बात सुनकर रोनक और समीर एक–दूसरे की तरफ देखते है।

अब तुम दोनो को अपने कक्ष मे अपने दोस्तो के पास जाना चाहिए। आदेश देते हुए जलेश्वर दोनो से कहता है।

जलेश्वर की बात सुनकर रोनक और समीर वहाँ से अपने कक्ष की तरफ चल देते है। जलेश्वर कुछ देर वही रूककर दोनो को जाते हुए देखता है और फिर खुद भी वहाँ से चला जाता है।

कुछ ही देर बाद रोनक और समीर अपने कमरे के दरवाजे पर होते है।

कहाँ थे तुम ? उन दोनो को देखते ही दिव्यांश उनसे पूछता है। तब सलिल और प्रत्यक्ष भी रोनक और समीर की तरफ देखते है। अब तीनो खड़े हो जाते है जो कि कुछ देर पहले एक ही बिस्तर पर बैठे थे।

कही नही। यही बाहर ही घूम रहे थे। समीर जल्दी से जवाब देता है और साथ–साथ ही दोनो कमरे मे प्रवेश करते है।

दोनो उसी जगह जाकर बैठ जाते है जहाँ कुछ देर पहले उनके दोस्त बैठे थे। बाकी सभी की नजर दोनो पर ही होती है।

कुछ देर पहले जलेश्वर यहाँ आए थे। सलिल दोनो की तरफ देखते हुए कहता है। वो हमे जादूई शक्तियो के मिलने के बारे मे बता रहे थे।

सलिल की बात सुनकर रोनक और समीर एक–दूसरे की तरफ देखते है पर कुछ कहते नही है।

वो तुम्हारे बारे मे भी पूछ रहे थे कि तुम दोनो कहाँ हो ? सलिल अपनी बात को पूरी करते हुए कहता है।

वो....... वो हमे मिल गए थे। रोनक सलिल की बात का जवाब देते हुए कहता है। उन्होने हमे जादूई शक्तियो के बारे मे बता दिया है।

ओह। ठीक है। सलिल दोनो की तरफ देखते हुए कहता है और फिर दिव्यांश और प्रत्यक्ष की तरफ देखता है।

खाने का समय हो रहा है। प्रत्यक्ष सभी से कहता है। क्या हम सब खाना खाने के लिए चले ?

प्रत्यक्ष की बात सुनकर सभी हाँ मे हाँ मिलाते है और खाना खाने के लिए कमरे से बाहर चले जाते है।

खाना खाने के बाद सभी अपने–अपने बिस्तर पर सो जाते है। सभी के पलंग पर चारो तरफ सफेद रंग की बारीक चादर लटक रही होती है। जो की मच्छरदानी की तरह होती है। कमरे मे बहुत ही हल्की रोशनी होती है। रोनक अपने बिस्तर पर सोता हुआ करवट बदलता है और तभी उसका सपना शुरू होता है।

रोनक सपने मे देखता है कि वह उसी कमरे के सामने खड़ा है जहाँ वह आज शाम के समय जाना चाहता था पर जलेश्वर द्वारा किए गए खलल के कारण नही जा पाया था। रोनक आगे–पीछे देखता है पर वहाँ गलिहारे मे कोई नही होता। रोनक आगे बढकर धीरे से दरवाजा खोलता है और कमरे के अन्दर प्रवेश करता है। रोनक देखता है कि अन्दर से यह कमरा बहुत बड़ा और सुन्दर है। दीवारो पर सुन्दर आकृतिया बनी हुई है। कमरे मे एक तरफ एक सुन्दर आईना रखा हुआ है और एक तरफ एक अलमारी है जिसके दरवाजे पर पारदर्शी शीशा लगा हुआ है। जिससे देखा जा सकता है कि अलमारी के अन्दर क्या–क्या रखा है। रोनक कमरे मे आगे बढता

है और देखता है कि खिडकीयो पर सफेद पर्दे लगे है। कमरे के बीच मे एक गोल बिस्तर है। जिसपर सफेद चादर बिच्छी है और ऊपर से सफेद जाली जैसे कपडे ने बिस्तर को चारो ओर से घेरा हुआ है। बिस्तर पर जाने के लिए एक छोटा सा हिस्सा ही खुला है। रोनक चारो तरफ नजर दौड़ाकर देखता है कि इस समय कमरे मे कोई नही है। तभी वह एक आहट महसूस करता है। रोनक का ध्यान कमरे के अन्दर बने एक ऐसे हिस्से पर जाता है जहाँ सफेद रंग का रेशमी पर्दा लगा है। रोनक उसी और बढता है। रोनक अपने कदमो को इतने आराम से रख रहा होता है कि जिससे कोई उसके कदमो की आहट ना सुन सके। रोनक आगे बढकर उस पर्दे को एक तरफ हटाता है और अन्दर देखता है। उस पर्दे के पीछे एक और कमरा होता है। जो बाहर के कमरे से तो छोटा है पर फिर भी काफी बड़ा है। रोनक उस दूसरे कमरे मे प्रवेश करता है। रोनक अपनी नजर घुमा भी नही पाता कि तभी वह पानी के छलकने की आवाज सुनता है। रोनक की नजर फौरन उस ओर जाती है। वह देखता है कि वह एक बाथरूम मे खड़ा है और उसके सामने झागो से भरा हुआ एक बडा टब है जिसमे एक लडकी लेटकर नहा रही है। रोनक इस समय इस लडकी के ठीक पीछे खड़ा होता है। रोनक इसका चहरा तो नही देख पा रहा है पर वह इस लडकी के घने लम्बे बाल देखता है जो टब से बाहर फैले है। इसके शरीर का केवल गर्दन से ऊपर का हिस्सा ही टब से बाहर है बाकी सारा शरीर टब के झागो मे डूबा है। इसका बदन गोरा है और यह अपने एक हाथ को दूसरे हाथ से

सहला रही है। यह टब से हाथ मे पानी लेकर दूसरे हाथ पर डाल रही है। रोनक इस समय थोडा सा डरा है कि यदी इस लड़की ने रोनक को देख लिया तो क्या होगा पर इसके बावजूद रोनक इसका चहरा देखने के लिए टब के आगे के हिस्से की तरफ बढता है। रोनक उस लडकी के कुछ ही पास पहुँच पाता है कि तभी कोई लड़का रोनक को पीछे से आवाज लगाता है। रोनक आवाज सुनकर डर जाता है और एकदम से पलटकर देखता है। पीछे एक सफेद रोशनी होती है और तभी रोनक की आँख खुल जाती है और उसका सपना टूट जाता है। रोनक देखता है कि समीर उसके ऊपर झुका हुआ है और वह उसे उसका नाम लेकर उठा रहा है। रोनक फौरन अपने बिस्तर पर बैठ जाता है।

क्या समीर। थोडी देर बाद उठा देते। रोनक झल्लाता हुआ समीर से कहता है। मै एक बहुत सुन्दर सपना देख रहा था।

मुझे क्या पता था। समीर कन्धे उचकाते हुए कहता है।

रोनक मन ही मन सोचता है कि जब भी वह सपने मे किसी लड़की के करीब होता है तो कोई ना कोई उसे उठा ही देता है। रोनक के चहरे पर चिढ़ साफ दिख रही होती है।

रोनक के इस तरह से कहने पर समीर भी थोडा सा चिढ़ जाता है और रोनक से दूर जाने लगता है।

समीर। रोनक आवाज लगाकर उसे बुलाता है।

क्या है ? समीर चिढ़ते हुए कहता है।

सॉरी यार। रोनक हल्की सी मुस्कान के साथ मुँह बनाते हुए कहता है।

ठीक है। समीर फौर रोनक की तरफ मुस्कुराकर कहात है।

यहाँ आओ मै तुम्हे कुछ बताना चाहता हूं। रोनक समीर से दोबारा कहता है।

रोनक की बात सुनकर समीर उसके पास आ जाता है और उसके पास बिस्तर पर बैठ जाता है।

आज रात सपने मे मै उस कमरे मे गया था। रोनक खुश होकर समीर को बताता है।

किस कमरे मे ? समीर सवालिया अन्दाज मे उससे पूछता है।

वही यार जहाँ कल मै जाना चाहता था और जलेश्वर के कारण नही जा पाया था। रोनक अपनी आवाज को थोड़ा सा नीचे करते हुए कहता है जिससे समीर के अलावा कोई उनकी बात ना सुन सके। वो कमरा अन्दर से बहुत बडा और सुन्दर है।

रोनक तुम उस कमरे मे जाना चाहते थे इसलिए तुम्हे ऐसा सपना दिखा। समीर रोनक की बात को बीच मे ही काटते हुए कहता है और उसके पास से उठ जाता है।

पर मेरी पूरी बात तो सूनो। रोनक समीर पर झल्लाकर कहता है।

मै जानता हूं रोनक तुम क्या कहोगे पर वो बस एक सपना था और उसका कारण हम जानते है कि ऐसा सपना तुम्हे क्यो आया और वैसे भी मुझे आज गुरूओ ने बुलाया है इसलिए मुझे जल्दी से तैयार होना है वरना मुझे आज भी देर हो जाएगी। इतना कहकर समीर रोनक के पास से दूर चला जाता है और अपने काम मे लग जाता है। रोनक कुछ क्षण के लिए अपने बिस्तर पर बैठा अपने सपने के बारे मे ही सोचता रहता है।

अध्याय ग्यारह

शक्तिया मिलना

दिव्यांश रोनक के पास उसके बिस्तर पर बैठा है। दोनो किसी विष्य पर बात कर रहे है। सलिल और प्रत्यक्ष भी सोफे पर बैठे बात कर रहे है। समीर अकेला एक तरफ एक कुर्सी पर बैठा है और कुछ सोच रहा है। तभी कमरे मे जलेश्वर आता है। जलेश्वर को कमरे मे देखकर पाँचो लड़के खड़े हो जाते है।

क्या तुम तैयार हो समीर ? जलेश्वर समीर की तरफ देखते हुए कहता है।

जी । समीर एक धीमी आवाज मे कहता है।

ठीक है। तो हम चलते है। जलेश्वर पीछे मुडते हुए कहता है और कमरे से बाहर आ जाता है।

समीर भी जलेश्वर के पीछे–पीछे चला जाता है। कमरे मे रोनक और बाकि तीन लड़के रह जाते है।

समय बितता है और समीर की तरह ही जलेश्वर एक–एक करके लड़को को लेने आता है और फिर लड़के शाम तक ही अपने कमरे मे लोटते है। शक्तिया मिलने के बाद सभी लड़को मे कुछ ना कुछ बदलाव हो जाता है। शक्तियो के साथ ही उन्हे उनकी जादूई छड़ी भी मिलती है जिससे वे अपने छोटे–मोटे जादू का इस्तेमाल भी करने लगते है। फिर वह दिन भी आ ही

जाता है जब रोनक को जादूई शक्तिया मिलती है। पाँचो लड़के अपने कमरे मे बैठे है और समीर जादू से गमले मे लगे एक पौधे पर फूल उगा रहा है। अन्य सभी समीर को देख रहे है। यह शाम का समय है और अन्धेरा होने लगा है। कुछ ही देर मे रोनक की नजर कमरे की खिड़की के बाहर जाती है। वो देखता है कि आज पूर्णिमा की रात है। आसमान मे पूरा चाँद है। रोनक की नजर खिड़की पर ही होती है कि तभी एक आवाज से सबका ध्यान भटक जाता है।

क्या कर रहे हो बच्चो। जलेश्वर एक भारी आवाज मे कहता है। ओह तो फूल उगाया जा रहा है। जलेश्वर समीर की तरफ देखते हुए कहता है।

जी जलेश्वर। समीर कहता है और तभी उस पौधे पर एक सफेद रंग का सुन्दर फूल खिल जाता है।

वाह समीर। ये तो बहुत ही सुन्दर है। जलेश्वर समीर की तरफ देखते हुए कहता है।

समीर के चहरे पर एक बड़ी सी मुस्कान आ जाती है।

ओह । हम तो भूल ही गए थे। जलेश्वर अपने माथे पर हाथ रखते हुए कहता है। रोनक महागुरू ने तुम्हे बुलाया है। आज तुम्हे जादूई शक्तिया मिलेंगी और फिर तुम भी जादू का इस्तेमाल कर पाओगे।

जी जलेश्वर। रोनक एक धीमी आवाज मे कहता है पर उसके चहरे पर खुशी होती है।

तो हम चले। क्या तुम तैयार हो ? जलेश्वर रोनक से कहता है।

जी मै तैयार हूं।

इतना कहकर रोनक जलेश्वर के पास आता है और फिर दोनो कमरे से बाहर चले जाते है। जलेश्वर रोनक को गलिहारे से होते हुए सभा महल की तरफ ले जाता है। गलिहारे मे अन्धेरा होता है और दिवारो पर लगी मशाले जल रही होती है। मशालो की रोशनी से ही गलिहारे मे प्रकाश होता है। कुछ ही देर मे रोनक जलेश्वर के साथ सभा महल मे पहुँच जाता है। रोनक देखता है कि महागुरू और चारो गुरू अपने–अपने सिंहासन पर बैठे है। रोनक आगे बढता है और गुरूओ के ठीक सामने जाकर सिर झुकाकर घुटनो के बल झुककर सभी गुरूओ को प्रणाम करता है और फिर अपने स्थान पर सीधा खड़ा हो जाता है। अब महागुरू सबसे पहले अपने सिंहासन से उठते है और उनके उठते ही चारो गुरू भी अपने–अपने सिंहासन से उठ जाते है। महागुरू अपने स्थान से नीचे रोनक के सामने आते है। चारो गुरू भी उनके पीछे–पीछे होते है।

जलेश्वर। आज रात तुम्हे द्वार पर पहरा देना होगा। महागुरू जलेश्वर की तरफ देखते हुए कहते है। और हाँ ध्यान रहे दरवाजा जब तक ना खोला जाए जब तक यह स्वम् ना खुले।

जी महागुरू। जलेश्वर अपने सिर को थोडा सा झुकाते हुए कहता है।

अब महागुरू जलेश्वर की तरफ हाथ से बाहर जाने का इशारा करते है। जिसे देखकर जलेश्वर फौरन ही दरवाजे की तरफ चला जाता है और दरवाजे को बाहर से बन्द करके उसके सामने खड़ा हो जाता है।

दरवाजे के बाहर से बन्द होते ही महागुरू अपने हाथ की हथैली खोलकर आगे बढाते है और महल मे चारो तरफ घुमाते है। देखते ही देखते महल से पाँचो सिंघासन और अन्य कुर्सीया गायब हो जाती है। महल एकदम खाली हो जाता है। अब महागुरू फर्श की तरफ इशारा करते है। ऐसा करते ही वहाँ पर छः चौंकीया आ जाती है। पाँच एक साथ एक ही कतार मे रखी होती है और एक ठीक उनके सामने रखी होती है। महागुरू और अन्य गुरू आगे बढते है और उन पाँच चौंकीयो पर बैठ जाते है जो एक ही कतार मे होती है। महागुरू सामने वाली चौंकी पर बैठने के लिए रोनक की तरफ हाथ से इशारा कहते है। महागुरू का आदेश होते ही रोनक आगे बढता है और उस चौंकी पर बैठ जाता है। महागुरू बीच मे बैठे होते है। उनकी दायी तरफ हेमाधय और काव्य बैठे होते है और दूसरी तरफ रूहेल और इष्ट। रोनक इन पाँचो के ठीक सामने बैठा है।

रोनक अपना सीधा हाथ आगे करो। महागुरू रोनक को आदेश देते हुए कहते है।

महागुरू का आदेश मिलते ही रोनक अपना सीधा हाथ आगे बढाता है और फिर महागुरू सहित चारो गुरू भी अपने–अपने सीधे हाथ आगे बढाते है और रोनक के हाथ पर रख देते है।

रोनक अपनी आँखे बन्द कर लो। महागुरू दोबारा रोनक को आदेश देते है।

महागुरू का आदेश पाते ही रोनक अपनी आँखे बन्द कर लेता है और फिर महागुरू सहित चारो गुरू भी अपनी–अपनी आँखे बन्द कर लेते है। महागुरू मन्त्र बोलना शुरू करते है। महागुरू के ठीक बाद चारो गुरू भी वही मन्त्र बोलते है। ऐसा करते ही आकाश से एक सफेद रोशनी आती है जो सभा महल की छत से महल मे घुस जाती है और सभा महल मे चारो तरफ घूमने लगी है। रोशनी के चारो तरफ घूमने से सभा महल की छत खुले आसमान की तरह हो जाती है जिसमे पूरा चाँद निकला हुआ है। महल की दीवारे बहते पानी की तरह लगती है। इस समय सभी की आँखे बन्द है और सभी मन्त्रो का जाप कर रहे है। अब आकाश से एक और रोशनी आती है और तभी काव्य अपना दूसरा हाथ आकाश की तरफ उठाता है। वह रोशनी काव्य के हाथ से टकराती है और फिर यह आकाश से काव्य के हाथ तक एक सम्पर्क की तरह हो जाती है। ऐसा लग रहा है कि काव्य आकाश से शक्तिया लेकर रोनक को दे रहा है। इसी तरह पूरी रात बीत जाती है और मन्त्रों का उच्चारण होता रहता है।

सुबह के समय महागुरू और चारो गुरू अपने–अपने स्थान से खड़े हो जाते है। गुरूओ की चौंकीया गायब हो जाती है। रोनक अभी भी आँखे बन्द किए बैठा है।

आँखे खोलो रोनक। महागुरू एक हल्की सी आवाज मे कहते है। जिसमे प्यार होता है।

रोनक जब महागुरू की आवाज सुनता है तो उससे लगता है कि कोई बहुत ही दूर से बोल रहा है। महागुरू की आवाज से रोनक का ध्यान टूटता है और वह धीरे से आँखे खोलता है। रोनक की आँखो का रंग बदल चुका है। ये अब नीली है। इसके बाल अब भी घुंघराले है पर अब कुछ काले और कुछ सुन्हेरी हो गए है। रंग पहले से भी ज्यादा गोरा हो गया है और चहरे पर बहुत ज्यादा तेज है। रोनक का चहरा बिल्कुल पूर्णिमा के चाँद की तरह ही चमक रहा है। रोनक चौंकी से उठ जाता है और अपने स्थान पर खड़ा हो जाता है। रोनक सिर झुकाकर सभी गुरूओ को प्रणाम करता है।

रोनक जो तुम्हे शक्तिया मिली है वो बहुत ही बहतरीन है। महागुरू रोनक के चहरे पर शक्तियो के तेज को देखते हुए कहते है। ये शक्तिया तुम्हे पूर्णिमा की रात को पूरे चाँद की रोशनी मे दी गई है। इस रात मे शक्तिया बहुत ही शक्तिशाली होती है। विक्टर को भी जादूई शक्तिया पूर्णिमा की रात को ही दी गई थी। हम सभी तुम्से उम्मीद करते है कि तुम इन शक्तियो का इस्तेमाल अच्छे कामो के लिए ही करोगे।

जी महागुरू। रोनक महागुरू को विश्वास दिलाते हुए कहता है। मै आपके विश्वास को कभी नही तोडूंगा।

अब महागुरू रूहेल की तरफ हाथ से कुछ इशारा करते है जिसे देखते ही रूहेल सभा महल के एक तरफ जाता है और कुछ देर बाद एक छड़ी हाथ मे लेकर आता है। छड़ी को रूहेल महागुरू के हाथ मे दे देता है।

ये जादूई छड़ी है रोनक। महागुरू रोनक की तरफ देखते हुए कहते है और फिर उसे रोनक की तरफ बढा देते है।

रोनक हाथ बढाकर छड़ी को लेता है और फिर उसे ध्यान से देखता है।

रोनक अब तुम अपने दोस्तो के पास जा सकते हो। महागुरू रोनक से कहते है।

महागुरू का आदेश पाते ही रोनक दोबारा सभी गुरूओ के सामने सिर झुकाता है और फिर दरवाजे की तरफ बढता है। दरवाजा स्वम् खुल जाता है। रोनक दरवाजे के बाहर निकलता है। जलेश्वर दरवाजे के बाहर ही खड़ा होता है। जलेश्वर की नजर रोनक पर पडती है। वह शकितयो के कारण रोनक मे आए बदलाव को देखकर खुश हो जाता है।

सभा महल से रोनक सीधे अपने कमरे की तरफ जाता है और कुछ देर मे वह अपने कमरे के दरवाजे पर पहुँच जाता है। दरवाजा खुला होता है। दिव्यांश, सलिल और प्रत्यक्ष कमरे मे बैठे जादूई खेल खेल रहे होते है। तभी दिव्यांश की नजर दरवाजे पर खड़े रोनक पर पडती है। वह अपना हाथ लगाकर प्रत्यक्ष और सलिल को दरवाजे पर रोनक की तरफ देखने को कहता है। तीनो रोनक के बदले रूप को देखते रह जाते है क्योंकि रोनक का यह बदला हुआ रूप बहुत ही आकर्षक है।

वाह रोनक। तुम तो बहुत ही सुन्दर लग रहे हो। दिव्यांश रोनक को देखकर एकदम से कहता है। रोनक

को देखते हुए ही तीनो उठ जाते है और रोनक की तरफ बढते है।

जादूई शक्तिया मिलने के बाद इस तरह का बदलाव बहुत ही शक्तिशाली माना जाता है। प्रत्यक्ष रोनक के पास पहुँचकर कहता है।

तुम सही कह रहे हो। सलिल बीच मे ही बोल उठता है। इस तरह के बदलाव बहुत कम लोगो मे आते है और जिनमे आते है वे बहुत बडे और शक्तिशाली जादूगर होते है।

बदलाव ? रोनक चौंक्कर अजीब सा मुँह बनाकर कहता है। कैसे बदलाव ?

अपने आपको आईने मे देखो रोनक। दिव्यांश रोनक से कहता है। तुम सब कुछ समझ जाओगे।

तुम क्या बात कर रहे हो ? रोनक थोड़ा सा चिढता हुआ कमरे मे आगे बढता है और आईने के सामने जाकर खड़ा हो जाता है। रोनक अपने आपको आईने मे देखकर एक पत्थर की मूर्ति की तरह स्थिर रह जाता है। उसे समझ ही नही आता कि उसे क्या कहना चाहिए। वह बस अपने आपको ही देखता रहता है।

अब कुछ समझ आया ? सलिल रोनक के पास आकर कहता है।

हाँ । रोनक एक बहुत ही धीमी आवाज मे कहता है। वह अपने आपको देखकर बहुत ही हैरान होता है।

रोनक तुम्हारी शक्तिया बहुत ही ज्यादा शक्तिशाली है। प्रत्यक्ष रोनक के पास आते हुए कहता है। तुम एक दिन बहुत बडे काम करोगे।

धन्यवाद प्रत्यक्ष। रोनक खुश होते हुए कहता है। अब रोनक कमरे मे चारो ओर नजर दौड़ाता है।

समीर कहाँ है ? रोनक चारो तरफ देखते हुए पूछता है।

पता नही। सलिल एकदम से जवाब देता है। कल रात तुम्हारे जाने के बाद हम सब खाना खाकर सो गए थे और जब सुबह उठे तो समीर अपने बिस्तर पर नही था।

क्या कुछ पता है कि वह कहाँ होगा ? रोनक थोडा सा परेशान होते हुए पूछता है।

नही। सलिल गर्दन हिलाते हुए कहता है। हो सकता है कि यही कही बाहर घूम रहा हो।

ठीक है। मै देखता हूं। रोनक गर्दन हिलाते हुए कहता है और कमरे के बाहर की तरफ चला जाता है।

रोनक अपने कमरे से बाहर आने के बाद महल मे इधर–उधर समीर को ढूढता है पर उसे समीर कही भी नजर नही आता। रोनक पूरा महल छान मारता है पर समीर उसे कही नही मिलता। काफी देर तक ढूढने के बाद रोनक बहुत थक जाता है और महल के बगीचे मे बैठ जाता है। तभी रोनक की नजर महल के बाहर जंगल की तरफ जाती है। रोनक कुछ सोचता हुआ खड़ा

होता है और जंगल की तरफ बढता है क्योंकि अब एक वही जगह होती है जहाँ उसने समीर को नही ढूढा होता। कुछ ही देर मे रोनक जंगल के करीब उसके सिरे पर खड़ा होता है। रोनक कुछ देर वहाँ खड़ा रहकर कुछ विचार करता है और फिर जंगल मे अन्दर की तरफ बढ जाता है। चारो तरफ ऊँचे–ऊँचे पेड ही पेड है और चारो तरफ सुमसान है। रोनक अपनी छड़ी निकाल लेता है और जंगल मे आगे बढता है। जंगल मे आगे बढते हुए जंगल और घना होता जाता है और प्रकाश भी कम होता जाता है। चारो तरफ घने पेड और अन्धेरे के अलावा कोई नही होता। तभी रोनक एक आवाज सुनता है। ऐसा लगता है कि किसी जानवर की आवाज हो। रोनक अपनी छड़ी को झटकता है। रोनक के ऐसा करते ही उसकी छड़ी की नोक से प्रकाश निकलने लगता है। रोनक छड़ी से निकलते हुए प्रकाश मे देखता है कि उसके आसपास कोई नही होता। तभी उसकी नजर एक तरफ पडती है। कोई दूर अन्धेरे मे बैठा होता है। रोनक फौरन उसकी तरफ बढता है और जैसे–जैसे वह उसके करीब पहुँचता है वैसे ही वह पहचानता है कि वो कोई ओर नही बल्की समीर ही है। रोनक समीर के करीब जाकर देखता है कि वह आसन लगाए ध्यान की मुद्रा मे जमीन पर बैठा होता है।

समीर। रोनक लगभग चिल्लाते हुए घबराकर कहता है और अपना हाथ बढाकर उसके कन्धे पर लगाता है।

रोनक का हाथ लगते ही समीर एक बेजान पुतले की तरफ जमीन पर लुढक जाता है। रोनक ये देखकर घबरा

जाता है और फौरन उसके पास बैठता है। वह उसके हाथ की नब्ज देखता है जो धड़क रही है।

नीर प्रगटम् ! रोनक के मुँह से अचानक से मन्त्र निकलता है और मन्त्र के साथ ही वह अपनी छड़ी को झटकता है। रोनक के ऐसा करते ही रोनक के पास पानी से भरा एक काँच का कटोरा प्रकट होता है। रोनक फौरन उसे उठाता है और उसमे से पानी लेकर वह समीर के मुँह पर छींटे मारता है।

पानी के छींटे लगते ही समीर मे कुछ जान आती है और वह थोडा सा हिलता है। रोनक पानी के और छींटे मारता है और समीर की तरफ देखता रहता है। कुछ ही देर मे समीर धीरे से अपनी आँखे खोलता है। समीर की आँखो के सामने रोनक बैठा होता है। समीर धीरे से उठने की कोशिश करता है। जिसमे रोनक अपने हाथ का सहारा देकर उसे उठने मे मदद करता है। समीर जहाँ पडा था वही बैठ जाता है।

तुम यहाँ कैसे आए ? रोनक फौरन समीर से पूछता है। रोनक के चहरे पर परेशानी साफ झलक रही है।

मुझे नही पता। समीर अपने माथे पर हाथ फेरते हुए कहता है जैसे उसके सिर मे दर्द हो।

क्या मतलब है तुम्हारा ? रोनक चौंक्कर कहता है। क्या तुम नही जानते कि तुम यहाँ कैसे आए ?

नही। समीर एक लम्बी सांस लेते हुए और रोनक की तरफ देखते हुए कहता है। मुझे नही पता मै यहाँ कैसे और कब आया। रोनक चुपचाप हैरानी से देखते हुए

उसकी बात सुनता है। तुम्हारे जाने के बाद हम सभी ने खाना खाया और फिर हम सभी अपने–अपने बिस्तर पर सो गए फिर उसके बाद क्या हुआ मै नही जानता। समीर के चहरे पर भी परेशानी होती है।

ऐसा कैसे हो सकता है ? रोनक चौंक्कर कहता है। तुम मुझसे कुछ छुपा तो नही रहे हो ?

नही । मैने कहा ना मै नही जानता। समीर चिढकर चिल्लाते हुए कहता है।

ठीक है, ठीक है। रोनक शान्त आवाज मे धीरे से बोलता है। चलो हम महल मे चलते है। वरना गुरूओ को पता लगते ही सभी तुम्हे ढूढना शुरू कर देंगे।

समीर रोनक की बात सुनकर गर्दन हिलाता है और धीरे से खड़ा हो जाता है। रोनक उसकी खड़े होने मे मदद करता है और फिर दोनो जंगल से महल की तरफ बढते है । चलते समय भी रोनक ने समीर को सहारा दिया होता है और समीर लगभग रोनक के कन्धे पर झुका हुआ होता है।

तुम्हारी शक्तिया काफी प्रभावशाली है। समीर रोनक की तरफ देखते हुए कहता है। जिसे सुनकर रोनक थोड़ा सा मुस्कुराता है। शक्तिया मिलने के बाद जैसा बदलाव तुममे आया है ऐसा किसी ओर मे नही आया।

रोनक समीर की बात सुनकर गर्दन हिलाता है। दोनो लगातार महल की तरफ बढ रहे है और जंगल के छोर पर पहुँचने वाले है।

कैसा लग रहा है तुम्हे ? रोनक समीर की बात के बीच मे ही बोल पडता है।

मै ठीक हूं रोनक। बस थोडी सी कमजोरी लग रही है।

समीर की बात सुनकर रोनक सिर्फ गर्दन हिलाता है। कुछ ही देर मे दोनो महल के अपने कक्ष मे पहुँच जाते है। जैसे ही दोनो अपने कमरे के दरवाजे से अन्दर घुसते है बाकी तीनो लडके उन्हे देखकर तेजी से उनके पास आ जाते है। सभी देखते है कि समीर रोनक के कन्धे पर हाथ डालकर उसका सहारा लिए हुए है।

क्या हुआ इसे ? प्रत्यक्ष समीर को सम्भालते हुए कहता है और समीर का दूसरा हाथ अपने कन्धे पर रख लेता है।

मुझे नही पता। रोनक प्रत्यक्ष की बात का जवाब देता है।

समीर की आँखे बन्द होती है और वह रोनक और प्रत्यक्ष के कन्धो पर हाथ डालकर लटका होता है। प्रत्यक्ष और रोनक समीर को लेकर कमरे मे अन्दर बिस्तर की तरफ बढते है। सलिल और दिव्यांश समीर को इस हालत मे देखकर हैरान होते है। रोनक और प्रत्यक्ष समीर को उसके बिस्तर पर लेटा देते है।

कहाँ मिला तुम्हे ये ? दिव्यांश परेशानी के साथ रोनक से पूछता है।

किसी को बताना नही। दिव्यांश की बात सुनकर रोनक एक पल के लिए सोच मे पड जाता है और फिर बोलता है। ये, ये मुझे जंगल मे मिला।

क्या ? सभी की एक साथ जोरो से आवाज निकलती है। सब के चहरे पर बहुत ही अलग सी परेशानी होती है।

ये वहाँ क्या कर रहा था ? सलिल चौंकते हुए दबि आवाज मे रोनक से पूछता है।

मुझे नही पता। रोनक फौरन जवाब देता है। पर जब ये मुझे मिला तब ये ध्यान की मुद्रा मे बैठा था और जैसे ही मैने इसे छुआ ये गिर गया। तब मैने इसे मन्त्र की शक्तियों से होश मे लाया और फिर इसे यहाँ लेकर आ गया।

रोनक की बात सुनकर सभी हैरान रह जाते है और बिस्तर पर सो रहे समीर की तरफ देखते है। समय बितता है और समीर को सोते–सोते सुबह से शाम हो जाती है पर वो एक बार भी आँखे खोलकर नही देखता। चारो लड़के उसके लिए परेशान हो जाते है और इस बारे मे आपस मे बात करते है। सभी समीर के बिस्तर से कुछ दूरी पर कुर्सीयो पर बैठे होते है।

रोनक हमे ये सब गुरू इष्ट को बताना चाहिए। प्रत्यक्ष रोनक की तरफ देखते हुए कहता है । क्योकि उन्हे ही औषधीयो का ज्ञान है और वो ही इसे ठीक कर सकते है।

ठीक है। कुछ देर सोचने के बाद रोनक कहता है। प्रत्यक्ष तुम फौरन गुरू इष्ट के पास जाओ और उन्हे सारा हाल बताओ।

रोनक के कहते ही प्रत्यक्ष गुरू इष्ट को इस बारे मे जानकारी देने के लिए कमरे से बाहर चला जाता है और इधर रोनक, सलिल और दिव्यांश समीर के पास बैठ जाते है। कुछ देर बाद प्रत्यक्ष गुरू इष्ट के पास पहुँच जाता है। गुरू इष्ट अपने कमरे मे बैठे किसी किताब को पढ रहे होते है। इष्ट के कमरे का दरवाजा खुला होता है। प्रत्यक्ष दरवाजे को खटखटाता है। आवाज सुनकर गुरू इष्ट का ध्यान भटकता है और वो दरवाजे पर खड़े प्रत्यक्ष को देखते है।

आओ प्रत्यक्ष। गुरू इष्ट किताब को एक तरफ रखकर खड़े हो जाते है। कैसे आना हुआ ? सब ठीक तो है ना?

प्रत्यक्ष आगे बढकर कमरे मे प्रवेश करता है और सबसे पहले इष्ट को प्रणाम करता है।

नही, सब ठीक नही है। प्रत्यक्ष तेजी से बोलता है। ना जाने समीर को क्या हो गया है।

क्या हुआ ? प्रत्यक्ष की बात सुनकर इष्ट घबरा जाते है। मुझे पूरी बात बताओ।

वह आज सुबह हमारे उठने से पहले कही चला गया था। प्रत्यक्ष बोलना शुरू करता है। और फिर जब रोनक शक्तिया प्राप्त करके कमरे मे हमारे पास गया तब तक भी नही लोटा था। तब रोनक उसे ढुढकर बहुत ही खराब हालत मे कमरे मे लेकर आया। तभी से वह सो

रहा है और अभी तक नही उठा। आप चलकर देखे उसे क्या हुआ है ?

इष्ट प्रत्यक्ष की बात सुनते ही फौरन उसके साथ समीर को देखने के लिए वहाँ से निकल पडते है और उनके कमरे मे आते है।

इष्ट को देखते ही सभी लड़के खड़े होकर उन्हे प्रणाम करते है। इष्ट फौरन समीर के पास जाते है और उसका हाथ पकड़कर उसकी जांच करते है।

सलिल तुम फौरन जाओ और जलेश्वर को बुलाकर लाओ।

इष्ट की बात सुनकर सलिल फौरन कमरे से बाहर चला जाता है और कुछ देर मे ही सलिल जलेश्वर को लेकर वहाँ पहुँच जाता है।

क्या हुआ इष्ट जी ? जलेश्वर कमरे मे प्रवेश करते हुए कहता है। सलिल उसके पीछे–पीछे होता है। सब ठीक तो है ना ?

नही। सब ठीक नही है। इष्ट समीर के पास से उठकर जलेश्वर से कहते है। हमे इसे फौरन मेरे कक्ष मे ले जाना होगा। इष्ट की बात सुनकर जलेश्वर केवल गर्दन हिलाता है।

जलेश्वर तुम जाकर समीर की तबीयत खराब होने की जानकारी महागुरू को दो। मै बच्चो की मदद से इसे अपने कक्ष मे ले जाता हूं।

ठीक है। जलेश्वर इतना कहकर कमरे से बाहर चला जाता है।

जलेश्वर के जाने के बाद। इष्ट अपनी छड़ी घुमाता है और तुरन्त कमरे मे एक पहिये लगी बैंच आ जाती है। इष्ट लड़को की मदद से समीर को उस पर लेटाता है और फिर लड़को के साथ ही समीर को अपने कमरे मे ले जाता है। कमरे मे पहुँचने के बाद गुरू इष्ट अन्य सभी लड़को को अपने कमरे मे वापस जाने का आदेश देते है। चारो लड़के अपने कमरे के लिए चले जाते है और गुरू इष्ट अपने कमरे का दरवाजा बन्द कर लेते है। इष्ट एक गुलाबी रंग का काढा बनाते है और उसे समीर के मुँह मे चम्मच से डालते है। काढा कुछ ही देर समीर के शरीर मे रहता है और फिर अचानक से समीर को नीले रंग की उल्टी हो जाती है। जिसे देखकर इष्ट हैरान परेशान हो जाता है। अब इष्ट समीर को एक गहरा बैंगनी रंग की पत्थर जैसी जड़ी–बुटी सुंघाता है।

तभी कमरे के दरवाजे पर दस्तक होती है। इष्ट दरवाजे की तरफ बढता है और दरवाजा खोलता है। दरवाजे पर महागुरू जलेश्वर के साथ खड़े होते है। महागुरू के चहरे पर परेशानी होती है। वो तेजी से कमरे मे प्रवेश करते है और समीर के पास आकर खड़े हो जाते है।

क्या हुआ इसे ? महागुरू इष्ट से पूछते है।

इष्ट महागुरू की तरफ बढता है और जलेश्वर भी कमरे मे अन्दर आकर दरवाजा बन्द कर लेता है।

महागुरू शायद कुछ बुरा होने वाला है। इष्ट चिन्ता वयक्त करते हुए कहता है। और ये उसका संकेत है।

साफ–साफ बताओ क्या बात है ? महागुरू गम्भीर आवाज मे इष्ट से पूछते है। जलेश्वर भी महागुरू के बराबर मे आकर खड़ा हो जाता है।

महागुरू। इतना कहकर इष्ट एक गहरी सांस लेता है और फिर बोलता है। महागुरू समीर पर काले जादू का असर हुआ है। इतना सुनते ही महागुरू और जलेश्वर की आँखे बाहर आ जाती है।

क्या ? महागुरू और जलेश्वर एक साथ कहते है।

किसी ने इसे अपने वश मे करने की कोशिश की है पर यह पूरी तरह से पता नही लग पा रहा है कि वह पूरी तरह से सफल हो पाया है या नही।

पर ऐसा कौन कर सकता है ? महागुरू चिंतित होकर कहते है और आगे बढकर कमरे मे पडे एक सोफे पर बैठ जाते है।

ये तो मै नही जानता पर हाँ जिसने भी ऐसा किया है वो जरूर कुछ बुरा सोच रहा है।

आप सब तो रात मे सभा महल मे एकसाथ थे और बाहर से कोई भी व्यक्ति महल मे प्रवेश नही कर सकता। जलेश्वर एकदम से कह उठता है। तो ऐसा कैसे हो सकता है ?

इष्ट और महागुरू दोनो जलेश्वर की बात से सहमत होते है और सोच मे पड जाते है।

अगली सुबह जब समीर आँखे खोलता है तो महागुरू और चारो गुरू वहाँ उसके पास खड़े होते है। जलेश्वर और चारो लड़के भी उससे थोडा दूर खड़े होते है। इष्ट समीर का हाथ पकडते है और उसकी नब्ज देखते है।

तो कैसा लग रहा है समीर ? इष्ट समीर से पूछते है। इष्ट के चहरे पर एक बडी सी मुस्कान होती है।

अब ठीक लग रहा है। समीर एक हल्की सी आवाज मे कहता है।

इष्ट सभी को बताते है कि अब वह पूरी तरह से ठीक है। बस उसे कुछ दिन आराम की जरूरत है। इसके बाद इष्ट लड़को से कहते है कि समीर को उनके कमरे मे ले जाए। इष्ट का आदेश मिलते ही सभी लड़के समीर की मदद करते है और उसे इष्ट के कमरे से अपने कमरे के लिए ले जाते है।

समीर को क्या हुआ था ? लड़को के कमरे से जाने के बाद रूहेल इष्ट से पूछता है।

कुछ नही बस कल उसे चक्कर आ गए थे। शायद कमजोरी है। महागुरू इष्ट के कुछ बोलने से पहले ही बोल पडते है। कुछ ज्यादा ही मेहनत कर रहे है लड़के जादू के प्रयोग मे। परेशान होने की बात नही है। अब वो ठीक है। महागुरू सभी को यह सब एक हलकी आवाज मे मुस्कुराते हुए बताते है।

चलो तो सभी अपना–अपना काम करते है। एक पल सांस लेने के बाद महागुरू फिर से बोलते है। महागुरू की बात सुनने के बाद रूहेल, हेमाध्य और काव्य वहाँ से

चले जाते है और कमरे मे महागुरू के साथ इष्ट ही रह जाता है।

लड़को को शक्तिया मिलने के बाद इस तरह से होना सही नही है। सभी के वहाँ से जाने के बाद महागुरू इष्ट से कहते है। जरूर कुछ बुरा होने वाला है। हमे सावधान रहना होगा। महागुरू के चहरे पर परेशानी होती है।

जी महागुरू। हमे बहुत सावधान रहना होगा। इष्ट महागुरू की बात का समर्थन करते हुए कहता है।

कुछ देर इष्ट से बात करने के बाद महागुरू भी वहाँ से चले जाते है।

अध्याय बारह

दो लाल आँखे

कुछ दिन यू ही बीत जाते है। इष्ट ने समीर को आराम करने को कहा होता है। इसलिए सभी लड़के उसकी देख–रेख मे लगे रहते है और खुद भी खेलकूद से दूर रहते है। आज एक बहुत ही सुहानी सुबह होती है। आसमान मे बादल होते है। सूरज के निकलने के कोई आसार नही होते। बाहर हल्की बूंदा–बांदी होती है। समीर अपने बिस्तर पर बैठा चाय पी रहा है और बाकी लड़के भी उसके पास ही बैठे है। सभी के हाथ मे चाय के कप है।

रोनक तुमने मेरी इतनी मदत की उसके लिए धन्यवाद। समीर रोनक की तरफ देखते हुए कहता है। तुम मुझे ढुढकर जंगल से लेकर आए।

कोई बात नही। रोनक समीर के हाथ पर अपना हाथ रखते हुए कहता है। तुम मेरे दोस्त हो और तुम्हारी मदद करना मेरा फर्ज है।

और तुम सबका भी बहुत–बहुत धन्यवाद। समीर फिर से कहता ह । तुम सबने भी मेरी बहुत मदद की है और मेरा बहुत ही ख्याल रखा है।

समीर की बात सुनकर सभी के चहरो पर मुस्कान होती है।

रोनक शक्तिया मिलने के बाद तुम बहुत सुन्दर हो गए हो। समीर फिर से रोनक से कहता है। मेरी माँ कहती है कि यदि शक्तिया मिलने के बाद इन्सान के रंग रूप मे बदलाव आता है तो वह यकीनन एक बडा जादूगर बनता है और मुझे यकिन है कि तुम एक बडे जादूगर बनोगे।

रोनक ये सुनकर खुश होता है पर समीर के मुँह से माँ की बात सुनकर रोनक को अपनी माँ की याद आ जाती है। वह थोडा भावुक हो जाता है और एकदम से चुप हो जाता है।

क्या हुआ ? दिव्यांश रोनक को देखकर उससे पूछता है।

कुछ नही। बस माँ की याद आ गई।

थोडे ही दिनो की बात है रोनक। समीर दोबारा से बोलता है। फिर हम पृथ्वी वापस चले जाएगे और अपने परिवार के साथ रहेंगे।

समीर की बात सुनकर रोनक गर्दन हिलाता है।

दोस्तो आज का मौसम बहुत अच्छा है। दिव्यांश सभी का ध्यान हटाकर मौसम की तरफ करता है। चलो हम सब बाहर घूमने चलते है।

दिव्यांश की बात सुनकर सभी लड़के बाहर जाने के लिए उठते है और कमरे से बाहर निकलते है। पाँचो बाहर बगीचे मे घूमने लगते है और हल्की बारिश का मजा लेते है। लड़को को बाहर आए अभी कुछ ही देर

हुई है कि तभी उन्हे वहाँ गुरू काव्य मिल जाते है। काव्य को देखकर सभी उन्हे प्रणाम करते है।

कैसी तबीयत है अब तुम्हारी ? काव्य समीर से पूछता है।

मै अब ठीक हूं। समीर एक हल्की मुस्कान के साथ जवाब देता है।

तो ठीक है। आप सभी ने कई दिनो से कोई भी अभ्यास नही किया है। इसलिए आज मै आप सभी को तलवारबाजी सिखाना चाहता हूं।

जी गुरू काव्य। सभी लड़के एक साथ बोलते है।

तो ठीक है। सभी मेरे साथ चलो। काव्य एक हल्की सी मुस्कान के साथ कहता है और पलटकर बगीचे से बाहर की तरफ जाने लगता है। पाँचो लड़के उनके पीछे–पीछे चल देते है।

कुछ ही देर मे सभी एक बडे दरवाजे के सामने खड़े होते है। काव्य दरवाजा खोलकर अन्दर प्रवेश करता है। पाँचो लड़के भी उनके पीछे–पीछे उस कक्ष मे प्रवेश करते है। कमरे मे चारो तरफ दीवार के पास और दीवार पर युद्ध के सामान होते है। एक तरफ अलग–अलग तरह की तलवारे लटकी होती है। वही पर भाले, चाकू होते है। एक तरफ घोडे के सामान है और एक तरफ युद्ध मे पहनने वाली पोशाके है। इस कमरे की छत भी सभा महल की तरह ही ऊँची है। बीच मे से यह कमरा खाली है और कमरे के दूसरे छोर पर एक ऊँचा स्थान है। जो कमरे के फर्स से थोड़ा सा ऊँचा है। काव्य आगे

बढकर उस स्थान पर खड़ा हो जाता है। सभी लड़के उनके सामने खड़े होते है।

आप सभी को जादूई शक्तिया दी जा चुकी है। काव्य बोलना शुरू करता है और पाँचो लड़के बहुत ही ध्यान से उनकी बात सुनते है। अब बस आपको इन शक्तियो का इस्तेमाल करना सिखना है। आप सभी मन्त्र और विद्या जानते है पर किसका इस्तेमाल कहाँ करना है वो समय के साथ ही आपको पता लगता है। मै काव्य आपका शस्त्र विद्या का गुरू हूं तो मै आपको इसका ही अभ्यास कराऊंगा क्योंकि मन्त्र और जादू आपमे शक्तियो के साथ आ चुका है पर शस्त्र विद्या के लिए आपको मेहनत करनी होगी। एक यही विष्य ऐसा है जो जादू से नही किया जा सकता। इसके लिए आपको कड़ी मेहनत ही करनी होगी और इसे सिखना होगा।

कुछ देर की खामोशी कक्ष मे छा जाती है।

वैसे तो हमारी दुनिया मे युद्ध केवल जादूई शक्तियो के बल पर ही लड़े जाते है। जो की जादूई छड़ी से होता है या फिर अपने हाथ के जादू से, पर कुछ जादूगर युद्ध मे तलवार का भी इस्तेमाल करते है। ये वो जादूगर है जो राजकीय परिवारो से है। मतलब जिनका जन्म किसी राजा के यहाँ हुआ है। वे पहले से ही तलवार चलाना जानते है या बाद मे उन्हे तलवार चलाने की शिक्षा दी जाती है। क्योंकि राजा के लिए तलवार चलाना अनिवार्य होता है और फिर जब ऐसे किसी राजा के लड़के को जादूई शक्तिया मिलती है तो वह जादूई शक्तियो के साथ–साथ तलवार के युद्ध मे भी बहुत

अच्छा होता है। इसलिए हमे यह विद्या जरूर आनी चाहिए क्योकि हम नही जानते कि कब हमारा सामना किससे हो जाए और हमे किस विद्या की जरूरत पडे।

एक पल का सांस लेने के बाद काव्य। और हाँ मै एक बहुत ही जरूरी बात कहना चाहता हूं कि विक्टर भी राजकीय परिवार से है इसलिए इस विद्या मे निपुण है।

इतना कहकर काव्य अपने स्थान से नीचे आते है और पाँचो लड़को को साथ लेकर सभी अस्त्र–शस्त्रो के बारे मे बताते है। वह उन्हे बताते है कि किस शस्त्र का इस्तेमाल कैसे किया जाता है। वह उन्हे तलवार देते है और उसे कैसे चलाते है यह भी सिखाते है। आज पूरा दिन पाँचो लड़के तलवारबाजी सिखते है। बीच मे लड़को को खाने के लिए ही कुछ देर का आराम मिलता है और फिर से अभ्यास शुरू हो जाता है।

धीरे–धीरे शाम हो जाती है। सभी बहुत थक चुके है। सब अपने कमरे मे लोटते है और खाना खाते हुए आज के बारे मे बाते करते है। खाना खाने के बाद सभी जल्दी ही सो जाते है।

आधी रात का समय होता है। सभी लड़के अपने–अपने बिस्तर पर सो रहे है । रोनक और समीर का बिस्तर बराबर–बराबर है। अचानक रोनक चौंककर उठता है और बिस्तर पर बैठकर इधर–उधर देखने लगता है। रोनक फौरन समीर को हाथ लगाकर उठाने की कोशिश करता है। समीर गहरी नींद मे सो रहा है। वह रोनक के उठाने पर नही उठता। रोनक दोबारा

समीर को उठाता है। समीर धीरे से आँखे खोलकर देखता है।

क्या हुआ रोनक ? समीर अपने बिस्तर पर लेटे हुए रोनक से कहता है। इतनी रात मे तुम मुझे क्यो उठा रहे हो ?

समीर उठो। रोनक धीरे से कहता है।

क्या हुआ रोनक ? सोने दो। समीर करवट बदलने की कोशिश करता है पर रोनक उसे हाथ लगाकर रोक लेता है।

समीर क्या तुम किसी के दर्द से चिल्लाने की आवाज सुन रहे हो ? रोनक समीर से कहता है।

क्या ? समीर एकदम से चौंकते हुए कहता है और यह सुनकर फौरन अपने बिस्तर पर बैठ जाता है।

किसी की आवाज ? समीर अजीब सा मुँह बनाते हुए कहता है।

हाँ। रोनक गर्दन हिलाते हुए समीर से कहता है। मै किसी औरत के दर्द से चिल्लाने की आवाज सुन रहा हूं।

ओह रोनक। समीर एक आह भरते हुए कहता है। तुमने आज फिर कोई सपना देखा होगा। चलो सो जाओ। इतना कहते हुए वह फिर से अपने बिस्तर पर लेटने की कोशिश करता है।

नही। रोनक अपनी आवाज थोडी सी ऊँची करते हुए। सपना नही है। मै अभी भी किसी औरत के दर्द से

चिल्लाने की आवाज सुन रहा हूं। क्या तुम्हे यह आवाज नही आ रही है ?

रोनक के चिल्लाने से समीर बिस्तर पर फिर से बैठ जाता है और रोनक की बात सुनता है।

नही रोनक। मै कोई आवाज नही सुन रहा हूं। अब समीर गम्भीर होकर जवाब देता है।

ऐसा कैसे हो सकता है। रोनक परेशान होते हुए कहता है और अपने बालो मे हाथ फेरने लगता है।

रोनक महल मे कोई औरत है ही नही। यहाँ तो सभी आदमी है। समीर रोनक को समझाते हुए कहता है। तो किसी औरत की आवाज यहाँ कैसे आ सकती है ?

रोनक यह सुनकर परेशान हो जाता है। क्योंकि समीर जो कह रहा है वह सच है। महल मे एक भी औरत नही है और रोनक किसी औरत के दर्द से चिल्लाने की आवाज सुन रहा है। रोनक इस बात से भी परेशान हो जाता है कि यह आवाज केवल वही सुन रहा है। समीर को यह आवाज नही आ रही है। रोनक बार–बार आवाज सुनता है और समीर को बताता है पर समीर को कुछ भी ऐसा सुनाई नही दे रहा है।

मै बाहर जाकर देखना चाहता हूं। रोनक कुछ देर की चुप्पी के बाद बोलता है। कि कौन ऐसे दर्द से चिल्ला रहा है।

पर रोनक इस वक्त रात है और हमारा इस वक्त महल मे जाकर घूमना सही नही होगा। समीर रोनक को

समझाते हुए कहता है। इसलिए हमे अभी बाहर नही जाना चाहिए।

नही। मै जाना चाहता हूं। रोनक समीर की एक नही सुनता और वह बाहर जाकर देखने की रट लगा लेता है। अगर तुम नही आ रहे हो तो कोई बात नही मै अकेले ही बाहर जाकर देखकर आता हूं। इतना कहते हुए रोनक अपने बिस्तर से नीचे उतरकर खड़ा हो जाता है।

ठीक है। मै भी तुम्हारे साथ चलता हूं। समीर रोनक की ज़िद के आगे झुक जाता है और उसके साथ जाने के लिए तैयार हो जाता है। बाकी तीनो लड़के गहरी नींद मे सो रहे होते है।

दोनो अपनी–अपनी जादूई छड़ी उठाते है और कमरे से बाहर निकल जाते है। कमरे के बाहर का गलिहारा एकदम से शान्त है। दीवारो पर मशाले जल रही है जिनकी रोशनी शाम की अपेक्षा कम है। कम रोशनी के कारण गलिहारे मे काफी अन्धेरा है। दोनो गलिहारे को पार करते हुए महल के बगीचे मे पहुँचते है। दोनो की नजर बार–बार इधर–उधर घूम रही होती है यह देखने के लिए कि कोई उन्हे देख ना ले। रोनक फिर से वही आवाज सुनता है। वह फौरन यह बात समीर को बताता है।

समीर मुझे यह आवाज उस ओर से आ रही है। रोनक जंगल की तरफ इशारा करते हुए कहता है।

नही रोनक हम इस वक्त जंगल मे नही जा सकते। समीर रोनक को समझाते हुए रोकने की कोशिश करता है।

नही समीर हमे एक बार तो जाकर देखना ही चाहिए कि वहाँ कौन है। जो दर्द से चिल्ला रहा है। रोनक अपनी ज़िद पर अडे हुए कहता है।

ठीक है। समीर फिर से उसकी बात मानता है और दोनो जंगल की तरफ बढते है।

कुछ देर मे ही दोनो जंगल के बाहरी छोर पर खड़े होते है जहाँ से जंगल शुरू होता है।

रोनक मेरी बात मानो अन्दर खतरा हो सकता है। समीर रोनक को फिर से समझाते हुए रोकता है। हमे अन्दर नही जाना चाहिए।

जैसे ही रोनक कुछ कहने को होता है। तभी वह उस आवाज को दोबारा सुनता है।

समीर मुझे फिर से आवाज सुनाई दी है। मै अन्दर जाकर देखना चाहता हूं कि अन्दर कौन है।

ठीक है। पर अगर मुझे जरा सा भी खतरा लगा तो मै फौरन वापस आ जाऊंगा।

ठीक है। रोनक समीर की बात मानते हुए गर्दन हिलाता है।

दोनो जंगल मे अन्दर प्रवेश करते है। जंगल मे काफी ज्यादा अन्धेरा होता है। दोनो लगभग एक साथ ही छड़ी झटकते है और ऐसा करते ही उनकी छड़ीयो की नौक से

रोशनी निकलने लगती है। ऐसा लगता है कि जैसे उनकी छड़ीयो की नौक पर कोई छोटा सा बल्ब जल रहा हो। छड़ी की रोशनी मे दोनो आगे बढते है। थोडा आगे चलने पर कुछ झाड़ियां आती है। रोनक और समीर दोनो की नजर झाड़ियो पर पडती है। दोनो देखते है कि झाड़ियो से दो बड़ी–बड़ी लाल आँखे दोनो को देख रही है। आँखो को देखते ही दोनो अपनी जगह पर ही खड़े रह जाते है।

रोनक अब यहाँ से वापस चलो। समीर थोड़ा सा घबराकर कहता है।

ठीक है तुम यही रूको मै आगे जाकर देखता हूं। इतना कहते हुए रोनक आगे बढ जाता है और समीर उसे पीछे से रोकता रह जाता है।

रोनक समीर से बस दस या पन्द्रह कदम ही आगे जाता है कि तभी झाड़ियो से एक काले रंग का बड़ी–बड़ी आँखो वाला भेड़ीया कूदकर बाहर निकलता है और रोनक की छाती पर पंजे मारता हुआ एक तरफ कूद जाता है। भेड़ीये के लगे पंजो से रोनक जमीन पर गिर जाता है और जमीन पर पड़ा पत्थर उसके सिर के पीछे के हिस्से से टकराता है। रोनक फौरन बेहोश हो जाता है उसकी छड़ी उसके हाथ से छूटकर एक तरफ गिर जाती है। समीर यह देखकर डर जाता है पर ना जाने कहाँ से उसमे हौसला आ जाता है और वह रोनक की तरफ भागकर बढता है। तभी भेड़ीया दोबारा रोनक पर हमला करने के लिए उसकी तरफ बढता है। समीर भेड़ीये की तरफ छड़ी तान लेता है और तेजी से बोलता है।

पीड़ीतम !

समीर के इतना कहते ही उसकी छड़ी से प्रकाश की लाल चिंगारीया निकलती है और भेड़ीये की छाती से जा टकराती है। भेड़ीया फौरन दर्द से करहा उठता है और एक अजीब सी आवाज निकालता हुआ वहाँ से भाग जाता है। समीर रोनक के पास जाकर देखता है कि वो बेहोश हो चुका है। भेड़ीये के पंजो से रोनक की छाती पर से कमीज फट गयी है और उसमे से खून निकल रहा है। कुछ खून उसके सिर से भी बह रहा है। समीर खून को देखकर कुछ सोचता है और फिर वह रोनक के सिर पर हाथ रखकर कोई मन्त्र बुदबुदाता है। मन्त्र बोलते ही समीर के हाथ से प्रकाश की कुछ सफेद किरणे निकलती है और वो रोनक के सिर से पाव तक घूम जाती है। ऐसा होते ही रोनक के सारे जख्म अपने आप भर जाते है और वह धीरे–धीरे होश मे आ जाता है। रोनक धीरे से अपनी आँखे खोलता है और तेजी से बैठ जाता है।

कहाँ है वो ? रोनक समीर से पूछता है।

भाग गया। समीर थोड़ा सा नाराज होकर उससे कहता है। क्या अब हम अपने कक्ष मे चले ?

रोनक कुछ भी नही कहता और गर्दन हिलाकर हाँ कर देता है। अब दोनो महल की तरफ चल देते है।

आज कुछ भी हो सकता था रोनक। समीर गुस्सा होते हुए कहता है। भेड़ीये के हमले से हमारी जान भी जा सकती थी।

रोनक खामोशी के साथ उसकी बात सुन रहा है और दोनो लगातार महल की तरफ बढ रहे है। अब एक लम्बी खामोशी के साथ दोनो अपने कक्ष मे पहुँच जाते है और अपने–अपने बिस्तर पर बैठ जाते है।

रोनक समीर के पास जाता है और उसकी बराबर मे बैठ जाता है।

समीर अगर हम ना जाते तो क्या तुम उस भयानक जानवर को हरा पाते। रोनक समीर को मसका लगाते हुए कहता है।

हाँ और ना ही हम इस तरह के खतरे मे आते। समीर चिढते हुए कहता है।

समीर हमे शक्तियो दुश्मनो से लड़ने के लिए दी गई है और यदि हम इनका इस्तेमाल करना ही नही सिखेंगे और इस तरह की छोटी–छोटी बातो से डर जाएंगे तो हम यौद्धा कैसे बन पाएंगे। हम कैसे अपने उस दुश्मन से लड़ पाएंगे जो शायद हमसे बहुत ही ज्यादा शक्तिशाली है।

ठीक है। अब सो जाओ। रात बहुत हो गई है। यह कहता हुआ समीर अपने बिस्तर पर लेट जाता है। समीर अभी भी रोनक से थोडा सा नाराज होता है।

ठीक है। पर मै सच मे किसी औरत के दर्द से चिल्लाने की आवाज सुन रहा था और इसलिए ही मै बाहर जाकर उसे देखना चाहता था।

समीर रोनक की बात का कोई जवाब नही देता और अपनी आँखे बन्द कर लेता है।

रोनक उसके पास से उठकर अपने बिस्तर पर आकर लेट जाता है। उसकी आँखो से नींद गायब होती है। वह लगातार कमरे की छत को देखकर कुछ सोच रहा होता है। तकरीबन सुबह के समय उसको नींद आ जाती है और वो गहरी नींद मे सो जाता है।

अध्याय तैरह

महागुरू की परेशानी

सुबह के समय जब रोनक की आँख खुलती है तो वह देखता है कि कमरे मे उसके अलावा कोई भी नही होता। रोनक बिस्तर से उठता है और कमरे की खिड़की से बाहर देखता है। आज का मौसम कल दिन के मौसम से कुछ बेहतर है। आज हल्की धूप के साथ बादल है। रोनक फौरन नहाने के लिए बाथरूम मे चला जाता है। कुछ देर बाद रोनक नहाकर और तैयार होकर बाहर आता है। वह बगीचे मे देखता है पर लड़के वहाँ भी नही होते। अब वह नाश्ता करने के लिए रसोई की तरफ बढता है और रसोई के पास के कमरे मे जाकर देखता है। वहाँ पर चारो लड़के नाश्ता कर रहे होते है। रोनक भी वहाँ उनके पास जाकर बैठ जाता है।

काका मेरे लिए नाश्ता लाना। रोनक जोर से बोलते हुए कहता है।

तभी एक बूढा व्यक्ति प्लेट मे नाश्ता लेकर आता है। इस बूढे की कमर झुकी हुई है और यह महागुरू से भी ज्यादा बूढा लग रहा है। ये बहुत ही कमजोर है। इसके शरीर की एक–एक नस अलग ही दिखाई दे रही है। इसके सिर पर थोड़े से ही बाल है अधीकतर बाल उड़ चुके है और जो है वो सफेद है।

ये लिजीए। वह बूढा प्लेट को टेबल पर रोनक के सामने रखते हुए कहता है।

नाश्ता आते ही रोनक नाश्ता करना शुरू कर देता है और बूढा वापस रसोई मे चला जाता है। रोनक के अलावा सभी का नाश्ता खत्म हो चुका है और अब सभी आपस मे बात कर रहे है। केवल समीर ही गुमसुम बैठा है। रोनक समीर की तरफ देखता है तो उसे लगता है कि समीर अब भी रात की बात के लिए उससे नाराज है। जल्द ही रोनक का नाश्ता भी खत्म हो जाता है और फिर सभी कमरे से बाहर निकलते है। सलिल, प्रत्यक्ष और दिव्यांश तीनो आगे चले जाते है। रोनक और समीर एक साथ पीछे रह जाते है।

नाराज हो मुझसे ? रोनक धीरे से समीर से कहता है।

नही। ऐसा नही है। अब ठीक हूं। समीर एक छोटी सी मुस्कान के साथ कहता है। रोनक जो भी रात तुमने कहा सब सही था। हमे इस तरह की छोटी–छोटी घटनाओ से नही डरना चाहिए पर जो रात हुआ मै उससे थोडा घबरा गया था।

हाँ। वैसे कोई और भी होता तो वो भी डर जाता। रोनक समीर की बात मानते हुए कहता है।

कुछ देर बाद सभी बगीचे मे बैठ जाते है और बात करने लगते है।

चलो आज भी तो हमे युद्ध विद्या के अभ्यास के लिए जाना है। दिव्यांश सभी को याद दिलाते हुए कहता है।

गुरू काव्य ने कहा था की हम सभी को कल दोबारा आना है।

सभी को उसकी बात सुनने के बाद यह बात याद आती है और फिर सभी उसी कक्ष की तरफ चल देते है जहाँ कल उन्होने अभ्यास किया था। वहाँ काव्य उन्हे मिलता है और फिर काव्य के साथ सभी युद्ध विद्या के गुर सिखने लग जाते है। इसी तरह से दोपहर हो जाती है और आज सभी को जल्दी ही छुट्टी मिल जाती है और सभी खाना खाने आ जाते है। खाना खाने के बाद सभी लड़के अपने कमरे मे आराम करने के लिए चले जाते है।

शाम के समय रोनक और उसके दोस्त अपने कमरे मे बैठे चाय पी रहे होते है। तभी रोनक को रात हुई घटना याद आती है और वह जल्दी से चाय पीकर किसी को कुछ बताए बिना कमरे से बाहर आ जाता है। रोनक सीधा जंगल की तरफ बढता है और कुछ ही देर मे उसी स्थान पर पहुँच जाता है जहाँ कल रात भेड़ीये ने उसपर हमला किया था। रोनक उस स्थान पर जाकर खड़ा हो जाता है और उस जगह को ध्यान से देख रहा होता है। वह कल रात हुई उस घटना के बारे मे सोच रहा है। तभी कोई पीछे से रोनक के कन्धे पर हाथ रखता है। रोनक एकदम से डर जाता है और फौरन पलटता है। रोनक के माथे पर पसीना आ जाता है और उसके दिल की धड़कन बढ जाती है। रोनक पीछे मुडकर देखता है कि महागुरू उसके पीछे खड़े होते है।

ओह। आप है महागुरू। रोनक एक लम्बी सांस लेते हुए कहता है।

हाँ मै ही हूं। महागुरू एक अलग अन्दाज मे उससे कहते है। तुम्हे क्या हुआ ? तुम इतने क्यो घबरा गए।

रोनक घबराहट मे महागुरू को कोई जवाब नही दे पाता और अपनी जेब से रूमाल निकालकर पसीना पोंछने लगता है और अपने आपको सम्भालने की कोशिश करता है।

कुछ, कुछ नही महागुरू। मै तो बस ये सोचकर डर गया था कि ना जाने पीछे कौन है।

रोनक महागुरू को कल रात की घटना के बारे मे कुछ नही बताता। महागुरू रोनक को ज्यादा डरा हुआ महसूस करते है।

ठीक है। तुम मेरे साथ चलो। महागुरू रोनक से कहते है और फिर पलटकर महल की तरफ चल देते है। रोनक भी बिना कुछ कहे उनके पीछे–पीछे चल देता है। पर रोनक के मन मे डर जरूर होता है कि शायद महागुरू उसे इसके लिए डांटेंगे कि वह जंगल मे खड़ा था।

महागुरू रोनक को लेकर बगीचे से होते हुए महल के एक अलग ही गलिहारे मे जाते है जहाँ आज से पहले रोनक कभी नही गया था। यह एक सुन्दर गलिहारा है। दोनो ओर बड़े–बड़े ऊँचे स्तम्भ है जिनपर फूल पत्तियो की कलाकारी है। गलिहारे से होते हुए दोनो आखिरकार एक बड़े दरवाजे के सामने जाकर रूकते है। दरवाजे के दोनो ओर दो पत्थर की मूर्तिया होती है जिनके हाथ मे तलवार होती है। महागुरू को सामने देखते ही पत्थर की मूर्तिया सिर झुकाती है फिर दरवाजा खुद ही खुल जाता

है और महागुरू अपने कक्ष मे प्रवेश करते है। रोनक दरवाजे पर ही खड़ा रह जाता है। महागुरू पीछे पलटते है और रोनक को कमरे के दरवाजे पर खड़ा देखते है।

अन्दर आओ रोनक। मुस्कुराते हुए महागुरू कहते है।

जी। एक छोटी सी घबराहट भरी मुस्कान के साथ रोनक बोलता है पर उसके मन मे सवालो की उथल–पुथल चलती रहती है।

रोनक को महागुरू के कक्ष मे जाने से सिर्फ इसलिए घबराहट हो रही है क्योंकि उसे यह लग रहा है कि ना जाने महागुरू उसे क्यो वहाँ लेकर आए है और ना जाने अब उससे क्या–क्या पूछने वाले है। इसी दुविधा के साथ रोनक कक्ष मे अन्दर प्रवेश करता है। रोनक के कक्ष मे प्रवेश करते ही कक्ष का दरवाजा स्वम् बन्द हो जाता है। रोनक महागुरू के कक्ष की खूबसूरती को देखता ही रह जाता है। उसकी नजर जिधर भी जाती है वह बहुत ही सुन्दर होता है। रोनक देखता है कि इस कक्ष की छत काफी ऊँची है जो गोल गुम्बद के आकार की है। गुम्बद सोने जैसा लग रहा है और यह बहुत ही खूबसूरत जालीदार नक्काशी से बना है। कक्ष की दीवारे भी सुन्हेरी है। जिनपर कही कुछ तस्वीरे लगी है तो कही कुछ औजार । कक्ष की खिडकीयो पर सफेद रंग के पर्दे लगे है। एक तरफ एक बड़ी मेज है जिसके ठीक पीछे एक कुर्सी है जो सुन्हरी है। उसके ठीक पीछे एक बूढे व्यक्ति की काफी बडी तस्वीर लगी है।

ये कौन है महागुरू ? रोनक उस तस्वीर को देखते हुए कहता है।

ओह ये। महागुरू एक लम्बे सुर मे कहते है। ये है महागुरू सत्यार्थ। मुझसे पहले महागुरू यही थे।

रोनक गर्दन हिलाता है पर उनके बारे मे और कुछ भी नही पूछता।

बैठो रोनक। महागुरू एक सुन्दर सोफे की तरफ इशारा करते हुए कहते है।

रोनक उस सोफे की तरफ बढता है। यह एक सुन्हेरी रंग का लाल गद्दीदार सोफा है। जिसके आगे एक सुन्दर मेज है जिसपर ऊपर कांच लगा है। सामने ही दो सोफे वाली कुर्सीया ओर है। रोनक आगे बढकर सोफे पर बैठ जाता है। महागुरू भी रोनक के सामने वाली सोफे की कुर्सी पर बैठ जाते है।

तभी रोनक की नजर एक तरफ पडती है। वो देखता है कि महागुरू के इस कक्ष के अन्दर भी एक और कक्ष है। जो इस कक्ष से कुछ ऊँचाई पर है। तीन या चार सीढीया ऊपर एक कक्ष का रास्ता है। जिसमे दरवाजा नही है। उसके अन्दर सामने ही एक बिस्तर दिखाई दे रहा है जिसके ऊपर सफेद रंग की जाली लगी है। इसके अलावा रोनक उस कक्ष के अन्दर का कुछ भी नही देख पा रहा है।

कुछ लोगे रोनक ? रोनक के सामने बैठते ही महागुरू रोनक से बहुत ही शान्त अन्दाज मे पूछते है।

नही, नही। कुछ नही महागुरू। रोनक थोडा सा अटकते हुए कहता है और इसके साथ ही रोनक का ध्यान कक्ष को देखने से हटकर महागुरू पर आता है।

शर्माओ मत। महागुरू लगभग हंसते हुए कहते है। तभी वो अपने बडे–बडे कपडो की जेब से एक सुन्हेरी छड़ी निकालते है और मेज की तरफ झटकते है। महागुरू के ऐसा करते ही मेज पर एक कांच का जग प्रकट होता है जो नारंगी रंग के शरबत से भरा होता है और साथ ही कांच के दो खाली गिलास मेज पर आते है।

महागुरू शरबत गिलास मे डालने के लिए जैसे ही अपने हाथ मेज की तरफ बढाते है। तेजी से रोनक शरबत के जग को थाम लेता है और गिलास उठाकर उसमे शरबत डालता है। रोनक पहले एक गिलास महागुरू को देता है और फिर दूसरा अपने लिए भरता है।

तो कैसा चल रहा है रोनक ? महागुरू रोनक की तरफ गम्भीरता से देखते हुए कहते है।

क्या महागुरू ? सवाल सुनते ही रोनक की धड़कन तेज हो जाती है और वो जान जाता है कि अब महागुरू जरूर उससे पूछेंगे कि वो जंगल मे क्या करने गया था।

जादूई अभ्यास रोनक। ओर क्या ?

ठीक, ठीक चल रहा है महागुरू। रोनक फिर से अटकते हुए कहता है।

महागुरू एक लम्बी सांस छोड़ते है और इसके साथ ही गर्दन हिलाते हुए रोनक की तरफ देखते है।

तुम जंगल मे क्या करने गए थे ? महागुरू अचानक से वही सवाल पूछ लेते है जिसका रोनक को डर होता है।

कु..कु.. कुछ नही महागुरू। रोनक अटकते हुए घबराकर कहता है। मै तो बस यूही घूमता हुआ चला गया था।

दोनो बात करते हुए बीच–बीच मे शरबत की घूट भर रहे है।

ठीक है। एक लम्बे सुर मे महागुरू कहते है। पर तुम इतना डर क्यो गए थे ? जब मै वहाँ आया था।

रोनक महागुरू की एक के बाद एक सवालो की बरसात से ओर घबरा जाता है।

महागुरू मै, मै। रोनक अटकते हुए बोलता है और अब उसका दिमाक बहुत तेजी से दौड़ रहा होता है कि अब वो क्या जवाब दे।

महागुरू वो आपने यू अचानक मेरे कन्धे पर हाथ रखा था। इसलिए मै डर गया था। ये सोचकर कि ना जाने मेरे पीछे कौन है।

रोनक। क्या तुम मुझसे कुछ छुपा रहे हो ? महागुरू गम्भीरता से उसे देखते हुए बडे शान्त अंदाज मे कहते है।

नही, नही महागुरू। ऐसी कोई बात नही है। रोनक अपने आपको सम्भालते हुए कहता है। अब वह अपना खाली गिलास मेज पर रख देता है।

ठीक है। महागुरू एक लम्बी सांस लेते हुए कहते है। पर अगर कुछ ऐसा है जो तुम मुझे बताना चाहते हो तो बता सकते हो।

नही, ऐसा कुछ भी नही है महागुरू। रोनक फौरन तेजी से बोलता है।

अब कुछ देर की खामोशी छा जाती है। महागुरू कुछ सोच मे डूब जाते है और रोनक चुपचाप उन्हे देखता रहता है।

रोनक क्या तुम जानते हो कि जादूई शक्तिया देने के बाद भी हमने तुम सभी को यहाँ क्यो रोक रखा है ? महागुरू अपनी खामोशी को तोड़ते हुए कहते है। हमने तुम्हे शक्तिया देने के बाद पृथ्वी वापस क्यो नही भेज दिया ?

नही महागुरू। रोनक एक बहुत ही शान्त अन्दाज मे कहता है। अब रोनक थोड़ा सही महसूस करता है क्योंकि अब महागुरू उस मुददे से हटकर बात कर रहे है।

महागुरू सोफे से उठ जाते है और खिड़की के पास जाकर खड़े हो जाते है।

रोनक जादूई शकितया देने के बाद हमे तुम सबको पृथ्वी वापस भेज देना चाहिए था। खिड़की से बाहर

झांकते हुए महागुरू कहते है। क्योकि जादूई शक्तिया आप सबको पृथ्वी की रक्षा के लिए ही दी गई है पर सिर्फ मेरे कहने पर ही तुम सब यहाँ हो।

एक गहरी सांस लेने के बाद महागुरू बोलते है।

रोनक कुछ बाते ऐसी होती है जो सभी को नही बताई जा सकती। महागुरू यह सब बताते हुए बहुत ही गम्भीर होते है। कुछ ऐसे ही राज मेरे दिल मे भी है जिन्हे मै किसी से नही बताता। एक ऐसी बात है जो मुझे बरसो से सताये जा रही है। इतना कहते ही महागुरू खिड़की से हटकर रोनक के सामने कुर्सी के पीछे आकर खड़े हो जाते है।

कुछ है रोनक। कुछ है इस महल मे। महागुरू इस बात को कहते हुए थोडे से थके हुए लगते है। जो मै शायद जानता नही हूं पर मै उसे जानना चाहता हूं। कभी–कभी मुझे ऐसा लगता है कि कोई मुझे पुकार रहा है पर मै उसे साफ सुन ही नही पाता। कुछ ऐसा जिसे मै साफ–साफ शब्दो मे बया नही कर सकता। कुछ है जो मुझे छूकर चला जाता है पर मै उसे नही छू पाता। कभी लगता है कि वह चीज मेरे पास है और बस मै उसे जानने ही वाला हूं पर फिर दूसरे ही पल वह मुझसे बहुत दूर हो जाती है। कभी मै उसके पीछे भगता हूं और कभी उससे दूर। कोई चीज है जो अपनी मौजूदगी साबित करना चाहती है। अब महागुरू एक गहरी सांस लेते है।

रोनक मै रात–रात भर जागकर सोचता हूं कि वह क्या हो सकता है पर कभी भी मुझे कुछ पता ही नही

चल पाता। मै कई बार जादू से अपने अतीत मै भी जाकर देखता हूं पर कभी भी कोई फायदा नही हो पाता।

अब महागुरू सोच मे डूबते हुए रोनक से अपनी नजरे हटाते हुए अपने कक्ष की छत को देखते है और बोलने से पहले फिर से उनकी नजर रोनक पर ही होती है।

रोनक मै ये सब तुम्हे इसलिए बता रहा हूं क्योंकि तुम्हारी शक्तिया ओर लड़को से अलग है। तुम शायद वो सब जान पाओ जो मै नही जान पा रहा हूं और इसलिए ही मैने तुम सबको यहाँ रोका है। जिससे तुम यहाँ रहकर जादूई शक्तियो का प्रयोग भी सीख सको और शायद तुम मे से कोई इस बारे मे भी जान पाए।

रोनक बिल्कुल शान्त बैठा है और बहुत ध्यान से महागुरू की बात सुन रहा है।

रोनक क्या कभी तुमने महल मे कुछ ऐसा महसूस किया है ? महागुरू रोनक के बहुत नज़दीक जाकर उससे पूछते है।

नही महागुरू। कभी नही। रोनक सोफे से उठते हुए कहता है।

चलो कोई बात नही। महागुरू गर्दन हिलाते हुए कहते है। पर अगर कभी तुम कुछ अलग महसूस करो तो मुझे जरूर बताना।

जी महागुरू। रोनक बहुत ही विन्म्रता से कहता है।

अब तुम अपने कक्ष मे जा सकते हो।

महागुरू का आदेश पाते ही रोनक उनके सामने सिर झुकाकर कमरे से बाहर आ जाता है। रोनक महागुरू के कमरे से निकलकर तेज कदमो से सीधा अपने कमरे की तरफ चला जाता है। कुछ देर बाद रोनक अपने कमरे के दरवाजे पर खड़ा होता है। वह देखता है कि रूहेल उसकी अलमारी मे कुछ ढूंढ रहा है।

आप क्या ढूंढ रहे है ? रोनक कमरे मे प्रवेश करते हुए कहता है।

रूहेल रोनक की आवाज सुनकर चौंक्कर पलटता है। उसके आँखे बाहर आ जाती है और उसके माथे पर पसीना होता है। रोनक को देखकर वह डर जाता है और बिना कुछ कहे वहाँ से बाहर चला जाता है। रोनक रूहेल की इस हरकत को देखकर परेशान हो जाता है और गहरी सोच मे पड जाता है। वह कमरे मे पडी एक कुर्सी पर बैठ जाता है और रूहेल के बारे मे सोचने लगता है कि वो यहाँ उनके कमरे मे क्या ढूंढ रहा था।

रोनक इस बारे मे सोच ही रहा होता है कि तभी कमरे मे समीर आता है और रोनक के पास वाली कुर्सी पर बैठ जाता है। रोनक समीर को देखकर फौरन उसे बताना शुरू करता है जो भी आज उसने देखा।

वह समीर को बताता है कि उनके कमरे मे रूहेल आया था जो उसकी अलमारी मे कुछ ढूंढ रहा था और उसे देखते ही बिना कुछ कहे चला गया। रोनक बताता है कि रूहेल बहुत डर गया था जब उसने रोनक को वहाँ देखा। रोनक रूहेल पर शक करता है और उसके

गलत होने का दावा करता है पर समीर रोनक को समझाता है कि शायद वो यहाँ कुछ काम से आये हो और हम मे से किसी को ना पाकर वो अपना काम खुद ही करने लगे हो, या हो सकता है कि उनहे यहाँ से कुछ चाहिए हो और हमारे ना होने के कारण वह सामान खुद ही लेने लग गए हो।

हाँ हो सकता है। रोनक समीर की बात को बीच मे ही काट देता है। पर वो मुझे देखकर डर क्यो गए थे ? ऐसे तो वही डरता है जो कुछ गलत काम कर रहा होता है।

रोनक तुम्हारी बात सही है। समीर रोनक को दोबारा समझाते हुए कहता है। पर बिना सबूत के केवल शक होने पर ही किसी को दोषी ठहराना गलत होगा और वैसे भी वो हमारे गुरू है हम उन्हे इस तरह से किसी भी बात के लिए दोषी नही ठहरा सकते। जब तक की हमारे पास कोई ठोस सबूत ना हो। इसलिए मै कहूंगा कि तुम इस बात को भूल जाओ।

रोनक समीर की बात को समझता है और अपने दिमाक से यह बात निकालने की कोशिश करता है। कुछ देर बाद वहाँ तीनो लड़के ओर आ जाते है। सभी आपस मे बात करने लगते है और तब रोनक का ध्यान इस बात से हट जाता है कि रूहेल उसकी अलमारी मे कुछ ढूंढ रहा था।

अध्याय चौदह

सत्या

शाम का समय हो गया है सूरज लगभग ढलने ही वाला है। महागुरू अपने कमरे मे शान्ती से कुर्सी पर बैठे कुछ सोच रहे है। चाय का एक प्याला महागुरू के हाथ मे है। जिसमे से थोड़ी–थोड़ी देर मे वो चुसकीया ले रहे है कि तभी उनके कमरे का दरवाजा खुलता है। दरवाजे के खुलने की आवाज सुनकर महागुरू का ध्यान भटकता है और वो दरवाजे की तरफ देखते है। दरवाजे पर जलेश्वर खड़ा होता है। उसके चहरे पर एक बडी सी मुस्कान होती है।

आओ जलेश्वर। कैसे आना हुआ ? महागुरू जलेश्वर को देखते ही बोलते है और अपना चाय का कप मेज पर रख देते है। बडे खुश लग रहे हो ?

जी महागुरू। जलेश्वर कमरे मे प्रवेश करते हुए कहता है। आपके लिए एक खुशी का समाचार है।

क्या समाचार है ? महागुरू के चहरे पर भी मुस्कान आ जाती है।

महागुरू परिलोक से आपकी बहन सत्या आयी है। जलेश्वर बेहद खुश होते हुए कहता है। और वो मेहमानो के कक्ष मे आपका इन्तजार कर रही है।

ये तो वाकई खुशी की बात है जलेश्वर। महागुरू अपनी कुर्सी से लगभग उछलते हुए खड़े होते है और मेज के पीछे से घूमते हुए जलेश्वर के सामने आ जाते है। हमे फौरन जाना होगा। इतना कहते हुए वे तेजी से कमरे से बाहर चले जाते है। कुछ ही देर मे महागुरू मेहमानो के कमरे मे होते है। वो देखते है कि एक बूढी औरत सोफे पर बैठी है जिसे वो पीछे से देख रहे है।

सत्या! महागुरू खुशी से एक ऊँची आवाज मे कहते है। क्या वो तुम हो ?

महागुरू के इतना कहते ही वह औरत सोफे से खड़ी हो जाती है और महागुरू की तरफ पलटकर देखती है। यह महागुरू की उम्र की ही एक बूढी औरत है। जिसने गुलाबी रंग का एक गाउन पहन रखा है और सिर पर कपडो से मिलती–झुलती एक हैट लगा रखी है। इसका रंग गोरा है और आँखे बडी और नीली है। चहरे पर झुर्रीया है। इन्हे देखकर कोई भी अन्दाजा लगा सकता है कि ये जवानी मे बहुत ही खूबसूरत होगी क्योंकि अभी भी ये बहुत खूबसूरत है। महागुरू और सत्या एक–दूसरे को देखकर आगे बढते है और एक–दूसरे के गले लग जाते है। सत्या थोडी भावुक होकर रोने लगती है।

तुम्हे यहाँ देखकर बहुत अच्छा लगा। सच कहू तो मै आज बहुत, बहुत खुश हूं। महागुरू भी अपनी बहन से मिलकर थोडा भावुक हो जाते है।

अब दोनो एक–दूसरे के सामने सीधे खड़े होते है।

खुश तो मै भी बहुत हूं पर मै तुमसे नाजार भी हूं। सत्या महागुरू की तरफ से पीठ फेरते हुए कहती है। 18 साल बीत गए बुद्धघोष मुझे यहाँ से गए हुए, पर तुम एक बार भी मुझे मिलने परिलोक नही आए। क्या कभी मेरी याद नही आयी तुम्हे ?

नही ऐसी बात नही है सत्या। महागुरू सत्या के पीछे से घुमकर उसके सामने जा खड़े होते है। मै तो तुम्हे रोज ही याद करता हूं पर कभी महल के काम से इतनी फुरसत ही नही मिली कि मै तुमसे मिलने परिलोक आ सकू।

सत्या महागुरू की इस बात का कोई जवाब नही देती।

चलो मेरे कक्ष मे चलो। हम वही बैठकर बात करते है। इतना कहते हुए महागुरू सत्या का हाथ पकडते है और उसे अपने कक्ष के लिए ले जाते है।

महागुरू और सत्या कक्ष मे सोफे पर बैठकर बात कर रहे होते है। मेज पर खाने के लिए अनेको फल और मिठाईया रखी होती है। महागुरू और सत्या के हाथ मे शरबत से भरे गिलास होते है। दोनो अपने बीते समय की बाते कर रहे है।

बुद्धघोष! अब जलमहल का माहौल कैसा है ? सत्या काफी गम्भीरता से महागुरू से पूछती है। क्या अब सब ठीक है ? क्योकि 18 साल पहले जब मै यहाँ से परिलोक गई थी तब यहाँ का माहौल बहुत ही खराब

था। शैतानी काली ताकतो ने जलमहल और पृथ्वी दोनो को ही घेरा हुआ था।

हाँ सत्या। वो समय बहुत ही बुरा था। महागुरू सत्या की बात सुनकर थोडा उदास हो जाते है। पर अब सब कुछ ठीक है। एक गहरी सांस लेते हुए महागुरू कहते है। 18 साल से कुछ भी ऐसा नही हुआ है जिसे कहा जा सके कि यह विक्टर ने किया है। इतना कहते हुए महागुरू सोफे से उठकर कुछ दूर जाकर खड़े हो जाते है। कुछ जादूगर मानते है कि वह मर चुका है पर मुझे ऐसा नही लगता।

क्यो ? सत्या हडबडाकर खड़ी हो जाती है। तुम्हे ऐसा क्यो नही लगता ? वह हल्के कदमो से महागुरू की तरफ बढती है। हो सकता है कि सब सच कहते हो। शायद वो दुष्ट जादूगर मर गया हो।

नही सत्या। महागुरू एक विश्वास भरी आवाज मे कहते है। मै कुछ ऐसा जानता हूं जिसके कारण मै ये यकीन ही नही कर सकता कि वो मर चुका है। सत्या कुछ डरी हुई सी महागुरू की तरफ देख रही होती है। सत्या वो इतनी आसानी से नही मर सकता।

ऐसा क्या जानते हो तुम ? सत्या गम्भीर अन्दाज मे कहती है। उसकी आँखे हैरानी से बडी हो चुकी है।

बहुत सालो पहले मुझे मेरे एक दोस्त ने कुछ बताया था। जो बहुत ही अहम था और अगर वह सच है तो विक्टर अभी जिन्दा होगा और बहुत जल्द सामने आएगा।

क्या है वो ? सत्या बहुत ही शान्त और गम्भीर होते हुए महागुरू के कन्धे पर हाथ रखते हुए कहती है। क्या तुम हमे बता सकते हो ?

नही, अभी नही। महागुरू एक लम्बी गहरी सांस लेते हुए गर्दन हिलाकर कहते है। पर समय आने पर मै तुम्हे सब कुछ बताउंगा और वैसे भी मै अभी पूरा सच नही जानता पर जिस दिन मै पूरा सच जान जाउंगा तुम्हे जरूर बताउंगा।

यह बात सुनने के बाद सत्या एकदम से शान्त हो जाती है। वह बस महागुरू को देख रही होती है।

ठीक है अब तुम कुछ देर आराम करो मुझे थोड़ा सा काम है। महागुरू सत्या से कहते है और इतना कहकर अपने कमरे से बाहर की तरफ चले जाते है। सत्या दोबारा सोफे पर बैठ जाती है और कुछ सोचने लगती है।

महागुरू और सत्या रात का खाना एक साथ अपने ही कमरे मे खाते है। महागुरू और जलेश्वर के अलावा महल मे कोई नही जानता कि महागुरू की बहन सत्या महल मे मिलने आयी है। महागुरू ने ये बात किसी को भी बताने के लिए अभी मना किया होता है। खाना खाने के बाद महागुरू और सत्या देर रात तक बात करते है और फिर एक ही कमरे मे सो जाते है।

इधर रोनक और चारो लड़के अपने–अपने बिस्तर पर सो रहे है। आधी रात का समय है। रोनक आज फिर से हडबडाकर उठता है और अपने बिस्तर पर बैठ जाता है।

वह आज फिर से महल मे किसी औरत के जोरो से चिल्लाने की आवाज सुन रहा है। रोनक फौरन समीर को हाथ लगाकर उठाता है।

क्या हुआ रोनक ? काफी देर की मेहनत के बाद समीर बोलता है।

मै आज फिर वही आवाज सुन रहा हूं। रोनक थोडा सा परेशान होते हुए कहता है।

यह बात सुनते ही समीर की नींद उड जाती है और वो फौरन अपने बिस्तर पर बैठ जाता है।

क्या ? समीर अजीब सा मुँह बनाकर थोडी ऊँची आवाज मे कहता है। पर ये आवाज सिर्फ तुम ही क्यो सुन पाते हो ? मै तो कोई आवाज नही सुन रहा।

मुझे नही पता। रोनक परेशान होकर कहता है। पर मै किसी औरत के दर्द से चिल्लाने की आवाज सुन रहा हूं। ऐसा लग रहा है कि कोई किसी औरत को मार रहा हो।

रोनक सच कहू तो जादूई दुनिया मे इस तरह की आवाजे सुनना बहुत ही अशुभ संकेत है। समीर रोनक की बात को मानते हुए और उसे समझाते हुए कहता है। शायद कुछ गलत हो रहा है या होने वाला है। आज इस बात से समीर भी परेशान है।

हाँ, तुम ठीक कह रहे हो। ये सब गलत हो रहा है। रोनक समीर से कहता है। पर मै क्या करू ? मै ये आवाज रोज सुन रहा हूं। एक पल की खामोशी के बाद

रोनक कहता है। हो सकता है कि कोई हमारी मदद मांगता हो और केवल मै ही उसे सुन पाता हूं।

ऐसा कैसे हो सकता है रोनक ? समीर रोनक की इस बात को काटते हुए कहता है। कोई आवाज हो और केवल तुम ही उसे सुन पाओ।

ठीक है। तो हम इस बात को जानने के लिए आज रात फिर बाहर चलते है। रोनक अचानक से बोल उठता है।

न्ही, आज नही। समीर रोनक की बात ना मानते हुए कहता है। मै आज नही जाउंगा।

इतना कहकर समीर अपने बिस्तर पर लेट जाता है।

समीर हमे देखना चाहिए कि बाहर कौन है जो रोजाना दर्द से चिल्लाता है। रोनक समीर के कन्धे पर हाथ रखते हुए कहता है।

तुम पागल हो गए हो क्या ? समीर रोनक की बात सुनकर बैठ जाता है और थोडा चिल्लाते हुए कहता है। तुम्हे कल की घटना याद नही है क्या ? कि कल क्या हुआ था हमारे साथ। एक खुंखार भेडिया तुम्हे मारने के लिए तुम्हारे ऊपर कूदा था। वो तो अच्छा हुआ कि वो एक वार करके ही भाग गया वरना शायद आज हम दोनो मे से कोई भी जिन्दा ना होता क्योंकि तुम्हे मारने के बाद वो मुझे भी जरूर मारता।

हाँ मुझे कल की घटना याद है। रोनक की आवाज भी थोडी ऊँची हो जाती है। पर समीर अगर हम इन

छोटी–मोटी घटनाओ से डरकर घर मे बैठ जाएगे तो हम जादू का इस्तेमाल कैसे सीख पाएगे और कैसे हमारे अन्दर का डर निकलेगा ? रोनक समीर को समझाते हुए कहता है। हमे ये शक्तिया पृथ्वी की रक्षा करने के लिए मिली है और अगर हम यू डरेंगे तो हम पृथ्वी की रक्षा कैसे कर पाएगे ?

सोचो अगर भविष्य मे कभी हमारा सामना विक्टर से होता है तो हम यू डरकर घर मै बैठ जाएगे और वो सारी दुनिया को नष्ट करके उसपर अपना साम्राज्य स्थापित कर लेगा। तो फिर महागुरू द्वारा दी गई इन शक्तियो का क्या फायदा होगा जब हम इनका इस्तेमाल केवल अपने डर के कारण करेगे ही नही। समीर हमे अपने अन्दर के इस डर को निकालना है और एक महान यौद्धा बनना है जो पृथ्वी की रक्षा हर बुरी ताकत से कर सके। इसलिए मै चाहता हूं कि हमे इस आवाज को ढूंढना चाहिए और पता लगाना चाहिए कि कौन है जो रोज रात को दर्द से चिल्लाता है।

ठीक है। मै चलता हूं। समीर रोनक के इस तरह से समझाने पर जाने के लिए तैयार हो जाता है।

पर मेरी एक शर्त है। समीर रोनक से कहता है।

कैसी शर्त ? रोनक समीर की शर्त वाली बात सुनकर चौंक जाता है।

अगर आज कोई गडबड हुई तो मै सारी घटना के बारे मे महागुरू को बता दूंगा। समीर तेजी से पूरी बात कह देता है।

ठीक है। रोनक समीर की बात मान जाता है।

अब दोनो दबे पाव अपने कमरे से बाहर निकलते है और गलिहारे से होते हुए बगीचे मे आ जाते है। रोनक आज फिर से महसूस करता है कि आवाज जंगल की तरफ से आ रही है।

आज भी आवाज जंगल की ओर से ही आ रही है। रोनक समीर को बताता है।

अब दोनो जंगल की तरफ चलने लगते है। कुछ ही देर मे दोनो उस छोर पर खड़े होते है जहाँ से जंगल शुरू होता है। दोनो जंगल मे प्रवेश करते है। रोनक एकदम से निडर है जबकि समीर थोडा डरा हुआ लग रहा है और बार–बार इधर–उधर देख रहा है। तभी दोनो लगभग एक साथ छड़ी झटकते है और छड़ी की नोक से प्रकाश की किरणे निकलनी शुरू हो जाती है। छड़ी के प्रकाश मे दोनो जंगल मे आगे बढते है।

रूको रोनक। समीर अचानक से बोलता है। समीर की बात सुनकर रोनक रूक जाता है और उसकी तरफ देखता है।

क्या हुआ ?

रोनक मै एक मन्त्र जानता हूं जिससे हमारे चारो तरफ एक सुरक्षा कवच बन जाएगा और हम सुरक्षित रहेगे फिर ना तो हमे कोई देख पाएगा और ना ही नुकसान पहुँचा पाएगा।

तुम्हे ये मन्त्र कहाँ से पता चला ? रोनक समीर से पूछता है।

मै आज गुरू रूहेल से मिला था। समीर रोनक को बताता है। तब मैने बातो ही बातो मे उनसे इस मन्त्र को पूछ लिया।

ठीक है। रोनक मुस्कुराकर कहता है। उस मन्त्र का इस्तेमाल करो।

समीर फौरन अपनी छड़ी को हवा मे फैराता है और दोनो के ऊँपर घुमाता है। ऐसा करते हुए वह कोई मन्त्र बुदबुदाता है। तभी उनके चारो और एक पारदर्शी गोला बन जाता है। ऐसा लगता है कि जैसे वो दोनो एक पारदर्शी बडे गुबारे के अन्दर हो।

ये तो सच मे अच्छा है। रोनक समीर की तारीफ करते हुए कहता है।

अब दोनो जंगल मे आगे बढते है। रोनक और समीर आवाज का पीछा करते–करते जंगल मे काफी अन्दर चले जाते है पर उन्हे कही कोई नही मिलता। आगे जाकर दोनो एक स्थान पर खड़े हो जाते है और इधर–उधर देखने लगते है।

क्या कुछ पता चल रहा है कि आवाज कहाँ से आ रही है ? समीर रोनक से पूछता है। अब समीर का डर कम हो गया है और उसके चहरे पर भी रोनक की तरह ही हिम्मत दिखाई दे रही है।

आवाज तो जंगल मे से ही आ रही है। रोनक अपने सिर पर खुजाते हुए कहता है। पर कहाँ से ये समझ नही आ रहा है।

तुम दोनो इस समय यहाँ क्या कर रहे हो ? अचानक से उन दोनो के पीछे से एक आवाज आती है।

रोनक और समीर आवाज सुनकर बहुत डर जाते है। उन्हे ऐसा लगता है कि जैसे उनके शरीर मे जान ही ना हो। वो बहुत ही धीरे–धीरे पीछे पलटते है। वह देखते है कि उनके पीछे एक अजीब चीज खड़ी हुई है। जिसका पूरा शरीर घोड़े का है पर घोड़े की गर्दन से आदमी का शरीर निकला हुआ है। यह एक मनुष्य और घोड़ा दोनो ही है। इसके कान घोड़े के कान जैसे है और सिर पर लम्बे बाल है। समीर और रोनक इसे देखकर डर जाते है और जोरो से चिल्लाते है। दोनो फौरन अपनी जादूई छड़ी उसकी तरफ तान लेते है।

रूको। वह अजीब सा प्राणी तेज आवाज मे कहता है। हमला मत करना। मै तुम्हे कोई नुकसान नही पहुँचाउंगा।

कौन.......कौन हो तुम ? घबराहट मे समीर की आवाज अटक–अटक कर निकलती है।

मेरा नाम मोहक है और मै एक अश्वनर हूं। वह प्राणी समीर की बात सुनकर बताता है और मै इसी जंगल मे रहता हूं पर मै कभी भी किसी मनुष्य को नुकसान नही पहुँचाता।

ठीक है। इतना सुनते ही रोनक कहता है। पर तुम हमसे दूर से ही बात करना। हमारे नजदीक मत आना।

अश्वनर रोनक की बात सुनकर गर्दन हिलाता है।

मै ये जानना चाहता हूं कि तुम दोनो इस समय इस भयानक और अन्धेरे जंगल मे क्या कर रहे हो ?

हम....हम कुछ ढूढ रहे है। रोनक बात को टालते हुए कहता है।

तभी समीर को याद आता है कि वे तो मन्त्र द्वारा सुरक्षा कवच मे है।

क्या तुम हमे देख सकते हो ? समीर रोनक की बात के बीच मे ही बोल पडता है।

हाँ बिल्कुल। अश्वनर गर्दन हिलाते हुए कहता है। मै तुम दोनो को देख सकता हूं।

पर हम तो मन्त्र द्वारा सुरक्षा कवच मे है और हमे इस समय कोई नही देख सकता। समीर चौंककर अश्वनर से कहता है।

हाँ मै जानता हूं कि तुम सुरक्षा कवच मन्त्र के इस्तेमाल से गायब हो। अश्वनर समीर की बात सुनकर कहता है। पर मै हर चीज को देख सकता हूं। चाहे वो सामने हो या अदृश्य हो। मुझसे कुछ नही छुपता। और वैसे भी तुमने जिस सुरक्षा कवच का इस्तेमाल किया है वो बहुत ही साधारण दर्जे का है। शायद तुमने इसका इस्तेमाल पहली बार किया हो।

हाँ। पर तुम्हे कैसे पता। समीर गर्दन हिलाते हुए दोबारा बोलता है।

ओह ये बहुत आसान है। अश्वनर एक अजीब सा मुँह बनाते हुए एक अजीब सी आवाज मे कहता है।

पहली बार का कवच हमेशा ही साधारण होता है और वो सिर्फ आपको जीव–जन्तु की नजर से ही बचा पाता है। कोई भी उमदा जादूगर इस कवच को आसानी से तोड़ सकता है पर बशर्ते वो जानता हो कि तुम वहाँ हो। वरना तो ये उसे धोका देने मे कामयाब हो सकता है। एक छोटी सी सांस लेने के बाद अश्वनर।

पर शक्तिशाली कवच से तुम किसी को भी धोका दे सकते हो और किसी से भी छुप सकते हो।

ठीक है। तुमने कहा कि तुम सब कुछ देख सकते हो चाहे वो दृश्य हो या अदृश्य। समीर अश्वनर से पूछता है।

हाँ। मै देख सकता हूं। नरअश्व थोड़ा चौड़ा होते हुए कहता है।

अब समीर दोबारा बोलना शुरू करता है कि तभी

मेरी बात मत काटो लड़के और मुझे बताओ कि तुम दोनो इतनी रात को यहाँ जंगल मे क्या कर रहे हो ? अश्वनर तेज आवाज मे कहता है।

हम एक आवाज का पीछा कर रहे है। रोनक तेजी से कहता है। जो जंगल से आ रही थी।

कैसी आवाज ? अश्वनर रोनक की बात सुनकर चौंककर उससे पूछता है।

एक औरत के दर्द से चिल्लाने की आवाज। रोनक निडरता से अश्वनर के सवालो का जवाब देता है। क्या तुमने कभी यहाँ किसी औरत के दर्द से चिल्लाने की आवाज सुनी है ?

नही कभी नही। अश्वनर थोड़ा सा गुस्सा होते हुए कहता है। मैने कभी किसी औरत की आवाज नही सुनी।

पर मै रोज सुनता हूं। रोनक बहुत ही शान्त आवाज मे कहता है। कोई औरत रोज दर्द से चिल्लाती है। ऐसा लगता है कि जैसे कोई उसे मार रहा हो।

रोनक हमारी दुनिया मे इस तरह से आवाजे सुनना गलत है। रोनक की बात सुनकर अश्वनर का गुस्सा कही शान्त हो जाता है और वो बहुत ही विन्म्रता से कहता है। तुम्हे ये सब महागुरू को बताना चाहिए।

अश्वनर की बात सुनकर रोनक हाँ मे गर्दन हिलाता है।

अब तुम दोनो को यहाँ से जाना चाहिए। अश्वनर दोनो की तरफ देखते हुए कहता है। क्योकि बहुत रात हो चुकी है और इस तरह से तुम्हारा यहाँ होना सही नही है।

अश्वनर की बात सुनकर दोनो गर्दन हिलाते है और फिर महल की तरफ जाने लगते है। उन्हे जाता देख अश्वनर भी दौड़कर जंगल मे चला जाता है।

दोनो जंगल से बाहर जा ही रहे होते है कि तभी रोनक की नजर पडती है कि कोई व्यक्ति अन्धेरे जंगल मे छड़ी की रोशनी मे आ रहा होता है।

कोई आ रहा है। रोनक समीर से कहता है। रोनक के कहते ही समीर भी उसे देखता है। फौरन दोनो अपनी छड़ी को झटक कर रोशनी बन्द कर देते है। जंगल मे आने वाला व्यक्ति उनसे कुछ दूर होता है और उनसे अलग रास्ते पर होता है। इसलिए शायद वह उनकी छड़ी की रोशनी नही देख पाता। रोनक और समीर अन्धेरे मे एक पेड की ओट मे छिप जाते है। कुछ ही देर मे वह व्यक्ति उनसे दूर पर सामने से गुर्जरता है। दोनो उसे देखते ही चौंक पडते है।

गुरू रूहेल यहाँ ? दोनो के मुँह से एक साथ निकलता है। रूहेल उनसे आगे उसी ओर चला जाता है जहाँ कुछ देर पहले रोनक और समीर अश्वनर से मिले थे। रोनक और समीर दबे पाव रूहेल का पीछा करना शुरू करते है। कुछ दूर पीछा करने के बाद दोनो देखते है कि रूहेल एक चौड़े तने वाले पेड के सामने जाकर खड़ा हो जाता है। यह एक बहुत ही घना पेड है और इसका तना बहुत मोटा है। रूहेल पेड के सामने खड़ा होता है। रोनक और समीर एक पेड के पीछे से छुपकर यह देखते है। रूहेल अपना हाथ आगे बढाता है और पेड के तने पर फैरता है। देखते ही देखते पेड के तने मे एक दरवाजा उभर आता है और फिर अपने आप खुल जाता है। रोनक और समीर यह देखकर बुरी तरह हैरान हो जाते है दोनो की आँखे अचम्भे से चौड़ी हो जाती है।

दरवाजा खुलते ही रूहेल उस दरवाजे के अन्दर चला जाता है। रूहेल के अन्दर जाते ही रोनक औरत के चिल्लाने की आवाज दोबारा से सुनता है। इस बार आवाज इतनी करीब से होती है कि रोनक को लगता है कि जैसे वह उसके कान के पास ही चीख रही हो। रोनक थोडा घबरा जाता है और अपने कानो पर हाथ रख लेता है।

क्या हुआ रोनक ? समीर उसे ऐसा करते हुए देखकर पूछता है। क्या तुम दोबारा वही आवाज सुन रहे हो ?

रोनक कुछ नही बोलता पर हाँ मे गर्दन हिला देता है।

कुछ देर बाद रूहेल दरवाजे से बाहर निकलता है और तेजी से महल की तरफ चला जाता है। रूहेल के वहाँ से जाने के कुछ देर तक वो दोनो उसी पेड के पीछे छुपे रहते है और जब उन्हे लगता है कि अब वह दूर जा चुका है तब दोनो उस पेड के पास दौड़कर जाते है। दोनो देखते है कि दरवाजा अब लगभग खत्म हो चुका है और सिर्फ कुछ ही उभरा हुआ भाग होता है और देखते ही देखते कुछ समय बाद वह पेड साधारण बन जाता है।

अब चलो यहाँ से। समीर रोनक का हाथ पकडते हुए कहता है।

रोनक समीर की बात मानता है और दोनो छड़ी का प्रकाश जलाकर वहाँ से दौड़ते हुए महल की तरफ चले जाते है। कुछ देर बाद दोनो अपने कमरे मे आकर एक ही बिस्तर पर बैठ जाते है।

रूहेल कुछ गलत कर रहा है। रोनक अपनी सांस को थामते हुए कहता है।

हाँ मुझे भी ऐसा ही लग रहा है। समीर रोनक से कहता है। अब मै पूरी तरह से तुम्हारे साथ हूं रोनक। अब हम दोनो इस बात का पता लगाकर रहेंगे कि रूहेल क्या कर रहा है और इस आवाज का पेड से क्या सम्बन्ध है। दोनो बात करते हुए अपने–अपने बिस्तर पर सो जाते है।

अध्याय पन्द्रह

मासूम हत्याए

पाँचो लड़के अपने–अपने बिस्तर पर सो रहे है। तभी तेजी से उनके कमरे का दरवाजा खुलता है। दरवाजे की आवाज से पाँचो की आँखे खुल जाती है। उनके सामने जलेश्वर खड़ा होता है।

आज तुम सभी को महागुरू ने सभा महल मे बुलाया है। जलेश्वर एक ऊँची आवाज मे कहता है। सभी वहाँ समय से पहुँचे।

यह बात सुनते ही पाँचो लड़के अपने–अपने बिस्तर पर बैठ जाते है।

महागुरू ने। सलिल जलेश्वर से कहता है।

हाँ, और हमे नही पता क्यो ? जलेश्वर सलिल के अन्दाज से उसके सवाल को समझते हुए कहता है। अब तुम लोग तैयार हो जाओ।

इतना कहकर जलेश्वर लड़को के कमरे से चला जाता है और पाँचो लड़के बिस्तर छोडकर तैयार होने लग जाते है। कुछ ही देर बाद सभी सभा महल मे होते है। आज महल को कुछ ज्यादा ही सुन्दर सजाया गया है। चारो गुरू अपने–अपने स्थान पर बैठे है। महागुरू अपने सिंहासन पर बैठे है और उनकी ठीक बराबर मे एक दुसरे सिंहासन पर एक बूढी औरत बैठी है। पाँचो

लड़के नीचे कुर्सीयो पर बैठे है और जलेश्वर भी एक अन्य कुर्सी पर बैठा है।

क्या महागुरू ने इस उम्र मे शादी की है ? दिव्यांश प्रत्यक्ष से धीरे से पूछता है उसके चहरे पर बडा ही अजीब सा भाव होता है। कौन है ये बूढी औरत ?

पता नही। प्रत्यक्ष भी धीरे से जवाब देता है। पर जल्द ही पता चल जाएगा।

कुछ ही देर बाद महागुरू अपने सिंहासन से उठते है और थोडा सा नीचे खड़े हो जाते है।

मै सभी को इनसे मिलवाना चाहता हूं। महागुरू एक ऊँची आवाज मे कहते है। महागुरू के चहरे पर मुस्कान होती है। वो बहुत खुश होते है। ये मेरी बहन सत्या है। ये परिलोक की महारानी है।

कुछ पल रूकने के बाद। मै बताना चाहुंगा कि परिलोक भी हमारे महल की तरह ही एक ओर महल है जो केवल लड़कियो के लिए है।

चारो गुरू और जलेश्वर तो सत्या को पहले से ही जानते है पर आप पाँचो महल मे नए आए है इसलिए आपका इनसे मिलना जरूरी था।

महागुरू की बहन सत्या के चहरे पर भी एक बड़ी सी मुस्कान होती है। सत्या अपने सिंहासन से उठती है और चारो गुरूओ से बारी–बारी से मिलती है। सभी सत्या को वहाँ देखकर बहुत खुश होते है। गुरूओ से मिलने के बाद सत्या जलेश्वर से मिलती है और फिर आखिर मे वो

पाँचो लडको की तरफ बढती है। सत्या को अपनी ओर आता देख पाँचो अपनी–अपनी कुर्सीयो से खड़े हो जाते है।

कैसे है आप सब ? सत्या एक धीमी आवाज मे पूछती है।

हम सब ठीक है। सभी पाँचो लडके एक साथ कहते है।

अब आप सभी वर्तमान यौद्धा हो इसलिए अपनी शक्तियो के सही इस्तेमाल से दुनिया की हमेशा रक्षा करना। सत्या सभी को समझाते हुए कहती है।

जी महारानी। पाँचो लड़के एक साथ कहते है।

अब महागुरू सभी को उनके नाम से सत्या को मिलवाते है। सत्या लड़को से मिलकर बहुत खुश होती है। सभी से मिलने के बाद महागुरू सत्या को लेकर महल घूमने के लिए सभा महल से बाहर चले जाते है।

आज आप सभी को मै अपने साथ औषधीयो के ज्ञान के लिए ले जाना चाहता हूं। एक तेज आवाज मे इष्ट सभी लड़को से कहते है।

सभी गर्दन हिलाते हुए हाँ कर देते है। अब इष्ट पाँचो लड़को को लेकर अपने साथ औषधीयो के कक्ष मे चले जाते है। कक्ष मे बड़ी–बड़ी मेज पडी होती है। जिनमे से कुछ पर कुछ पौधे गमले मे लगे हुए रखे होते है। ये पौधे पृथ्वी के एक भी पौधे से नही मिलते। ये सभी बहुत

ही अजीब से पौधे है। इष्ट लड़को को आगे एक मेज पर ले जाता है।

गुरू इष्ट। प्रत्यक्ष थोडा सा तेज बोलते हुए पूछता है। ये पौधे क्या है ?

ओह ये। इष्ट उन पौधो की तरफ देखते हुए कहते है जो मेज पर गमलो मे लगे हुए है। ये सभी औषधीया बनाने के पौधे है या यू कहो ये सभी जड़ीबूटीया है। इनके इस्तेमाल से ही औषधीया बनती है।

सभी बडी शान्ती से गर्दन हिलाते है पर कोई भी कुछ और नही कहता।

आप सभी मेरे साथ आए। इष्ट सभी को अपने साथ उस कक्ष के अन्दर एक ओर कक्ष मे ले जाते है। जहाँ काफी सारी शीशे की अलमारीया होती है। जिनमे कांच की बड़ी–बड़ी शिशिया रखी होती है। हम ये औषधीया जड़ीबूटीयो से बनाते है और फिर इस तरह इन्हे शिशियो मे भरकर रख देते है। ये जरूरत पडने पर काम आती है।

अब इष्ट एक मेज के दूसरी ओर खड़े हो जाते है और लड़के उसी मेज के दूसरी ओर। इष्ट कुछ शिशिया उठाते है और उनमे से कुछ जडीबूटीया निकालते है। वो बारी–बारी से हर जड़ीबूटी लड़को को दिखाते है और उसके गुण–दोष उन्हे बताते है फिर वो उन्हे उन जड़ीबूटीयो से औषधीया बनाना भी सिखाते है। जो बहुत ही कठीन काम होता है।

इधर महागुरू अपनी बहन सत्या के साथ महल मे घूम रहे है। घूमते–घूमते दोनो एक पहाडी पर जाकर रूक जाते है। सत्या और महागुरू वहाँ से नीचे देखते है। नीचे एक उजडी हुई बस्ती होती है। जिसमे कुछ टूटे–फूटे घर है।

कुछ पता चला उसके बारे मे। सत्या उन घरो को देखते हुए भावुक हो जाती है और महागुरू से पूछती है।

यह सुनते ही महागुरू भी भावुक हो जाते है और ना मे गर्दन हिलाते है। अब दोनो के बीच एक गहरी खामोशी छा जाती है और दोनो उस उजाड बस्ती को देखते रहते है।

दिन ढलता है और धीरे–धीरे शाम हो जाती है। महागुरू अपने कमरे मे बैठे एक किताब पढ रहे है और सत्या भी पास मे बैठी एक दूसरी किताब पढ रही है। तभी कमरे का दरवाजा खुलता है। महागुरू और सत्या का ध्यान किताब से हटता है और दोनो दरवाजे की तरफ देखते है।

आओ हेमआध। महागुरू उसे देखते हुए कहते है। कैसे आना हुआ ?

मै आपसे कुछ जरूरी बात करना चाहता हूं। हेमआध बडे ही शान्त अन्दाज मे महागुरू से कहते है पर फिर भी महागुरू उनकी परेशानी को भाप जाते है।

क्या तुम परेशान हो ? महागुरू दोबारा से हेमआध से कहते है।

आप मेरे साथ आए। हेमआध महागुरू से निवेदन करते हुए कहता है। मै आपसे कुछ जरूरी बात करना चाहता हूं।

महागुरू हेमआध के मुँह से ऐसा सुनते ही अपने स्थान से खड़े हो जाते है।

मै अभी आता हूं सत्या। महागुरू अपनी किताब को सोफे पर रखते हुए कहते है। तब तक तुम इस किताब को पढो।

सत्या बहुत ही अलग अन्दाज मे महागुरू और हेमआध को देख रही होती है। वह उनसे कुछ सवाल पूछना चाहती है पर ना जाने क्यो कुछ ना पूछते हुए चुप रह जाती है और महागुरू की बात पर सिर्फ गर्दन हिलाते हुए हाँ करती है। अब महागुरू और हेमआध कमरे से बाहर चले जाते है।

क्या हुआ हेमआध ? महागुरू कमरे से बाहर निकलते ही उससे पूछते है। इतने परेशान क्यो हो ? क्या कुछ बताना चाहते हो ?

कुछ बताना नही बल्कि कुछ दिखाना चाहता हूं। हेमआध बहुत ही गम्भीरता से कहते है।

इतना कहकर हेमआध अपने दोनो हाथो की मुट्ठी बन्द करके महागुरू के सामने करता है। महागुरू एक बार उसकी तरफ देखते है और फिर तेजी से उसके हाथो को छूते है। इस प्रकार हेमआध महागुरू को भविष्य मे होने वाली किसी घटना को दिखा देता है। कुछ देर बाद महागुरू हेमआध के हाथो से अपने हाथ हटाते है। वो

बहुत परेशान होते है। उनके चहरे पर एक अलग ही डर होता है।

अब हमे क्या करना चाहिए ? महागुरू हडबडाकर हेमआध से पूछते है। हम कैसे इसे रोक सकते है ?

महागुरू जो मैने भविष्य मे देखा है वो निश्चित ही होगा। हेमआध बहुत ही विश्वास के साथ महागुरू से कहते है। उसे रोका नही जा सकता और ये बात आप खुद भी बहुत अच्छी तरह से जानते है। पर भविष्य के साथ छेडछाड करना बहुत भयंकर हो सकता है।

हाँ मै जानता हूं। महागुरू परेशान होते हुए और अपने माथे पर हाथ फैरते हुए कहते है। पर मै पूरी कोशिश करूंगा की ऐसा ना हो।

इतना कहते हुए महागुरू वहाँ से अपने कक्ष मे चले जाते है। वहाँ सत्या उनका इंतजार कर रही होती है।

क्या हुआ ? सत्या महागुरू को देखते ही पूछती है। हेमआध क्यो परेशान था ? क्या उसने कुछ बताया ?

नही..... घबराने वाली कोई बात नही है। महल की एक छोटी सी घटना की जानकारी दे रहा था। महागुरू सत्या को यू ही एक कहानी सुना देते है और कहते है कि अब वह उसे खुद ही देख लेगा।

ठीक है। सत्या महागुरू की बात सुनकर दोबारा अपनी किताब को पढने लगती है।

रात का समय हो जाता है। महागुरू और सत्या आज सभी के साथ खाना खाते है। सभी रसोई के पास के बडे

कक्ष मे एक बडी मेज के चारो ओर बैठे होते है। खाना सभी की प्लेट मे होता है और अतिरिक्त खाने के लिए और बर्तन होते है। सभी खाना खा रहे है। खाना खाते समय कोई भी कुछ भी बात नही करता। खाना खाने के बाद पाँचो लड़के अपने कमरे मे चले जाते है और चारो गुरू अपने–अपने कमरो मे। महागुरू और सत्या भी वहाँ से अपने कमरे की तरफ बढते है।

आज मै अपने पुराने कमरे मे सोना चाहती हूं। सत्या गलिहारे मे चलते हुए महागुरू से कहती है।

यह बात सुनते ही महागुरू के चहरे के भाव बदल जाते है।

क्यो ? हमारे कमरे मे क्या बुराई है ? महागुरू सत्या की बात को काटते हुए कहते है।

बुराई तो कुछ नही है, पर आज हमारा मन है कि हम अपने पुराने कमरे मे अपनी पुरानी यादो को याद करते हुए सोए। सत्या खयालो मे खोते हुए कहती है।

नही सत्या। वो बहुत गंदा है। तुम आज भी हमारे कमरे मे सो जाओ। महागुरू सत्या को समझाते हुए कहते है। हम कल उसकी सफाई करवा देंगे। तब कल तुम वहाँ सो जाना।

बुद्धघोष। एक लम्बी सांस लेते हुए सत्या अपने ही स्थान पर खड़ी हो जाती है। उसे देखकर महागुरू भी रूक जाते है। कल मुझे परिलोक वापस जाना है इसलिए मै आज रात ही अपने कमरे मे सोना चाहती हूं। सत्या अपनी ज़िद पर अडते हुए कहती है। और वैसे भी हम

जैसे जादूगरो के लिए गंदे कमरे को साफ करना कितनी देर का काम है। एक पल की चुप्पी के बाद सत्या कहती है। सिर्फ छड़ी झटकने भर का। इतना कहते हुए सत्या मुस्कुरा देती है।

ठीक है। महागुरू एक लम्बी सांस छोडने के बाद। चलो।

इतना कहते ही दोनो एक दूसरे गलिहारे मे मुड जाते है। कुछ ही देर मे दोनो एक कमरे के सामने खड़े होते है। सत्या आगे बढकर कमरे का दरवाजा खोलती है। सत्या देखती है कि कमरा एकदम से साफ सुथरा है। उस कमरे की हर चीज ऐसे चमक रही है। जैसे अभी साफ की हो।

ये तो साफ है ? सत्या महागुरू की ओर थोड़ा नखरे से पलटते हुए कहती है।

हाँ। महागुरू एक धीमी आवाज मे कहते है पर इससे ज्यादा कुछ नही बोलते।

सत्या खुश होकर अपने कमरे मे घुसती है। महागुरू भी सत्या को खुश देखकर खुश हो जाते है पर किसी बात की चिन्ता उन्हे अन्दर ही अन्दर खाए जा रही है।

अब खुश हो तुम अपने पुराने कमरे मे आकर। महागुरू सत्या से कहते है।

सत्या अपने कमरे मे अपने बिस्तर पर जाकर बैठ जाती है जिसपर सफेद जालीदार मच्छरदानी लगी है। कमरा बहुत ही सुन्दर है। कमरे मे दीवारो पर कुछ

तस्वीरे है। महागुरू भी सत्या के साथ ही उसके बिस्तर पर बैठ जाते है।

कुछ देर बाद ही कमरे का दरवाजा खुलता है। जलेश्वर सामने खड़ा होता है।

आपने याद किया महागुरू। जलेश्वर महागुरू और सत्या की तरफ देखते हुए कहता है।

हाँ जलेश्वर। दो पहरेदारो का फौरन इंतजाम करो। जो आज रात सत्या के कमरे के बाहर पहरा देंगे।

बिस्तर से उठते हुए और जलेश्वर की ओर बढते हुए महागुरू कहते है।

पर तुमने जलेश्वर को कब बुलाया ? सत्या थोडा चौंकते हुए कहती है और बिस्तर से उठकर महागुरू के पीछे–पीछे आ जाती है। हम दोनो काफी देर से साथ ही है और इस बीच मे तुमने इसे नही बुलाया।

सत्या ये सब जादू का कमाल है। महागुरू सत्या की तरफ देखकर मुस्कुराते हुए कहते है। मै और जलेश्वर जादू द्वारा मन की बात एक दूसरे से कर सकते है बिना किसी को पता लगे।

वाह। ये तो बहुत ही बेहतरीन जादू है। सत्या यह बात सुनकर खुश होते हुए कहती है।

हाँ । मैने ऐसी ही बहुत सी खोज की है जिनका इस्तेमाल मे बहुत ही गोपनीय तरीके से करता हूं। महागुरू लगातार मुस्कुराते हुए कहते है। पर मै चाहूंगा कि तुम ये बात किसी को ना बताओ।

ठीक है, ठीक है। सत्या मुँह बनाते हुए कहती है। मै किसी को नही बताउंगी।

अब जलेश्वर कमरे से बाहर चला जाता है और कुछ ही देर बाद दोबारा वहाँ आता है।

पहरेदार आ चुके है महागुरू। जलेश्वर कमरे मे प्रवेश करते हुए कहता है। महागुरू और सत्या आराम से बिस्तर पर बैठकर बात कर रहे होते है।

ठीक है। महागुरू जलेश्वर की बात सुनकर कहते है। सत्या अब तुम आराम करो हम सुबह मिलते है। महागुरू सत्या के बिस्तर से उठते हुए उससे कहते है और फिर कमरे से बाहर आ जाते है और जलेश्वर भी उनके पीछे–पीछे बाहर आ जाता है। बाहर आकर जलेश्वर सत्या के कमरे का दरवाजा बन्द कर देता है। बाहर दो पहरेदार खड़े होते है जो महागुरू को देखते ही सिर झुकाते है।

मै चाहता हूं कि आज रात आप दोनो इस कमरे के बाहर पहरा दे। महागुरू पहरेदारो को समझाते हुए कहते है। पर ध्यान रहे मेरे अलावा अगर कोई भी आए तो उसे अन्दर मत जाने देना।

जी महागुरू। दोनो पहरेदार सिर झुकाकर कहते है।

अब महागुरू वहाँ से दाई ओर चले जाते है और कुछ ही देर मे एक गलिहारे के एक मोड पर मुड जाते है। जलेश्वर भी वहाँ से अपने कमरे मे चला जाता है।

आधी रात का समय हो जाता है। सत्या अपने कमरे मे अपने बिस्तर पर सो रही है। महागुरू अपने कमरे मे बिस्तर पर लेटे है पर उनकी आँखो मे नींद नही है। आज वो बहुत ज्यादा बेचैन है। चिन्ता की लकीरे उनके चहरे पर साफ झलक रही है। कुछ देर बाद महागुरू अपने बिस्तर से उठते है और सत्या के कमरे की तरफ बढते है। कुछ ही देर बाद वे सत्या के कमरे के बाहर खड़े होते है।

कोई आया तो नही था ? महागुरू पहरेदारो से पूछते है।

नही महागुरू। पहरेदार गर्दन हिलाते हुए जवाब देते है।

ठीक है। ध्यान रखना। महागुरू इतना कहने के बाद वहाँ से अपने कमरे की तरफ चले जाते है। अपने कमरे मे आकर वो दोबारा अपने बिस्तर पर लेट जाते है। कुछ देर बाद महागुरू फिर से सत्या के कमरे के पास जाते है और पहरेदारो से पूछते है। कोई आया तो नही ?

पहरेदार दोबारा ना मे जवाब देते है। महागुरू फिर से अपने कमरे मे जाकर अपने बिस्तर पर लेट जाते है। इसी तरह महागुरू रात मे कई बार सत्या के कमरे के बाहर आते है। धीरे–धीरे रात गहरी हो जाती है पर महागुरू की आँखो मे नींद नही होती।

तभी महागुरू, रूहेल के साथ सत्या के कमरे के पास आते है और पहरेदारो से पूछते है। कोई आया तो नही ?

पहरेदार फिर से वही ना मे जवाब देते है।

अब महागुरू सत्या के कमरे का दरवाजा खोलते है और रूहेल को लेकर अन्दर चले जाते है। कुछ समय बाद सत्या के कमरे का दरवाजा दोबारा खुलता है और केवल महागुरू बाहर निकलते है।

हम अपनी बहन की रक्षा के लिए रूहेल को अन्दर उनके पास छोडकर जा रहे है। महागुरू पहरेदारो को समझाते हुए कहते है। तुम लोग सावधान रहना।

इतना कहकर महागुरू कमरे से बाई ओर चले जाते है। महागुरू के वहाँ से जाते ही दाई ओर से फिर से महागुरू आते है और कमरे के पास आकर पहरेदारो से पूछते है।

सब ठीक है ना। कोई आया तो नही ?

महागुरू के मुँह से ये शब्द सुनते ही दोनो पहरेदार चौंक जाते है।

अभी कुछ देर पहले आप ही तो आए थे गुरू रूहेल को लेकर। दोनो पहरेदारो मे से एक कहता है। और गुरू रूहेल को महारानी की सुरक्षा के लिए अन्दर छोडकर आप चले गए थे।

क्या बकवास कर रहे हो तुम ? वो मै नही था। महागुरू चिल्लाते हुए पहरेदारो से कहते है और आगे बढकर तेजी से सत्या के कमरे का दरवाजा खोलते है। महागुरू कमरे का हाल देखकर चौंक पडते है उनकी आँखे बाहर आ जाती है। सत्या का खून से लथपथ मृत शरीर जमीन पर पडा होता है और पास ही एक लडके का शव होता है जो सलिल है। महागुरू ये भयानक दृश्य

देखकर स्तम्भ रह जाते है और खड़े–खड़े जमीन पर गिर जाते है। पहरेदार घबरा जाते है और देखते है कि महागुरू बेहोश हो चुके है। दोनो पहरेदारो मे से एक तेजी से अपनी जेब से छड़ी निकालकर आसमान की तरफ झटकता है। छड़ी से तेज रोशनी निकलती है। जो सायरन की तरह बजती हुई महल मे घूमने लगती है। इसकी आवाज सुनकर सभी उठ जाते है और महल मे खलबली मच जाती है।

अध्याय सोलह

शोक सभा

आपातकालीन घंटी की आवाज सुनकर चारो गुरू और जलेश्वर सत्या के कमरे की तरफ भागते है। क्योंकि भले ही सायरन की आवाज पूरे महल मे घूम रही होती है पर सुनने वाला उसे वही से आते सुनता है जहाँ से उसे बजाया गया है। बहुत ही जल्द सभी उस स्थान पर पहुँचते है। वहाँ का हाल देखकर सब चौंक जाते है। जलेश्वर और काव्य फौरन महागुरू को उठाते है और इष्ट के कमरे मे ले जाते है। यहाँ पर ये महागुरू को एक पलग पर लेटा देते है। इष्ट सबसे पहले महागुरू को जडीबूटी सुंघाते है और फिर उनके मुँह मे एक नीले रंग का काढा डालते है। अब इष्ट बैठ जाते है और देखते है कि दिए हुए काढे का कोई असर होता है या नही। जलेश्वर और काव्य वही खड़े ये सब देख रहे होते है। कुछ देर बाद महागुरू को एक हिचकी आती है।

अब ये ठीक है। इष्ट जलेश्वर और काव्य से कहता है। काव्य आप बाहर जाकर वहाँ की स्थिती को सम्भाले मेरे पास जलेश्वर रहेगा।

ठीक है। इतना कहकर काव्य वहाँ से चला जाता है और जलेश्वर एक कुर्सी पर बैठ जाता है।

इसी तरह रात बीत जाती है और सुबह होती है। सुबह के समय महागुरू को होश आता है। वो धीरे से

अपनी आँखे खोलते है। चारो गुरू और जलेश्वर उनके पास खड़े होते है। होश आते ही महागुरू फौरन अपने बिस्तर पर बैठ जाते है और तेजी से बिस्तर से नीचे उतरकर सत्या के कमरे की तरफ चले जाते है। सभी गुरू और जलेश्वर भी उनके पीछे–पीछे वहाँ पहुँचते है। सत्या के कमरे मे जाकर महागुरू देखते है कि सत्या का मृत शरीर एक पलंग पर रखा होता है और सलिल का शरीर एक अन्य पलंग पर। महागुरू इन दोनो को देखकर बहुत दुखी होते है। महागुरू की आँखो से आंसू निकल जाते है।

जलेश्वर। जलेश्वर महागुरू द्वारा अपना नाम पूकारे जाने पर फौरन उनके पास आता है।

जाओ और परिलोक मे सत्या की हत्या की खबर भिजवाओ। हल्की सी गला रूंधी आवाज मे महागुरू कहते है। और किसी को पृथ्वी भेजो। सलिल की हत्या की खबर भी उसके घर भिजवाओ। जिससे वो यहाँ आकर सलिल का शव ले जा सके।

महागुरू के इतना कहते ही जलेश्वर वहाँ से चला जाता है।

कुछ घंटो बाद महागुरू, चारो गुरू, जलेश्वर, चारो लडके, महल मे आए कुछ जादूगरो और परिलोक से आयी कुछ गुरूओ के साथ मिलकर सत्या के शरीर को दफना देते है। इस समय शमशान घाट पूरी तरह से भरा होता है और दूर–दूर से जादूगर और जादूगरनी यहाँ आए होते है। महागुरू इस समय बहुत दुखी होते है।

सत्या को दफनाने के बाद सभी महल वापस आते है। महल आते ही महागुरू देखते है कि सलिल के माता–पिता बगीचे मे खड़े है और उनका इंतजार कर रहे है। महागुरू उनके पास जाते है जो बहुत दुखी है और रो रहे है। महागुरू उन्हे अपने साथ अपने कमरे मे ले जाते है और वहाँ बैठाते है। सभी खामोश बैठे है।

महागुरू मैने आपके भरोसे पर सलिल को यहाँ भेजा था। सलिल की माँ रोते हुए कहती है। पर आप कुछ नही कर पाए और मेरा बेटा मारा गया।

महागुरू सलिल की माँ द्वारा किए गए सवाल को सुनकर खामोश रहते है और उनकी तरफ देखते रहते है।

कुछ पल बाद महागुरू। मुझे बहुत दुख है सलिल की हत्या का। महागुरू उन्हे समझाते हुए कहते है। महागुरू की आँखे लाल होती है और गले से रूंधी हुई आवाज आती है। मैने भी अपनी बहन को खोया है। अगर मै जानता कि सलिल के साथ ऐसा हो सकता है तो मै पहले ही सभी को पृथ्वी भेज देता। महागुरू अपनी कुर्सी से उठते हुए कहते है। मै पूरी कोशिश कर रहा हूं कातिल का पता लगाने की। बस आप मुझे थोडा सा वक्त दे।

इतना कहकर महागुरू सलिल के माता–पिता को सत्या के कमरे मे ले जाते है। सलिल का शव देखते ही उसकी माँ जोरो से रोने लगती है और सलिल के शव से लिपट जाती है। महागुरू सलिल का शव उन्हे सौंपते है

और जलेश्वर को यह कहकर वहाँ से चले जाते है कि सलिल का शव सम्मान पूर्वक पृथ्वी तक पहुँचा कर आओ। इसके बाद महागुरू अपने कमरे मे चले जाते है और फिर वहाँ से नही निकलते।

अगली सुबह सभा महल मे महागुरू अपने सिंहासन पर चुपचाप बैठे होते है। चारो गुरू उनके पास अपने–अपने सिंहासन पर बैठे है। जलेश्वर एक तरफ खड़ा है और चारो लड़के नीचे कुर्सीयो पर बैठे है। सभा महल इतना शान्त है कि जैसे यहाँ कोई हो ही नही। सभी बिल्कुल चुप बैठे है। तभी सभा महल के दरवाजे पर दो लम्बे तगड़े पहलवान जैसे व्यक्ति आते है। जिनके बाल लम्बे और काले है। इन्होने चमडे के कपड़े पहने है। जो बहुत छोटे–छोटे है और सिर्फ शरीर के नीचे के भाग पर ही है। ऊपर सीने पर सिर्फ एक काली डोरी जैसा कपडा है। इनमे से एक के हाथ मे एक मोटा रस्सा है। दोनो सभा महल मे अन्दर आते है और महागुरू के सामने आकर सिर झुकाते है फिर दोनो महागुरू के सामने सीधे खड़े हो जाते है। महागुरू इन्हे बैठने के लिए कुर्सी की तरफ हाथ का इशारा करते है। महागुरू का इशारा होते ही दोनो कुर्सीयो पर बैठ जाते है।

उन दोनो को बुलाया जाए। महागुरू जलेश्वर से कहते है।

महागुरू के इतना कहते ही जलेश्वर सभा महल से बाहर चला जाता है और कुछ देर बाद जब वापस लौटता है तो उसके साथ वही दो पहरेदार होते है जो कल रात सत्या के कमरे के बाहर पहरा दे रहे थे। दोनो

पहरेदार वहाँ आकर सिर झुकाते है और महागुरू के सामने खड़े हो जाते है।

कल रात क्या हुआ था ? महागुरू तेज आवाज मे पहरेदारो से पूछते है। हम सभी कल रात हुई घटना के बारे मे जानना चाहते है।

महागुरू के इतना पूछते ही दोनो पहरेदार एक–दूसरे की तरफ देखते है और फिर उनमे से एक बोलना शुरू करता है।

कल रात हम दोनो महागुरू के आदेश पर रानी सत्या के कक्ष के बाहर पहरा दे रहे थे। महागुरू रानी सत्या की खैरियत पूछने के लिए रात मे कई बार आए थे। फिर अन्त मे महागुरू और गुरू रूहेल आए और कमरे के अन्दर चले गए। कुछ देर बाद महागुरू बाहर निकले और हमसे यह कहकर चले गए कि वो रूहेल को रानी की सुरक्षा के लिए उनके पास छोड़कर जा रहे है। फिर कुछ देर बाद महागुरू फिर से आए और जब उन्होने दरवाजा खोला तो रानी सत्या और एक लड़के का शव जमीन पर पडा थ ।

पूरी घटना सुनने के बाद महागुरू दोनो पहरेदारो को वहाँ से जाने का आदेश देते है। आदेश पाते ही पहरेदार वहाँ से बाहर चले जाते है। सभा महल एकदम से शान्त है।

रूहेल आप क्या कहना चाहेगे इस बारे मे ? खामोशी को तोड़ते हुए महागुरू रूहेल से पूछते है।

मै......मै क्या कहू महागुरू। रूहेल अचानक से पूछे गए सवाल से थोडा सा परेशान हो जाता है। क्या आप मुझे पर शक कर रहे है ?

हाँ रूहेल। महागुरू एकदम से सटीक जवाब देते है। सारे सबूत तुम्हारे खिलाफ है। एक तुम ही हो यहाँ जो काले जादू का इस्तेमाल बखूबी जानता है। तुम काले जादू द्वारा किसी का भी रूप ले सकते हो। तो जाहिर सी बात है कि तुमने मेरा रूप लिया और सलिल को सम्मोहित करके अपना रूप दिया और फिर तुमने इस काम को अन्जाम दिया।

नही महागुरू। रूहेल चिल्लाते हुए कहता है और उसकी आँखो मे आँसू आ जाते है। आप गलत सोच रहे है। मैने ऐसा नही किया। रूहेल अपनी सफाई देते हुए कहता है और अपने सिंहासन से खड़ा हो जाता है। हाँ मै काले जादू द्वारा रूप बदल सकता हूं पर मैने कभी जलमहल का या यहाँ रहने वालो का बुरा नही चाहा।

ले जाओ इसे यहाँ से। महागुरू गुस्से से भरी हुई एक शान्त आवाज मे उन दोनो आदमीयो की तरफ देखते हुए कहते है। और उस जगह कैद कर दो जहाँ मैने आपसे कहा है। हम रूहेल को ऐसी सजा देगे जो इसने कभी सपने मे भी नही सोची होगी।

महागुरू के इतना कहते ही दोनो आदमी कुर्सीयो से उठते है और रूहेल के पास आकर उसे पकड लेते है। जलेश्वर आगे बढकर रूहेल की जादूई छड़ी छीन लेता है। रूहेल चिल्ला–चिल्लकर अपने को बेगुनाह कह रहा

होता है पर उसकी बात कोई नही सुनता। दोनो आदमी रूहेल के हाथो मे रस्सी बांधकर उसे सभा महल के बाहर ले जाते है। रूहेल के चिल्लाने की आवाज कुछ देर तक आती है और फिर गायब हो जाती है। रूहेल के वहाँ से जाने के बाद महागुरू सभी को अपने–अपने स्थान पर बैठने के लिए कहते है जो रूहेल को जाता देख खड़े हो गए थे।

जलमहल मे इस प्रकार की घटना बहुत सालो बाद घटी है। महागुरू सभी के बैठने के बाद कहते है। और इसके बाद मै यकीन से कह सकता हूं कि विक्टर जिन्दा है। यह सुनते ही सभी एक–दूसरे की तरफ देखते है। वह बहुत जल्द सबके सामने आयेगा। अपने उन्ही इरादो के साथ जिनके साथ वह गायब हुआ था। इसलिए हम सबको तैयार रहना चाहिए।

आप सही कह रहे है महागुरू। इष्ट महागुरू की बात का समर्थन करते हुए कहते है। पर अब एक समस्या आ गई है। आपने पाँच लड़को का चयन किया था जिसमे से सलिल की हत्या हो चुकी है। तो अब सलिल की जगह कौन लेगा ?

हाँ इष्ट तुम सही कह रहे हो। महागुरू इष्ट की बात सुनकर गहरी सोच मे डूबते हुए कहते है। अब हमे एक और लड़के की आवश्यकता पडेगी। क्योकि इस चयन मे पाँच लड़को का होना आवश्यक है।

कुछ देर खामोश रहने के बाद महागुरू एक लम्बी सांस छोड़ते है। हम जल्द ही किसी ना किसी ऐसे जादूगर को ढूंढ ही लेंगे जो इस पद के काबिल हो।

इसके बाद महागुरू हेमआध को रोककर सभी को जाने का आदेश देते है। महागुरू के आदेश मिलते ही सभी वहाँ से चले जाते है और फिर महागुरू हेमआध से बात करते है।

हेमआध उस दिन जब तुम हमारे कमरे मे आए थे तो तुमने हमे केवल सत्या की मौत होना दिखाया था पर सलिल की मौत होना तो नही देखा था हमने।

जी महागुरू। जो मैने देखा था वही मैने आपको दिखाया था। हेमआध बडे ही सोचकर बोलते हुए कहता है। पर ना जाने ऐसा कैसे हो गया। सलिल की हत्या से मै भी बहुत दुखी हूं।

कुछ पल खामोश रहकर सोचने के बाद हेमआध दोबारा से कहता है। हो सकता है उस दिन मै पूरा भविष्य देखे बिना ही आपके पास आ गया हूं। क्योकि मै सत्या की मौत देखते ही घबरा गया था और फौरन आपके पास आ गया था।

ये सुनकर महागुरू हाँ मे सिर हिलाते है पर कुछ कहते नही है।

और महागुरू। एक छोटी सी सोच भरी खामोशी के बाद हेमआध फिर से कहते है। ये भी हो सकता है कि सलिल की हत्या बाद मे सोची गयी हो। पहले कातिल का मकसद केवल सत्या कि मौत ही हो। क्योंकि ये बात

तो साफ है कि सलिल को केवल प्यादे की तरह इस्तेमाल किया गया है और फिर उसे मारना जरूरी हो गया।

हेमआध कि बात सुनकर महागुरू गम्भीरता से चुप रहकर सिर हिलाते है। और फिर कुछ देर बाद दोबारा बोलते है।

इस बार खतरा और ज्यादा बढ गया है। महागुरू परेशान होते हुए कहते है। क्योकि इस बार एक लड़के को भी शिकार बनाया गया है जो की चिन्ता की बात है।

आप सही कह रहे है महागुरू। हेमआध महागुरू की बात का समर्थन करते हुए कहता है। पहले शक्तिया मिलते ही समीर पर काले जादू का प्रभाव दिखा और अब सत्या और सलिल की हत्या ?

मै स्पष्ट तो नही कह सकता पर हाँ मुझे ऐसा लग रहा है कि बहुत जल्द कुछ बुरा होने वाला है और हमे अब पूरी तरह तैयार रहना चाहिए।

महागुरू हेमआध की बात को गर्दन हिलाते हुए सहमति देते है। पर बाकी लड़को का क्या करे ? क्या हमे इन्हे पृथ्वी वापस भेज देना चाहिए ? क्योकि ऐसे हालात मे इन्हे यहाँ रखना सुरक्षित नही होगा।

आपकी बात सही है महागुरू। हेमआध गहन विचार करते हुए कहता है। पर सलिल का इस्तेमाल सत्या को मारने के लिए हुआ है। उसे यूही नही मारा गया। मुझे लगता है कि लड़के सुरक्षित है। और यदि हमे इस सच की जड़ तक जाना है तो अभी हमे लड़को को यही

रोकना होगा। क्योंकि अगर हम अभी लड़को को वापस भेज देंगे तो दुश्मन सतर्क हो जाएगा और फिर ना जाने क्या होगा। इसलिए जैसा चल रहा है चलने दे।

महागुरू को हेमआध की बात सही लगती है और वो इस बात से सहमत हो जाते है। कुछ देर बाद दोनो सभा महल से बाहर आ जाते है। महागुरू अपने कक्ष मे चले जाते है और हेमआध अपने अभ्यास के लिए चले जाते है।

अध्याय सत्तरह

भविष्य दर्शन

रात का समय हो जाता है चारो लड़के अपने–अपने बिस्तर पर सो रहे है। रोनक सपना देखता है कि वह रात के समय महल मे अकेला घूम रहा है। जब वह एक गलिहारे के मोड पर मुडता है तो उसके पीछे कोई आ जाता है। रोनक जब महसूस करता है कि कोई उसके पीछे है तो वह तेजी से चलना शुरू कर देता है और आदमी भी तेजी से उसका पीछा करना जारी रखता है। रोनक उससे डरकर भागना शुरू कर देता है और भागकर एक कमरे मे घुस जाता है। रोनक देखता है कि उस कमरे मे चारो तरफ अन्धेरा है। तभी वह वहाँ किसी औरत और आदमी के लड़ने की आवाजे सुनता है और महसूस करता है कि लड़ते–लड़ते वह आदमी उस औरत को मार देता है। औरत बहुत जोरो से चिल्लाती है और फिर उस औरत के जमीन पर गिरने के आवाज आती है। औरत के चिल्लाने की आवाज सुनते ही रोनक की आँख खुल जाती है और उसका सपना टूट जाता है। रोनक फौरन अपने बिस्तर पर बैठ जाता है। वह बहुत डर गया है और उसके चहरे पर पसीना आ रहा है। वह यह जानकर सन्तुष्ट होता है कि यह केवल एक सपना था। रोनक अपने बिस्तर से उठता है और बाथरूम करने के लिए चला जाता है। बाथरूम करके आने के बाद वह अपने बिस्तर पर लेट जाता है। तभी वह अपने पलंग के

पास एक हल्का सा शोर सुनता है। उसे ऐसा लगता है कि कोई रेत को हाथ से छोड़ रहा हो। वह पलंग से नीचे देखता है तो फर्श मे दरारे पड रही होती है और जमीन के अन्दर से मट्टी बाहर आ रही होती है। रोनक यह देखकर फौरन बैठ जाता है और तकिये के नीचे रखी अपनी छड़ी को उठा लेता है। देखते ही देखते वह मट्टी एक आदमी का आकार लेने लगती है और कुछ ही देर मे एक मट्टी के आदमी मे बदल जाती है। रोनक ये देखकर थोडा डर रहा है। वह अपनी छड़ी को उस आदमी पर तान लेता है। तभी वह मट्टी से बना आदमी रोनक को रोकते हुए कहता है। मुझ पर हमला मत करो रोनक। मै तुम्हारा दोस्त हूं। मै तुम्हे कोई नुकसान नही पहुँचाउंगा।

रोनक उसकी बात पर ज्यादा विश्वास नही करता और छड़ी को ताने ही रखता है।

तुम कौन हो और यहाँ क्यो आए हो ? रोनक धीरे से उससे कहता है।

रोनक तुम्हे पृथ्वी वापस चले जाना चाहिए। वह मट्टी का आदमी रोनक की बात का जवाब ना देकर अपनी बात कहता है। क्योकि यहाँ तुम्हारी जान को खतरा है।

खतरा ? रोनक चौंकते हुए कहता है। कैसा खतरा ?

वो मै नही बता सकता पर हाँ अगर तुम पृथ्वी वापस नही जाओगे तो एक दिन ऐसा आएगा जब तुम्हारा कोई अपना ही तुम्हारी जान का दुश्मन बन जाएगा। मेरा काम तुम्हे सावधान करना था आगे तुम्हारी मर्जी।

इतना कहते ही वह मट्टी का आदमी टूट जाता है और मट्टी का कण धीरे–धीरे जमीन मे समा जाते है।

रोनक यह देखकर और उसका कहा सुनकर परेशान हो जाता है। वह सोचने लगता है कि कौन उसे नुकसान पहुँचा सकता है। वह अपने बिस्तर पर लेट जाता है और जल्द ही सो जाता है।

रोनक और इस मट्टी के आदमी की बाते कोई ओर नही सुन पाता तीनो लड़के सो रहे होते है।

सुबह के समय रोनक सबसे पहले उठ जाता है। बाकी सभी लड़के सो रहे है। वह नहाकर तैयार हो रहा होता है जब सभी एक–एक करके उठते है। जल्द ही सभी नहाकर तैयार हो जाते है और नाश्ता करने रसोई के पास वाले कमरे मे जाते है। वहाँ सभी नाश्ता करते है और नाश्ता करते हुए सभी आपस मे बात कर रहे होते है। तभी वहाँ पर जलेश्वर आता है। सभी की नजर उस पर पडती है।

आज आप सभी को गुरू हेमआध ने बुलाया है। वे आज आपको भविष्य देखना सिखाना चाहते है। इसलिए सभी नाश्ता करके पुरानी मीनार के पास वाले कमरे मे पहुँचे। इतना कहकर जलेश्वर वहाँ से चला जाता है।

चारो लड़के नाश्ता करके रसोई के पास वाले कमरे से बाहर आते है और बगीचे मे पहुँच जाते है।

वो रही मीनार। दिव्यांश मीनार को देखते हुए कहता है। सभी का ध्यान उधर जाता है। अब सभी उस मीनार की तरफ बढते है।

कितना अजीब लग रहा है ना सलिल के बिना। प्रत्यक्ष उदास होते हुए कहता है। कुछ दिन पहले तक हम पाँच लड़के थे और आज हम चार ही है।

सभी उदास होते हुए गर्दन हिलाकर हाँ मे जवाब देते है।

कुछ ही देर मे सभी मीनार के पास पहुँच जाते है। वहाँ पहुँचकर वो देखते है कि मीनार के पास एक कमरा है जिसका दरवाजा बड़ा और ऊँचा है। चारो लड़के उस कमरे की तरफ बढते है और आगे जाकर समीर कमरे के दरवाजे को खोलता है। चारो कमरे मे प्रवेश करते है। यह एक बड़ा कमरा है जिसकी छत अंतरिक्ष जैसी है। इसमे तारे चमक रहे है और बहुत से ग्रह इधर–उधर घूम रहे है। छत आकाश गंगा की तरह लग रही है। चारो के कमरे मे आने के बाद कमरे का दरवाजा अपने आप बन्द हो जाता है। दरवाजा बन्द होने के बाद कमरे मे काफी कम प्रकाश होता है। कमरे मे बड़ी–बड़ी मेज रखी है। जिनपर कुछ बडी और कुछ छोटी काँच की गेंद रखी है। इस समय कमरे मे कोई नजर नही आ रहा है।

गुरू हेमआध। रोनक एक जोर की आवाज लगाते हुए कहता है।

आवाज सुनते ही हेमआध एक अन्य दरवाजे से उस कमरे मे प्रवेश करते है। जो इस कमरे के अन्दर ही है।

तुम आ गए मेरे बच्चो। हेमआध खुश होते हुए कहते है और आगे बढकर एक कुर्सी पर बैठ जाते है। आओ सभी यहाँ बैठ जाओ। हेमआध अपने सामने पडी कुछ

कुर्सीयो की तरफ हाथ का इशारा करते हुए कहते है। चारो लड़के आगे बढते है और हेमआध को सिर झुकाकर प्रणाम करने के बाद कुर्सीयो पर बैठ जाते है। अब हेमआध और लड़को के बीच बस एक मेज होती है। जिसपर एक काँच का गोला रखा होता है जो नीले रंग का दिख रहा है।

तो कैसे हो आप सभी ? हेमआध लड़को से पूछते है।

हम सब ठीक है। सभी एक साथ जवाब देते है।

क्या मै कुछ पूछ सकता हूं ? प्रत्यक्ष हेमआध से कहता है।

हाँ, हाँ जरूर। हेमआध खुश होते हुए कहते है। उनके चहरे पर एक बड़ी सी मुस्कान होती है।

गुरू रूहेल कहाँ है ? प्रत्यक्ष बहुत ही धीमी आवाज मे हेमआध से पूछता है। वो कब आएंगे ?

यह सुनकर हेमआध एक गहरी सांस लेता है।

किसी को नही पता कि रूहेल कहाँ है। हेमआध बोलना शुरू करता है। केवल महागुरू ही जानते है कि उन्हे कहाँ कैद किया गया है।

तो क्या गुरू रूहेल सच मे दोषी है ? समीर हेमआध के चुप होते ही बोलता है। क्या सच मे उन्होने रानी सत्या और सलिल को मारा है ?

अभी कुछ नही कहा जा सकता। हेमआध बहुत ही शान्ती से और समझदारी से सोचते हुए जवाब देते है।

क्योंकि सारे सबूत तो उनके खिलाफ है पर हो सकता है कि सच कुछ ओर ही हो।

तभी समीर ओर कुछ पूछने के लिए मुँह खोलता है पर हेमआध समीर की बात को काट देते है और उसे रोकते हुए कहते है। मै तुम लोगो को कुछ ज्यादा ही बता चुका हूं। अब ओर नही।

चारो लड़के एक–दूसरे को देखते है पर कोई कुछ नही बोलता।

तो क्या हम शुरू करे। हेमआध एक ऊँची आवाज मे कहते है।

चारो लड़के बिना कुछ कहे हाँ मे गर्दन हिलाते है।

भविष्य एक पहेली कि तरह है। जिसे शायद कोई नही सुलझा पाता और इसका कारण यह भी है कि कोई पहले से इस बारे मे नही जानता। भविष्य जब वर्तमान बनकर हमारे सामने आता है तब हम जान पाते है कि क्या हुआ है और क्या था भविष्य मे। और उस समय होते है हमारे पास उन सवालो के जवाब जिन्हे हम काफी पहले से ढूढ रहे थे।

बहुत ही कम लोगो को यह शक्ति मिलती है जिससे वो भविष्य को देख सके और समय से पहले जान सके कि भविष्य मे क्या होगा। भविष्य देखने की शक्ति अधिकतर जन्मजात होती है। यह शक्ति हमे जन्म के साथ ही मिलती है पर कुछ लोग कभी–कभी भविष्य देखना सिख भी जाते है पर ऐसा बहुत ही कम होता है। लगभग हजारो मे से एक।

अब हेमआध अपनी कुर्सी से उठ जाते है और कमरे मे घूमने लगते है। फिर भी हम कोशिश करते है सभी को भविष्य देखने की कला सिखाने की। क्योंकि इसी तरह से वो इंसान सामने आ पाता है जिसमे भविष्य देखने का गुण होता है।

एक पल रूकने के बाद हेमआध दोबारा बोलते है। आज मै वही प्रयोग आप चारो पर भी करना चाहता हूं। जिससे मै जान सकू कि आपमे से कोई भविष्य मे झांक सकता है या नही। इतना कहते हुए हेमआध दोबारा अपनी कुर्सी पर आकर बैठ जाते है।

प्रत्यक्ष सबसे पहले तुम सामने आओ। हेमआध लड़को की तरफ देखते हुए कहते है।

प्रत्यक्ष अपनी कुर्सी से उठता है और हेमआध के पास बराबर मे जाकर खड़ा हो जाता है।

सबसे पहले मै आपको बताना चाहूंगा कि भविष्य देखने के लिए आपको इस गोले को दोनो हाथ से थामना होगा और फिर इसमे पूरी तरह से डूबकर झांकना होगा। प्रत्यक्ष जैसा मैने कहा है वैसा करो।

प्रत्यक्ष आगे बढकर उस गोलो को दोनो हाथो से थाम लेता है और उसमे देखता है। गोला मेज पर एक स्टेंड पर रखा होता है। काफी देर की कोशिश के बाद भी प्रत्यक्ष उसमे कुछ नही देख पाता।

प्रत्यक्ष के बाद दिव्यांश और समीर भी गोले मे देखते है पर वो भी प्रत्यक्ष की तरफ ही कुछ भी नही देख पाते। अब सबसे आखिर मे रोनक को बुलाया जाता है। वह

अपने दोनो हाथो से गोले को थामता है और अपनी पूरी एकाग्रता के साथ उसमे झांकता है। कुछ देर बाद गोले मे सिर्फ एक हल्की सी रोशनी उभरती है और तभी रोनक का ध्यान टूट जाता है। रोनक फौरन हेमआध की तरफ देखता है। उनके चहरे पर बहुत ही अलग भाव होते है।

क्या मुझे कुछ सफलता मिली ? रोनक हेमआध से पूछता है।

हाँ शायद। हेमआध सोच मे डूबे हुए कहते है। अब तुम सब जा सकते हो।

हेमआध के इतना कहते ही समीर, प्रत्यक्ष और दिव्यांश दरवाजे की तरफ बढते है पर रोनक वही रूक जाता है।

मै आपसे कुछ बात करना चाहता हूं। रोनक हेमआध से कहता है। बाकी लड़के रूककर उसका इंतजार करते है।

ठीक है। तुम रूक जाओ बाकी तुम तीनो अपने कमरे मे चले जाओ।

हेमआध के इतना कहते ही तीनो लड़के कमरे से बाहर चले जाते है और सिर्फ रोनक वहाँ रह जाता है।

हाँ रोनक कहो क्या कहना चाहते हो ? हेमआध रोनक से कहता है और उसे कुर्सी पर बैठने का हाथ से इशारा करता है। रोनक आगे बढकर दोबारा कुर्सी पर बैठ जाता है।

कल रात मेने एक सपना देखा। रोनक गहरी सोच मे डूबते हुए कहता है। जिसमे मे रात के समय महल मे घूम रहा था। एक हल्का सा ठहराव लेने के बाद। फिर अचानक से कोई मेरा पीछा करने लगा। मै उससे डरकर भागा और भागकर एक कमरे मे घुस गया। कमरे मे काफी अन्धेरा था इसलिए मै कुछ देख नही पा रहा था। कुछ देर बाद मैने किसी औरत और आदमी के लड़ने की आवाज सुनी और फिर उस आदमी ने औरत को मार दिया। औरत बहुत जोरो से चिल्लायी और इसके साथ ही मेरा सपना टूट गया। एक लम्बी सांस छोड़ते हुए रोनक। मुझे लगता है कि मैने सपने मे रानी सत्या का कत्ल होते देख था।

हेमआध बडे गौर से रोनक की बात को सुनते है।

हो सकता है कि तुमने सपने मे रानी सत्या की मौत को देखा हो। हेमआध बहुत ही शान्त अन्दाज मे कहते है। पर क्या तुमने किसी का चहरा देखा था ?

नही। रोनक फौरन बोलता है। मै किसी को देख नही पाया क्योंकि कमरे मे बहुत अन्धेरा था।

क्या इस प्रकार के सपने तुमने इससे पहले कभी देखे है या ये पहली बार था ? हेमआध अपने शब्दो का बड़ी ही सावधानी से इस्तेमाल करते हुए कहते है।

सपने तो सभी को आते है। रोनक बात को समझते हुए कहता है। पर हाँ जब मै पृथ्वी पर था तब मैने दिव्या को मेरे साथ मुलाकाती जंगल मे पहले ही देख लिया था जबकि हम वहाँ बाद मे गए थे।

ओह ! हेमआध सोच मे डूबते हुए कहते है और अपनी कुर्सी से उठकर कमरे मे घूमने लगते है। क्या तुम कभी कुछ महसूस भी करते हो जो लगे की अलग है ?

मेरा मतलब जो साधारण ना लगे। जिसे तुम ठीक से समझा ना पाओ। कुछ ऐसा जिसे तुम समझकर भी ठीक से समझ ना पाओ। कुछ इतना अलग जो साधारण तोर पर अजीब हो।

नही। अभी तक तो नही। रोनक आँखो को घुमाते हुए कहता है।

चलो ठीक है। अगर कभी कुछ महसूस करो या सपने मे देखो तो मुझे जरूर बताना। हेमआध रोनक को देखते हुए कहते है। क्योकि जैसा तुम्हारे साथ हो रहा है ठीक वैसे ही भविष्यवक्ताओ के साथ होता है। कोई भूत और भविष्य दोनो को सपनो मे देखता है। कोई इन्हे महसूस करता है और कोई खुली आँखो से चलते–फिरते सपने की तरह भविष्य को या अतीत को देख लेता है पर ज्यादातर भविष्यवकता भविष्य गोले की मदत से ही भविष्य देख पाते है। जो बिना गोले के ये सब देख पाते है वो बहुत ही अलग प्रकार के जादूगर होते है। जिन्हे महान कहना थोड़ी छोटी बात होगी।

अब हेमआध अपनी कुर्सी पर आकर बैठ जाते है और एक गहरी सांस लेते है। अपना अतीत तो सभी जानते है रोनक, पर दूसरो के अतीत को देखने कि शक्ति सबके पास नही होती। कुछ लोग ही ऐसा कर पाते है और

दूसरो का सही और पूरा भविष्य भी हर कोई नही देख पाता।

मुझे लगता है कि तुममे जरूर भविष्य देखने का गुण है। गम्भीरता के साथ हेमआध कहते है। इसलिए ही तुम दिव्या को मुलाकाती जंगल मे देख पाए जबकि तुम उससे वहाँ बाद मे मिले थे। ये सब बताते हुए हेमआध एक सोच मे डूब जाते है। उनका चहरा अलग ही हो जाता है और इस समय वे पलक भी नही झपकाते।

क्या आप ठीक है ? रोनक हेमआध के चहरे के बदलते भाव को देखते हुए कहता है।

रोनक की यह बात सुनकर हेमआध का ध्यान टूट जाता है और वो अपनी पलको को तेजी से झपकते है।

हाँ, हाँ मै ठीक हूं। हेमआध तेजी से बोलते है। चलो अब ये सब छोडो। हेमआध ऐसा बरताब करते है जैसे इस समय उनकी कोई चोरी पकडी गई हो।

अभी क्या हुआ था आपको ? रोनक अचम्भीत होकर हेमआध से पूछता है।

कुछ नही। मै कही बस पहुँचने ही वाला था। कुछ हावी हो गया था मुझपर। मेरे साथ वैसे ऐसा बहुत ही कम होता है।

अब बातो को घुमाते हुए हेमआध रोनक से कहते है। क्या तुम भविष्य देखने की एक और कोशिश करना चाहोगे ?

जी जरूर। रोनक फौरन हेमआध की बात मान जाता है। पर अब भी वह कुछ सोच मे होता है।

ठीक है। तो फिर से गोले को अपने दोनो हाथो से पकडलो और इसमे ध्यान केंद्रित करो।

हेमआध के कहते ही रोनक आगे बढकर गोले को अपने दोनो हाथो से थाम लेता है और उसमे अपना पूरा ध्यान केंद्रित करता है। कुछ ही देर मे वह महसूस करता है कि उसके चारो और कि दुनिया कही गायब हो जाती है। बहुत ही शान्ती होती है वह कोई शोर भी नही सुनता। गोले मे एक सफेद रोशनी उभरकर आती है। रोशनी धीरे–धीरे से कम होती है और उसके सामने कोई दृश्य साफ होता जाता है। तभी वह देखता है कि वह एक बहुत बड़े कमरे मे अकेला खड़ा है। इस कमरे मे कुछ दूर हल्की सी रोशनी है और इस हल्की सी रोशनी मे कोई दूर खड़ा है। जिसे रोनक साफ नही देख पा रहा है। तभी रोनक की नजर एक तरफ जाती है वो देखता है कि समीर का शरीर जमीन पर पडा है। उसकी आँखे बन्द है। उसकी छड़ी उससे दूर पडी है और वो घायल है। समीर को देखकर ऐसा लग रहा है कि वह मर चुका है। यह देखते ही रोनक घबरा जाता है उसकी धड़कन तेज हो जाती है और वो भावुक हो जाता है और इसके साथ ही उसका ध्यान टूट जाता है। वह गोले से अपना हाथ हटा लेता है। गोले से हाथ हटते ही वह अपनी दुनिया मे वापस आ जाता है। कमरा उसे साफ दिखाई देने लगता है और उसे शोर भी सुनाई देने लगता है।

वह पलटकर देखता है कि हेमआध ठीक उसके पीछे खड़े होते है।

नही, ये नही हो सकता। रोनक भावुक होते हुए कहता है। यह गोला झूठ दिखा रहा है। रोनक यह सब गोले मे देखकर थोड़ा सा बोखला सा गया है।

भविष्य गोला कभी झूठ नही दिखाता रोनक। हेमआध बेचैन होते हुए कहते है। क्या देखा तुमने मुझे भी दिखाओ।

इतना कहते हुए हेमआध रोनक के दोनो हाथ पकड़ लेते है और वह सब देखते है जो रोनक ने भविष्य गोले मे देखा है। जब हेमआध रोनक के हाथ छोड़ते है तो वो बहुत खामोश होते है। उनके चहरे पर परेशानी होती है।

रोनक जो तुमने देखा है वह भविष्य मे निश्चित ही होगा। हेमआध रोनक को समझाते हुए कहते है। और हम इसमे कुछ बदलाव भी नही कर सकते। यकिनन भविष्य मे समीर मर जाएगा।

नही ऐसा नही है। रोनक बोखलाकर बोलता है। हम बदलाव कर सकते है। मै ये सब समीर को बता दुंगा तो वह खुद ही सावधान रहेगा।

रोनक तुम समीर को कुछ नही बताओगे। हेमआध रोनक को समझाते हुए कहते है। हेमआध की आवाज इस समय सामान्य से थोडा ज्यादा होती है। ऐसा करने से वह घबरा जाएगा और फिर कुछ भी हो सकता है।

रोनक भविष्यवक्ताओ के लिए एक नियम है। कुछ देर ठहरने के बाद हेमआध दोबारा बोलते है। अगर कोई भी भविष्यवक्ता भविष्य मे कुछ देखता है तो वह इस बारे मे उस इंसान को नही बता सकता जिसके बारे मे उसने ये सब देखा है। वह सब कुछ जानते हुए भी भविष्य मे बदलाव नही कर सकता। हेमआध रोनक को समझाते हुए कहते है। रोनक जब रानी सत्या की मौत हुई तो मै और महागुरू दोनो ही पहले से जानते थे कि ऐसा होगा पर जानते हुए भी हम कुछ नही कर पाए।

हेमआध रोनक को समझाने की पूरी कोशिश कर रहे है। रोनक तो घबराया हुआ है ही पर हेमआध भी इस बात से घबरा गए है कि कही रोनक समीर को सब कुछ बता ना दें।

रोनक तुम यकिनन एक भविष्यवकता हो। तुममे भविष्य देखने की अलग शक्तिया है। इसलिए ऐसा मत करना। समीर को कुछ भी नही बताना। वरना कुछ भी हो सकता है। हेमआध रोनक को समझाते हुए कहते है।

ठीक है। जैसा आप कहे। रोनक हेमआध की बात मानते हुए कहता है।

चलो अब तुम जाओ मुझे ये सब महागुरू को बताने जाना होगा। हेमआध रोनक से कहते है।

हेमआध का आदेश पाते ही रोनक अपनी ही सोच मे डूबा हुआ कमरे से बाहर की ओर चला जाता है और कुछ देर बाद हेमआध भी ये सब बताने के लिए महागुरू के पास चले जाते है।

अध्याय अठारह

भविष्यवाणी

रोनक हेमआध के पास से जब अपने कमरे मे आता है तो वहाँ कोई नही होता। उसका सिर दुख रहा होता है। इसलिए वह अपने बिस्तर पर लेट जाता है और जल्द ही उसकी आँख लग जाती है। उसे सोए आधा घंटा ही होता है कि तभी वहाँ समीर प्रत्यक्ष और दिव्यांश आते है। समीर रोनक को उठाने की कोशिश करता है पर वह नही उठता। फिर समीर, प्रत्यक्ष और दिव्यांश आपस मे बात करते हुए वहाँ से चले जाते है। शाम के समय रोनक सो कर उठता है तो देखता है कि उसके पास समीर बैठा हुआ है। रोनक समीर को देखकर मुस्कुराता है।

रोनक तुम आज दिन मे कैसे सो गये ? समीर रोनक की तरफ मुस्कुराकर देखते हुए पूछता है। तुम्हारी तबीयत तो ठीक है ?

हाँ मै ठीक हूं। इतना कहते हुए रोनक अपने बिस्तर पर बैठ जाता है। रोनक भविष्य गोले मे देखी गई घटना के बारे मे सोच रहा होता है पर वह समीर को उस बारे मे कुछ नही बताता।

चलो बाहर चलते है आज मौसम बहुत अच्छा है। समीर रोनक को हाथ पकड़कर बिस्तर से उठा देता है।

ठीक है चलो। रोनक समीर की बात मानते हुए कहता है।

अब दोनो अपने कमरे से बाहर आ जाते है। आज का मौसम बहुत अच्छा है। आकाश मे बादल है और बारिश का मौसम हो रहा है। दोनो बगीचे मे आ जाते है। तभी उनकी नजर इष्ट पर पडती है।

चलो हम इष्ट से रूहेल के बारे मे पूछते है। समीर रोनक से कहता है।

इस तरह से बाते करते हुए दोनो इष्ट के पास पहुँच जाते है और इष्ट को प्रणाम करते है। इष्ट इन दोनो को देखकर खुश होता है।

आज का मौसम बहुत अच्छा है। इष्ट रोनक और समीर से कहता है। तुम दोनो घूमने के लिए निकले हो। इष्ट दोनो से पूछता है। दिव्यांश और प्रत्यक्ष कहाँ है?

पता नही। शायद वो कमरे मे ही होगे। समीर कन्धे उचकाते हुए कहता है।

क्या हम आपसे कुछ पूछ सकते है ? समीर अटकते हुए धीरे से इष्ट से कहता है।

जरूर। इष्ट अपने चहरे पर एक बडी सी मुस्कान लाते हुए कहता है। पूछो क्या पूछना चाहते हो ?

गुरू रूहेल कहाँ है ? रोनक एकदम से पूछता है। क्या वो कभी वापस नही आएंगे ?

नही ऐसा नही है। इष्ट रोनक की बात सुनते ही कहता है। कि वो कभी वापस नही आएंगे। वो जल्द ही

वापस आएंगे और रूहेल कहाँ है ये केवल महागुरू ही जानते है क्योंकि उन्होने रूहेल को किसी गोपनीय स्थान पर कैद किया है।

तो क्या रूहेल सच मे दोषी है ? समीर थोडा मुँह बनाते हुए पूछता है। क्या सच मे उन्होने रानी सत्या और सलिल की हत्या की है ?

सारे गवाह और सबूत तो उनके खिलाफ ही है। इष्ट एकदम से कहता है। तो जाहिर सी बात है कि हत्या उन्होने ही की है।

अब रोनक कुछ और पूछने के लिए जैसे ही मुँह खोलता है तभी इष्ट उसे रोक देते है।

अब मुझे जाना होगा। इष्ट दोनो की बात को बीच मे ही छोडकर वहाँ से चले जाते है।

ये सब हमे सच क्यो नही बता रहे है ? समीर चिड़ते हुए कहता है। सभी हमसे बात करने से कतरा रहे है।

कोई बात नही। रोनक समीर को समझाते हुए कहता है। महागुरू इसकी तहकीकात करा रहे है। सच जल्द ही सबके सामने होगा।

समीर इस बात पर गर्दन हिलाता है। तभी बारिश शुरू हो जाती है और दोनो भागकर अपने कमरे मे चले जाते है। रोनक और समीर को बाहर से भागता आते देखकर प्रत्यक्ष और दिव्यांश अपने स्थान से खड़े हो जाते है। कुछ देर बाद चारो कमरे से बाहर आकर गलिहारे मे खड़े होकर बारिश को देखने लगते है।

रात का समय हो जाता है। चारो लड़के अपने–अपने बिस्तर पर सो रहे है। तभी रोनक चौंककर उठता है। उसके चहरे पर पसीना होता है और सांसे तेज होती है। वह आज फिर किसी औरत के चिल्लाने की आवाज सुन रहा है। रोनक फौरन समीर को हाथ लगाकर उठाता है। समीर आँखे मसलता हुआ अपने बिस्तर पर बैठ जाता है।

क्या हुआ रोनक ? समीर नींद मे रोनक से पूछता है।

मै आज फिर से वही आवाज सुन रहा हूं। रोनक धीमी आवाज मे समीर को बताता है। किसी औरत के चिल्लाने की आवाज।

ये सुनते ही समीर की आँखो से नींद उड जाती है। तो आज क्या करना है ? समीर अपने बिस्तर से उठते हुए पूछता है।

चलो जंगल मे उसी पेड के पास जाकर देखते है। रोनक कुछ देर सोचने के बाद दोबारा बोलता है। आज तो महल मे रूहेल भी नही है तो देखते है कि आज ये आवाज क्यो आ रही है ?

तुम ठीक कह रहे हो। समीर रोनक की बात का समर्थन करते हुए कहता है। चलो चलते है।

रोनक भी अपने बिस्तर से उठ जाता है और दोनो दबे पाँव कमरे से बाहर निकलते है। दिव्यांश और प्रत्यक्ष गहरी नींद मे सो रहे है। दोनो गलिहारे से होते हुए बाहर आते है और फिर बगीचे से होते हुए जंगल शुरू होने वाले छोर पर पहुँच जाते है। दोनो अपनी–अपनी जेब से छड़ी निकालते है और झटकते है। ऐसा करते ही

फौरन छड़ी की नोक से प्रकाश निकलने लगता है। अब दोनो जंगल के अन्दर प्रवेश करते है। कुछ ही देर मे दोनो उसी स्थान पर पहुँच जाते है जहाँ से वे पहले छीपकर उस पेड को देख रहे थे जिसमे दरवाजा बना था और रूहेल उसके अन्दर गया था। वहाँ आने के बाद दोनो अपनी–अपनी छड़ीयो को झटककर प्रकाश बन्द कर देते है।

अब क्या करे ? समीर रोनक से पूछता है।

थोडा इंतजार। रोनक फौरन बोल उठता है। देखते है कि आज भी कोई यहाँ आएगा या नही। क्योंकि रूहेल को तो महागुरू ने कही कैद किया हुआ है।

समीर रोनक की बात पर हामी भरता है। कुछ देर तक दोनो वहाँ खड़े उस पेड को और जंगल मे इधर–उधर नजर घुमाते रहते है पर कोई नही आता।

कोई नही आया रोनक। समीर थोडा सा परेशान होते हुए कहता है। मुझे लगता है कि ये काम रूहेल ही कर रहा था और अब वो यहाँ नही है तो कौन आएगा यहाँ।

रोनक भी उसकी बात मान जाता है और अब दोनो उस पेड के पास जाकर उसे देखने का फैसला करते है। दोनो दो चार कदम ही उस पेड की तरफ बढते है कि तभी समीर की नजर जंगल मे से आती एक रोशनी पर पडती है।

कोई आ रहा है। समीर फौरन रोनक को बताता है। और फिर दोनो दोबारा उसी जगह जाकर छुप जाते है जहाँ वे कुछ देर पहले छुपे थे।

रोशनी पेड के करीब आती जाती है। जल्द ही वह रोशनी उस पेड के पास पहुँच जाती है। दोनो देखते है कि यह छड़ी की रोशनी है और छड़ी को पकडने वाला काव्य है। काव्य उसी पेड के सामने खड़ा होता है जिस पेड का दरवाजा इससे पहले रूहेल ने खोला था।

गुरू काव्य यहाँ ? रोनक थोडा चौंकते हुए कहता है। समीर भी चौंककर रोनक की तरफ देखता है।

यह देखकर दोनो परेशान हो जाते है पर चुपचाप पेड के पीछे से छुपकर काव्य को देखते रहते है। काव्य उस पेड पर हाथ फैरता है और देखते ही देखते पेड मे दरवाजा बन जाता है और दरवाजा स्वम् खुल जाता है। काव्य उस दरवाजे के अन्दर चला जाता है। काव्य के उस पेड वाले दरवाजे के अन्दर जाते ही रोनक फिर से उस औरत के जोरो से चिल्लाने की आवाज सुनता है।

मै फिर से उस औरत की आवाज सुन रहा हूं। रोनक परेशान होते हुए समीर को बताता है। क्या तुम सुन पा रहे हो ? रोनक समीर से पूछता है।

नही। मै कोई आवाज नही सुन रहा हूं। समीर गर्दन हिलाते हुए कहता है। पर मै ये सोचकर परेशान हूं कि काव्य यहाँ इस पेड मे क्या कर रहा है ? यहाँ तो रूहेल आता था।

हाँ तुम सही कह रहे हो। रोनक फौरन समीर की बात का जवाब देता है। मुझे लग रहा है कि काव्य और रूहेल दोनो मिलकर कुछ गलत कर रहे है। तभी तो जब

रूहेल महल मे नही है तो काव्य यहाँ उसके स्थान पर आया है।

समीर भी रोनक की बात को मानता है और दोनो काव्य और रूहेल पर शक करते है और उन्हे गलत ठहराते है। तभी वो पेड के पीछे से देखते है कि काव्य पेड से बाहर निकलता है और तेजी से महल की तरफ चला जाता है।

चलो देखते है उस दरवाजे के अन्दर क्या है। काव्य के वहाँ से दूर जाने पर रोनक समीर से कहता है और फिर दोनो उस पेड की तरफ दौड़ पडते है।

दोनो भागकर उस दरवाजे वाले पेड के पास पहुँच जाते है। आज यह दरवाजा काव्य के जाने के बाद भी पूरी तरह गायब नही होता। दोनो दरवाजे के सामने खड़े होते है।

मै इसे खोलता हूं। रोनक समीर से कहता है। और अपनी छड़ी उठाकर पेड के दरवाजे की तरफ करता है। रोनक की छड़ी से प्रकाश की किरणे निकलकर पेड के दरवाजे से टकराती है पर दरवाजा नही खुलता। रोनक अनेको बार कोशिश करता है पर दरवाजा नही खुलता।

क्या एक बार मै कोशिश करके देखु। समीर रोनक को परेशान देखकर कहता है।

हाँ कहते हुए रोनक दरवाजे के सामने से हट जाता है और फिर समीर अपनी छड़ी उठाकर उसपर मन्त्र का प्रयोग करता है। समीर की छड़ी से नीले रंग का प्रकाश निकलता है और दरवाजे से टकराता है। प्रकाश के

दरवाजे से टकराते ही दरवाजा बड़ी आसानी से खुल जाता है। रोनक और समीर एक–दूसरे की तरफ देखते है। उनके चहरे पर एक बड़ी सी मुस्कान होती है।

चलो अन्दर चलकर देखते है। समीर फौरन रोनक से कहता है और फिर दोनो दरवाजे से अन्दर प्रवेश करते है। समीर पहले दरवाजे मे घुसता है और फिर रोनक उसके पीछे अन्दर जाता है। दोनो देखते है कि अन्दर काफी अन्धेरा है। पहले समीर और फिर रोनक छड़ी झटकते है। छड़ी से फौरन प्रकाश निकलने लगता है। दोनो देखते है कि दरवाजे के अन्दर कुछ सीढ़िया नीचे की तरफ जा रही होती है। दोनो सीढियो द्वारा नीचे की तरफ बढते है। सबसे नीचे की सीढी पर आने के बाद समीर देखता है कि वहाँ एक कमरा है। समीर आगे बढकर कमरे के फर्श पर पैर रखता है। रोनक ठीक उसके पीछे होता है और जैसे ही रोनक उस कमरे के फर्श पर पैर रखता है। तभी एक औरत की हँसी की आवाज वहाँ गूंज उठती है। यह आवाज सुनते ही रोनक और समीर दोनो डर जाते है। वे दोनो एक–दूसरे से लिपट जाते है और साथ ही कमरे मे अपने आप प्रकाश हो जाता है। दोनो इधर–उधर देखने लगते है पर वहाँ कोई नही होता। तभी यह हँसती हुई औरत कहती है कि 'आ गया है वो जो खोलेगा इस कमरे का बरसो पुराना रहस्य। बस उसे ढूढना होगा एक लड़की को और भविष्य मणि को।' इतना कहकर यह हँसी बन्द हो जाती है।

क्या तुमने ये आवाज सुनी ? रोनक फौरन समीर से पूछता है।

हाँ। मैने सुनी। समीर हकलाते हुए कहता है। ये क्या हो रहा है ?

पता नही। रोनक समीर से कहता है। शायद कोई रहस्य है इस कमरे का जो हमे खोलना है।

हाँ। समीर रोनक से कहता है। पर मुझे लगता है कि रहस्य खोलने की बात तुम्हारे लिए कही गई थी क्योकि हँसी की आवाज तब हुई जब तुमने कमरे के फर्श पर पैर रखा।

हाँ तुम सही कह रहे हो। रोनक समीर की बात पर विचार करते हुए और सोच मे डूबते हुए कहता है। शायद कोई मुझसे इस कमरे का रहस्य खुलवाना चाहता है। इसलिए मै ही उस औरत की दर्द भरी आवाज सुन पाता था। पर ये हँसी की आवाज तो तुमने भी सुनी। ऐसा क्यो ? दोनो सोच मे पड जाते है।

मुझे नही पता। समीर परेशान होते हुए कहता है।

इस तरह से बात करते हुए दोनो कमरे मे अन्दर की तरफ बढते है। दोनो देखते है कि यह एक बड़ा कमरा है जिसके बीच मे एक पियानो रखा है। जिसके पास ही बैठने वाला स्टूल जमीन पर गिरा हुआ है। पास मे एक मेज रखी है जिसपर कुछ किताबे है। किताबो के बराबर मे ही एक काँच का पीले रंग का भविष्य गोला रखा है। दीवार पर कुछ तस्वीरे लटकी है। एक तरफ दिवार मे दूसरा दरवाजा है जो फर्श से तीन सीढ़ियाँ चठकर कुछ ऊँचाई पर है। एक कोने मे एक सुन्दर मूर्ती खड़ी है। कमरे की हर चीज पर बहुत धूल चढी हुई है। दोनो

अन्दर घूमते हुए इधर–उधर देख रहे है। तभी रोनक के पैरो से कुछ टकराता है। उस चीज के रोनक से छूते ही रोनक की खुली आँखो के सामने एक चहरा आता है। वह उस चहरे को ठीक से देख पाए उससे पहले ही वह गायब हो जाता है। रोनक नीचे अपने पैरो की तरफ देखता है और देखते ही डरकर पीछे हट जाता है। वहाँ किसी इंसान का कंकाल पडा होता है।

समीर देखो। रोनक समीर को अवाज लगाता है जो उससे कुछ दूर खड़ा दीवार पर लगी एक तस्वीर को देख रहा है। किसी का कंकाल यहाँ पडा है।

समीर फौरन रोनक के पास आता है और कंकाल को देखकर हडबडा जाता है। रोनक हो सकता है यहाँ किसी की मृत्यु हुई हो और ये कंकाल उसका ही हो।

हाँ हो सकता है। रोनक कुछ सोचते हुए कहता है। और ये भी हो सकता है कि यहाँ किसी की हत्या हुई हो।

हाँ ऐसा भी हो सकता है। समीर रोनक की बात का समर्थन करते हुए कहता है। काव्य और रूहेल इस बारे मे जानते हो और ये बात सबसे छुपा रहे हो।

अब दोनो सोच मे पड जाते है। रोनक उस कंकाल से दूर हट जाता है और उस दूसरे दरवाजे की तरफ बढता है। जैसे ही वह उसे खोलने के लिए हाथ बढाता है तभी समीर रोनक का दूसरा हाथ पकडकर उसे पीछे खीच लेता है।

रोनक अब हमे यहाँ से चलना चाहिए। समीर रोनक को समझाते हुए कहता है। ऐसा ना हो कि यहाँ कोई आ जाए और हम पकडे जाए या फिर दिव्यांश और प्रत्यक्ष मे से कोई उठ जाए और हमे बिस्तर पर ना पाकर यह जानकारी गुरूओ को दे दे।

हाँ तुम ठीक कह रहे हो। रोनक समीर की बात को समझते हुए कहता है। वह एकबार फिर पलटकर उस दरवाजे की तरफ देखता है और फिर समीर और रोनक कमरे से बाहर की तरफ आ जाते है।

दोनो के बाहर आते ही दरवाजा स्वम् बन्द हो जाता है और फिर से साधारण पेड मे बदल जाता है। दोनो छुपते हुए महल मे वापस आ जाते है और अपने कमरे मे आकर देखते है कि दिव्यांश और प्रत्यक्ष दोनो अभी भी सो रहे है। रोनक और समीर एक ही बिस्तर पर बैठ जाते है और आपस मे बाते करने लगते है।

समीर पहले उस जगह पर रूहेल जाता था। रोनक सोच मे डूबते हुए कहता है। और आज वहाँ काव्य गया। हो ना हो ये दोनो मिलकर कुछ गलत जरूर कर रहे है और हमे इसका पता लगाना ही होगा।

तुम सही कह रहे हो। समीर रोनक की बात का समर्थन करते हुए कहता है। वहाँ पडा वो इंसान का कंकाल देखकर मुझे लगता है कि हो ना हो ये दोनो किसी की हत्या का राज छुपा रहे है।

हाँ तुम सही कह रहे हो। रोनक होठो को भींचते हुए कहता है।

पर आज एक चीज अलग हुई। समीर रोनक को देखते हुए कहता है। वो हँसी की आवाज तुम्हारे साथ मैने भी सुनी।

हाँ ये तो है। रोनक समीर की तरफ गोर से देखते हुए कहता है। तुमने कभी भी वो आवाज नही सुनी जो मै रोज रात को सुनता था पर जो आवाज आज हुई वह तुमने भी सुनी। हो ना हो कुछ तो रहस्य है इसमे।

हाँ रहस्य तो है। समीर रोनक से कहता है। और उसे खोलने के लिए हमे एक लड़की और एक भविष्य मणि की जरूरत होगी।

हाँ उस आवाज ने तो ऐसा ही कहा था। रोनक सोचते हुए कहता है। पर हम ये दोनो चीजे कहाँ से लाएगे। रोनक के चहरे पर अब परेशानी होती है। इस महल मे तो कोई लड़की है ही नही और भविष्य मणि क्या चीज है ये हमे पता नही है। अब हमे क्या करना चाहिए ?

रोनक क्यो ना हम इस बारे मे जलेश्वर से बात करे। समीर कुछ देर सोचने के बाद कहता है। वो हमे जरूर कुछ ना कुछ बता देगा।

नही समीर। रोनक परेशान होते हुए कहता है। हम ये सब उसे नही बता सकते।

ओह हो रोनक। समीर एक गहरी सांस लेते हुए कहता है। मै ये नही कह रहा कि हम उसे सब कुछ बता कर ये पूछे। हम उससे पूछेंगे कि महल मे कोई लड़की क्यो नही है और जब वह हमे ये बता देगा तब

हम उससे भविष्य मणि के बारे मे भी पूछ लेंगे। मुझे यकीन है कि इस तरह से पूछने पर वह हमे कुछ तो बता ही देगा।

ठीक है। कोशिश करके देखते है। रोनक समीर की बात का समर्थन करते हुए कहता है।

इस तरह से बाते करने के बाद दोनो अपने–अपने बिस्तर पर लेट जाते है और जल्द ही सो जाते है।

अध्याय उन्नीस

जलेश्वर से पूछताछ

देर रात तक जागने के कारण सुबह को रोनक और समीर की आँख जल्दी नही खुलती। जब रोनक की आँख खुलती है तो सूरज पूरी तरह से निकल चुका होता है। दिव्यांश और प्रत्यक्ष नहा–धोकर तैयार हो चुके है। रोनक हडबडाकर अपने बिस्तर पर बैठ जाता है और फिर समीर को उठाने के लिए तेजी से उसकी तरफ हाथ बढाता है। रोनक समीर को झंझोड देता है। जिससे समीर भी हडबडाता हुआ उठता है।

हमे देर हो गई। रोनक हल्की आवाज मे कहता है।

रोनक की बात सुनकर समीर फौरन बिस्तर पर बैठ जाता है और उठकर दोनो तेजी से तैयार होते है। इन दोनो के तैयार होने तक दिव्यांश और प्रत्यक्ष बैठकर इंतजार करते है। जब दोनो तैयार हो जाते है फिर चारो मिलकर नाश्ता करने के लिए रसोई के पास वाले कमरे मे जाते है। चारो वहाँ बैठकर नाश्ता करते है। नाश्ता करते हुए रोनक और समीर के चहरे पर परेशानी होती है। उन्हे देखकर ऐसा लग रहा है कि दोनो बहुत जल्दी मे हो।

क्या हुआ तुम दोनो को ? प्रत्यक्ष उनकी जल्दी को महसूस करते हुए कहता है। क्या कही जाना है ?

नही ऐसा नही है। समीर अटकते हुए कहता है। रोनक और समीर एक–दूसरे की तरफ देखते है और कोशिश करते है कि दोबारा ऐसा ना हो। अब दोनो बहुत ही शान्ति से नाश्ता करते है। नाश्ता करने के बाद चारो बाहर निकलते है।

तुम दोनो बैठो बगीचे मे हमे जलेश्वर से कुछ काम है। रोनक, दिव्यांश और प्रत्यक्ष से कहता है। हम कुछ देर मे वापस आते है।

ओह तो ये जल्दी थी। दिव्यांश फौरन कहता है और फिर दिव्यांश और प्रत्यक्ष एक–दूसरे की तरफ देखकर हंसने लगते है।

चलो हम भी तुम्हारे साथ चलते है। प्रत्यक्ष फौरन कहता है।

ठीक है चलो। कुछ देर सोचने के बाद मन मारते हुए समीर कहता है। अब चारो जलेश्वर को महल मे और आस–पास ढूढने लगते है। उन्हे जलेश्वर को ढूढते हुए काफी देर हो जाती है पर जलेश्वर उन्हे महल मे कही नही मिलता। दिव्यांश और प्रत्यक्ष बुरी तरह थक जाते है।

हम नही जा रहे तुम लोगो के साथ। हम बहुत थक गए है। प्रत्यक्ष अचानक से कहता है। हम दोनो महल के बगीचे मे वापस जा रहे है। जब तुम मिल आओ तो वही आ जाना हम दोनो तुम्हे वही मिलेंगे। इतना कहकर दिव्यांश और प्रत्यक्ष वापस चले जाते है।

अब रोनक और समीर महल से बाहर निकलते है और झील के पास पहुँचते है। यह एक अद्भुत झील है इसके ऊपर एक झरना है जो कही ऊपर से गिर रहा है। वैसे तो वहाँ पहाड भी है पर झरने को देखकर ऐसा लग रहा है कि यह सीधा आसमान से गिर रहा हो। दोनो इस दृश्य को देखकर खुश हो जाते है। तभी वे दोनो देखते है कि जलेश्वर झील के किनारे खड़ा है और झील के पानी को उसने जादू के द्वारा हवा मे उठा रखा है। हवा मे पानी का एक गोला बना हुआ है जो गोल–गोल घूम रहा है। दोनो जलेश्वर के पास जाते है।

ये बहुत सुन्दर और अद्भुत है। रोनक पीछे से अचानक बोलता है।

रोनक के इतना कहते ही जलेश्वर का ध्यान पानी से हट जाता है और वह पीछे पलटता है। जलेश्वर के ऐसा करते ही सारा पानी दोबारा झील मे गिर जाता है और पानी की छींटे सभी पर पडती है ।

तुम दोनो यहाँ क्या कर रहे हो ? रोनक और समीर को वहाँ देखकर जलेश्वर पूछता है।

हम आपको ही ढूढ रहे थे। रोनक जलेश्वर की बात सुनकर फौरन बोलता है।

मुझे, पर क्यो ? क्या कोई काम था मुझसे ? जलेश्वर आगे बढकर एक पत्थर पर बैठ जाता है।

जी। आपसे कुछ पूछना है। समीर जलेश्वर से कहता है।

ठीक है। तो पूछो, क्या पूछना चाहते हो ? जलेश्वर बहुत ही आराम से कहता है।

हम ये पूछना चाहते है कि ये महल पुरूषो का महल है। रोनक अटकते हुए और थोडा डरते हुए बोलता है। उसे डर होता है कि कही जलेश्वर उन्हे इस सवाल के लिए डांट ना दे। यहाँ केवल पुरूष ही रहते है। यहाँ कोई औरत क्यो नही रहती ?

ओह। जलेश्वर रोनक का सवाल सुनकर सोच मे पड जाता है। तो तुम ये पूछना चाहते हो।

जी। रोनक फिर से बोलता है। हम बहुत दिनो से आपसे ये पूछना चाहते थे। क्योकि पृथ्वी पर रेवती आन्टी ने मुझसे कहा था कि 18 साल पहले वो भी यहाँ का हिस्सा थी। तो इसका मतलब पहले यहाँ औरते भी रहती थी पर जब से मै यहाँ आया हूं मैने किसी औरत को यहाँ नही देखा। अब रोनक समीर की तरफ एक नजर देखता है। रानी सत्या यहाँ आयी और आते ही उनकी मौत हो गयी। एक सेंकण्ड रूकने के बाद रोनक दोबारा कहता है।

बस हम ये जानना चाहते है कि क्या हुआ था 18 साल पहले जो रेवती आन्टी को ये महल छोडकर जाना पडा और आज यहाँ कोई औरत नही है ?

ठीक है तुम दोनो आने वाले समय के योद्धा हो। जलेश्वर कुछ सोचकर बोलता है। इसलिए तुम्हे सब कुछ पता होना चाहिए और इसलिए ही मै तुम्हे ये सब बताने

जा रहा हूं कि ऐसा क्यो है ? क्यो आज के समय मे कोई औरत इस महल मे नही है ?

एक क्षण रूकने के बाद जलेश्वर दोबारा बोलता है।

18 साल पहले महल मे स्त्री और पुरूष दोनो ही रहा करते थे। रानी सत्या भी यही रहती थी अपने पुत्र के साथ और महागुरू अपनी इकलौती पुत्री मयूरसा के साथ बहुत खुश थे। महल मे तुम्हारी ही तरह कुछ चुने हुए यौद्धा थे। जिनमे लड़के और लड़किया दोनो ही थे। महागुरू की बेटी मयूरसा एक बहुत ही अच्छी भविष्यवकता थी। वह सारी राज्य भविष्यवाणी किया करती थी। उस समय पहाडी पर बसे गाँव के लोग भी बहुत खुश थे। जलमहल मे चारो ओर खुशहाली थी।

फिर समय ने करवट ली और एक दिन बहुत ही रहस्यमय तरीके से मयूरसा की मौत हो गयी। महल की दीवार पर खून से लिखा मिला कि मयूरसा मर चुकी है और उसका शव महल मे ही कही है। महाराज बुद्धघोष ये सूचना पाकर बहुत दुखी हुए। उन्होने मयूरसा का मृत शरीर ढुंढवाने के लिए पूरे महल की छानबीन करायी पर मयूरसा का शव कही नही मिला। समय बीतता गया और फिर महल मे से एक–एक करके लड़किया गायब होनी शुरू हो गई। महागुरू इस बात से बहुत परेशान हो गये और फिर लड़कियो की सुरक्षा को ध्यान मे रखते हुए एक दिन महागुरू ने घोषणा की कि लड़कियो के लिए वह एक नया महल बनवा रहे है और सभी लड़कियो को वहाँ जाना होगा। तब महागुरू ने परिलोक का निर्माण कराया और वहाँ की देख–रेख रानी सत्या को देकर सभी

लड़कियो को वहाँ भेज दिया गया। बस तभी से महल मे लड़किया नही है और अब जब महागुरू की बहन सत्या इतने सालो बाद यहाँ उनसे मिलने आयी तो उनकी भी हत्या हो गई। ऐसा लगता है कि कोई है महल मे जो नही चाहता कि महल मे कोई लड़की या कोई औरत रहे।

इस बात को बताते हुए जलेश्वर थोडा उदास हो जाता है और उसकी आँखो मे आँसू आ जाते है।

ओह। ठीक है। समीर यह सब सुनने के बाद कहता है। हम ये तो जान गये कि महल मे लड़किया या औरत क्यो नही है पर हम आपसे एक बात और पूछना चाहते है।

हाँ पूछो। क्या पूछना है ? जलेश्वर अपने आपको संभालते हुए कहता है।

रोनक और समीर एक–दूसरे की तरफ देखते है।

हम ये जानना चाहते है कि भविष्यमणि क्या होती है? रोनक तेजी से इस बात को कह देता है।

तुम कैसे जानते हो भविष्यमणि के बारे मे ? रोनक की बात सुनते ही जलेश्वर चौंक पडता है और फौरन पत्थर से उठ खड़ा होता है। रोनक और समीर दोनो डर जाते है। बताओ कैसे जानते हो ?

वो हम एक दिन गुरू हेमआध के साथ उनके कमरे मे गये थे। रोनक कुछ देर सोचने के बाद चालाकी से कहता है। वहाँ हमने एक किताब मे भविष्यमणि के बारे

मे लिखा देखा था पर हम उसे पूरा नही पढ पाए और हमे अपने कमरे मे वापस लौटना पडा फिर गुरू हेमआध से भी कभी मुलाकात नही हो पायी। जिससे हम उस बारे मे पूछ लेते। इसलिए आपसे पूछ रहे है।

तुम दोनो सच कह रहे हो ना ? जलेश्वर दोनो को शक की नजर से देखते हुए कहता है।

जी। हम सच कह रहे है। रोनक और समीर एक साथ कहते है।

ठीक है अगर ऐसा है तो मै बताता हूं कि भविष्यमणि क्या है। जलेश्वर उनकी बात का विश्वास करते हुए कहता है।

बहुत समय पहले कि बात है। जब जलमहल के राजा महागुरू सत्यार्थ थे। जलेश्वर दोनो के सामने से हटकर झील की तरफ चला जाता है और झील को देखते हुए कहता है। जो ईश्वर की इकलौती सन्तान थे। महागुरू सत्यार्थ ने अपने जादू से तीन मणियो को उत्पन्न किया जो बहुत ही शक्तिशाली थी। इन मणियो की शक्तिया असीम थी। महागुरू सत्यार्थ ने ये तीनो मणिया महागुरू बुद्वघोष को दी और कहा कि वे ये मणिया अपने उन यौद्धाओ को दे जो अपने कार्य मे बहुत निपुर्ण हो और वही उनके असली हकदार होगे। महागुरू सत्यार्थ की मृत्यु के बाद महागुरू बुद्वघोष राजा बने और उन्होने ये मणिया तीन ऐसे होनहार जादूगरो को दी जो अपने कार्य मे और जादू मे बहुत ही निपुर्ण थे। पहली भविष्यमणि उन्होने अपनी बेटी मयूरसा को दी। क्योकि वह भविष्य

देखने मे बहुत कुशल थी और सारी राज्य भविष्यवाणी वही करती थी। वह जो कहती थी वह बिल्कुल सही होता था। उसकी भविष्यवाणी कभी गलत नही होती थी।

दूसरी भविष्य मणि रोनक तुम्हारे पिता त्रिलोक को दी गयी। जलेश्वर पलटकर रोनक की तरफ देखते हुए कहता है। क्योकि औषधियो का बहुत अच्छा ज्ञान था उन्हे और ऐसा माना जाता था कि त्रिलोक के छूने मात्र से ही बिमार व्यक्ति सही होने लगता था और यह सत्य भी था। इसलिए ही पृथ्वी पर त्रिलोक एक चिकित्सक के रूप मे बहतरीन काम कर पाए। वो दवाईयो के साथ अपने जादू का भी इस्तेमाल करते थे।

तीसरी और आखरी भविष्यमणि रूस को दी गयी। रूस को काले जादू मे महारथ हासिल थी। इस कला मे कोई उसका मुकाबला नही कर सकता था। वह काले जादू के इस्तेमाल से किसी भी इंसान या जानवर का रूप ले सकता था। वह काले जादू के इस्तेमाल से घंटो के लिए गायब हो जाता था। उसके जैसा कोई दूसरा यौद्धा नही था। उसके गुरू जिन्होने उसे ये कला सिखायी थी वो भी यह मानते थे कि रूस उनसे भी ज्यादा इस कला को जानता है और ये सच मे एक बहुत ही गर्व की बात थी एक गुरू के लिए।

कुछ क्षण के विराम के बाद जलेश्वर दोबारा।

ये तीनो ही बहुत कुशल जादूगर थे और ये तीनो बहुत अच्छे दोस्त भी थे पर अफसोस की बात यह है कि आज इन तीनो मे से कोई भी जिन्दा नही है।

क्या ? जलेश्वर की बात सुनकर रोनक और समीर दोनो चौंक पडते है। और इनकी भविष्यमणिया। वो कहाँ है ? समीर फौरन सवाल करता है।

मयूरसा की मौत बहुत ही रहस्यमय तरीके से हुई। समीर की बात का जवाब देते हुए जलेश्वर कहता है। मयूरसा की मौत के कुछ समय बाद ही रेवती ने महल मे आकर ये सन्देश दिया कि विक्टर द्वारा त्रिलोक को भी मार दिया गया है। जलमहल के लिए ये दोनो मौत बहुत ही दुखद घटना थी। महागुरू इन दोनो मौत से टूट से गये थे। अभी वे अपने आपको सम्भाल भी नही पाए थे कि एक दिन एक पत्र महागुरू के पास आया जो रूस ने स्वम् लिखा था। उस पत्र मे लिखा था कि वो दुश्मनो से घिर चुके है। और बहुत जल्द ही वो मारा जाएंगे। उस पत्र के बाद कभी भी रूस जलमहल नही आया। इसलिए मान लिया गया कि वो भी मार गया।

इस तरह तीनो दोस्त ही मारे गये और तीनो की भविष्यमणियो का राज भी उनके साथ ही चला गया। अब कोई नही जानता की भविष्यमणि कहाँ है। कभी–कभी तो ऐसा लगता है कि तीनो की मौत का कारण शायद वो भविष्यमणिया ही थी।

रोनक और समीर यह सुनकर उदास हो जाते है और जलेश्वर को धन्यवाद कहकर वहाँ से महल मे वापस आ जाते है। दोनो महल के बगीचे मे आते है। तब तक दिव्यांश और प्रत्यक्ष वहाँ से जा चुके होते है। दोनो बगीचे मे बैठ जाते है।

समीर अब हम क्या करे ? रोनक परेशान होकर कहता है। ना तो महल मे कोई औरत या लड़की है और भविष्यमणि भी लापता है। इस प्रकार हम उस कमरे के राज को कैसे खोल पाएंगे और कैसे जान पाएगे कि वहाँ वो कंकाल किसका है जिसे शायद वहाँ मारा गया था।

मुझे भी कुछ समझ नही आ रहा है कि अब हम क्या करे। समीर भी परेशान होते हुए कहता है। कुछ देर बाद वहाँ दिव्यांश और प्रत्यक्ष आ जाते है और फिर दोपहर के समय चारो खाना खाने चले जाते है।

अध्याय बीस

अतीत के कुछ पन्ने

पूरा दिन रोनक और समीर परेशान रहते है कि अब उन्हे क्या करना चाहिए। क्योंकि कोई भी चीज उनके पास नही है। ना ही लड़की और ना ही भविष्यमणि। धीरे–धीरे रात हो जाती है और चारो लड़के अपने–अपने बिस्तर पर होते है। समीर, प्रत्यक्ष और दिव्यांश तीनो को जल्दी ही नींद आ जाती है पर रोनक अपने बिस्तर पर लेटकर कुछ सोच रहा है। उसकी आँखो मे आज नींद नही है। वह परेशान है और इसकी परेशानी के कई कारण है। तभी उसकी नजर वहाँ सो रहे समीर पर पडती है। समीर को देखकर वह उस घटना को याद करने लगता है जो उसने हेमआध के कक्ष मे समीर के लिए भविष्य गोले मे देखी थी कि कुछ दिनो बाद समीर भी मर जाएगा। फिर रोनक जंगल मे उस पेड के अन्दर वाले कमरे मे हुई भविष्यवाणी के बारे मे सोचने लगता है और जलेश्वर द्वारा बतायी गयी वह घटना जिसके कारण महल मे लड़किया नही है और भविष्यमणि गायब होने के बारे मे भी।

इस तरह से सोचकर रोनक बहुत परेशान है और इसी कारण उसे नींद नही आ रही है। रात काफी हो जाती है। तभी वह अपने बिस्तर से उठता है और बाथरूम करने चला जाता है। कुछ देर बाद जब वह बाथरूम से बाहर आता है तो उसे ऐसा लगता है कि

शायद कोई उसके कमरे से निकलकर बाहर गया है। रोनक फौरन तेज कदमो से उसका पीछा करने के लिए अपने कमरे से निकलता है और देखता है कि कोई व्यक्ति गलिहारे मे तेजी से जा रहा है। गलिहारे मे मशाले तो जल रही है पर फिर भी आज कम रोशनी है। रोनक फौरन अपने बिस्तर के पास जाता है और तकिये के नीचे से अपनी छड़ी निकालकर तेजी से दरवाजे की तरफ भागता है। रोनक उसी ओर दोड़ पडता है जहाँ वह व्यक्ति गया है। कुछ ही दूर पर वह व्यक्ति उसे दोबारा दिखायी दे जाता है और वह तेज कदमो से उसकी तरफ बढता है। वह आदमी भी बहुत तेजी से आगे बढ रहा है। तभी आगे चलकर वह आदमी अन्धेरे मे कही गायब हो जाता है। रोनक अपनी छड़ी झटककर रोशनी करता है पर उसे अपने आस–पास कोई नजर नही आता। तभी रोनक की नजर एक दरवाजे पर पडती है जो ठीक उसके सामने है। रोनक को शक होता है कि वह आदमी शायद इस कमरे मे छिप गया होगा और इसी कारण वह उस कमरे का दरवाजा खोलकर अन्दर चला जाता है। रोनक अन्दर जाकर देखता है कि कमरे के बीचो–बीच एक बडा आईना रखा है। कमरे मे चारो तरफ अन्धेरा है और केवल उस आईने पर छत से प्रकाश पड रहा है। रोनक उस आईने की तरफ बढता है और उसके पास जाकर देखता है कि यह एक सुन्दर आईना है। इसका फ्रेम सोने का है जिसपर खूबसूरत नक्काशी है। रोनक इस आईने मे खुद को देखता है और वह मोहित हो जाता है। मोहित होकर वह जैसे ही अपना हाथ बढाकर इस आईने को छूता है इस आईने से तेज रोशनी

निकलती है और इस रोशनी के साथ ही वह आईना रोनक को अपने अन्दर खीच लेता है। यह जादूई आईना रोनक को अतीत मे 18 साल पीछे ले जाता है।

अतीत मे 18 साल पीछे आकर रोनक इस समय एक कमरे के दरवाजे के सामने खड़ा होता है। यह दरवाजा बहुत बडा और सुन्हेरी है। इस पर सुन्दर कारीगीरी है। इसके दोनो तरफ शेरो की दो मूर्तिया है। इस समय दरवाजा बन्द है।

ये मै कहाँ आ गया हूं। रोनक घबरा जाता है और इधर–उधर देखने लगता है। ये कौन सी जगह है और ये आईना मुझे कहाँ ले आया है।

ओह। ये तो महल ही है। रोनक इधर–उधर देखने के बाद कहता है। और ये वही गलिहारा है जहाँ मै समीर के साथ आया था और ये दरवाजा भी वही है।

रोनक गलिहारे के बाहर देखता है तो महल के बगीचे मे लड़के और लड़किया दोनो ही घूम रहे है। ये सब देखकर वह सोच मे पड जाता है। तब उसे याद आता है कि जलेश्वर ने बताया था कि 18 साल पहले महल मे लड़किया भी थी और तब वह देखकर समझ पाता है कि यह आईना उसे अतीत मे 18 साल पीछे ले आया है।

रोनक इस सब से थोडा सा परेशान हो जाता है पर वह सोचता है कि चलो देखता हूं कि इस दरवाजे के पीछे क्या है ? क्योंकि जब वह समीर के साथ यहाँ आया था तो जलेश्वर के कारण इसके अन्दर नही जा पाया था। यह सब सोचते हुए रोनक दरवाजा खोलता है और

कमरे मे प्रवेश करता है। रोनक यह देखकर हैरान रह जाता है कि इस कमरे मे सब कुछ वैसा ही है जैसा उसने अपने सपने मे देखा था। वही गोल बिस्तर वही आईना और सब कुछ वही जो उसने सपने मे देखा था। रोनक कमरे का दरवाजा बन्द करके आगे बढता है। तभी वह एक आहट महसूस करता है। रोनक का ध्यान कमरे के अन्दर बने एक ऐसे हिस्से पर जाता है जहाँ सफेद रंग का रेशमी पर्दा लगा है। रोनक उसी और बढता है। रोनक अपने कदमो को इतने आराम से रख रहा होता है कि जिससे कोई उसके कदमो की आहट ना सुन सके। रोनक आगे बढकर उस पर्दे को एक तरफ हटाता है और अन्दर देखता है। उस पर्दे के पीछे एक और कमरा होता है। जो बाहर के कमरे से तो छोटा है पर फिर भी काफी बड़ा है। रोनक उस दूसरे कमरे मे प्रवेश करता है। तभी रोनक देखता है कि वह एक बाथरूम मे खड़ा है और उसके सामने झागो से भरा हुआ एक बडा टब है जिसमे एक लड़की लेटकर नहा रही है। रोनक इस समय इस लड़की के ठीक पीछे खड़ा होता है। रोनक इसका चेहरा तो नही देख पा रहा है पर वह इस लड़की के घने लम्बे बाल देखता है जो टब से बाहर फैले है। इसके शरीर का केवल गर्दन से ऊपर का हिस्सा ही टब से बाहर है बाकी सारा शरीर टब के झागो मे डूबा है। इसका बदन गोरा है और यह अपने एक हाथ को दूसरे हाथ से सहला रही है। यह टब से एक हाथ मे पानी लेकर दूसरे हाथ पर डाल रही है। रोनक को यह बिल्कुल अपने सपने जैसा ही लग रहा है। उसे ऐसा लग रहा है कि

जैसे वह वही सपना दोबारा देख रहा हो। रोनक टब मे लेटी हुई लड़की का चहरा देखना चाहता है।

सुनीये। रोनक एक आवाज लगाता है। आप कौन है?

पर वह लड़की रोनक की आवाज को सुन ही नही पाती। फिर रोनक हिम्मत करके धीरे–धीरे उसके आगे की तरफ बढता है। वह उस लड़की के ठीक सामने आकर खड़ा हो जाता है पर वह लड़की रोनक को देख भी नही पाती। रोनक इस लड़की को देखकर देखता ही रह जाता है। यह बहुत सुन्दर है और इसकी बडी–बडी आँखे है जो इसकी सुन्दरता को ओर बढा रही है।

(रोनक इस समय अतीत मे है इसी कारण वह लड़की रोनक को न देख पा रही है और न ही सुन पा रही है। क्योकि जो व्यक्ति अतीत मे गया है वह तो अतीत के हर इन्सान को देख और सुन सकता है पर अतीत का व्यक्ति भविष्य से आये व्यक्ति को न ही देख सकता है और न ही सुन सकता है।)

अब रोनक उसके सामने से हटकर बाथरूम से बाहर आ जाता है और बाहर वाले कमरे मे खड़ा हो जाता है। कुछ देर बाद वह लड़की नहाकर बाथरूम से बाहर आती है। उसने सफेद रंग की झालरदार पौशाक पहनी होती है। जिसमे यह बहुत खूबसूरत लग रही है। यह लड़की आईने के सामने आकर अपने बाल सवारने लग जाती है। तभी कोई दरवाजा खटखटाता है।

कौन है ? वह लडकी दरवाजे की तरफ पलटते हुए कहती है।

मै जलेश्वर हूं राजकुमारी। बाहर से जलेश्वर की आवाज आती है।

अन्दर आ जाओ। लड़की ऊँची आवाज मे कहती है।

दरवाजा खुलता है और जलेश्वर अन्दर आता है। इस समय जलेश्वर की उम्र वर्तमान उम्र से काफी कम लग रही है।

राजकुमारी मयूरसा आपको महाराज बुद्धघोष ने बुलाया है। जलेश्वर अन्दर आकर उस लड़की से कहता है।

रोनक वही पास खड़ा होकर ये सब सुन रहा है और जलेश्वर के मुँह से उस लड़की का नाम मयूरसा सुनकर रोनक समझ जाता है कि यही है महागुरू बुद्धघोष की इकलौती संतान।

आप चलिए। मै अभी आती हूं। मयूरसा एक मंद मुस्कान के साथ कहती है।

मयूरसा के इतना कहते ही जलेश्वर दरवाजा बन्द करके वहाँ से चला जाता है और मयूरसा फिर से अपने बाल ठीक करने लग जाती है। पूरी तरह से तैयार होकर वह महागुरू के पास जाने के लिए जैसे ही दरवाजे की तरफ बढती है तभी दरवाजा जोरो से खुलता है और वहाँ पर एक लड़की आती है। जो बहुत घबरायी हुई है। यह दिखने मे 18 या 19 साल की लड़की है। यह वहाँ आकर मयूरसा के सामने खड़ी हो जाती है।

क्या हुआ ? मयूरसा उस लड़की को घबराया हुआ देखकर उससे पूछती है। तुम इतनी घबरायी हुई क्यो हो? मयूरसा उस लड़की के कन्धो पर हाथ रखती है।

वह लड़की कुछ बोल ही नही पा रही है। मयूरसा उसे अपने बिस्तर पर बैठाती है और दोबारा से उससे पूछती है।

रिया बताओ मुझे क्या हुआ ? तुम इतनी डरी हुई क्यो हो ?

मैने भविष्य मे कुछ बुरा देखा है। डरी हुई लड़की अटकते हुए कहती है।

रिया के मुँह से ये सुनते ही मयूरसा वहाँ से खड़ी होकर पहले दरवाजा बन्द करती है और फिर रिया के पास आती है।

क्या देखा तुमने भविष्य मे ? मयूरसा के चहरे पर एकदम से परेशानी आ जाती है। मुझे भी दिखाओ।

मयूरसा के इतना कहते ही रिया अपने दोनो हाथ आगे बढा देती है। मयूरसा फौरन उसके हाथ छूकर वह देखती है जो रिया ने भविष्य गोले मे देखा है। रोनक वही पास खड़ा ये सब देख रहा है। मयूरसा जब रिया के हाथो से अपने हाथ को हटाती है तो वह भी कुछ डरी होती है। वह दोबारा रिया का हाथ पकडती है और उसे वहाँ से खड़ा होने को कहती है। मयूरसा रिया को साथ लेकर एक दीवार के सामने खड़ी हो जाती है और उस दीवार पर मन्त्र पढते हुए हाथ फैरती है। मयूरसा के ऐसा करते ही देखते ही देखते वहाँ उस दीवार मे एक

दरवाजा उभर आता है और फिर मयूरसा उस दरवाजे को खोलकर रिया को साथ लेकर उसके अन्दर चली जाती है। रोनक भी इनके पीछे–पीछे चला जाता है। मयूरसा और रिया एक सुरंग द्वारा लम्बा रास्ता पार करती है और फिर मयूरसा एक ओर दरवाजा खोलकर एक कमरे मे प्रवेश करती है। रिया भी इसके साथ ही वहाँ पहुँच जाती है। रोनक इनका पीछा करता–करता वहाँ आ जाता है और दरवाजा खोलकर उस कमरे को देखता है। वह इस कमरे को देखकर हैरान रह जाता है क्योंकि यह वही कमरा है जो जंगल मे एक पेड के अन्दर है और जिसमे रोनक और समीर काव्य का पीछा करते–करते गए थे। रोनक कुछ सीढी उतरकर वहाँ कमरे मे एक तरफ खड़ा हो जाता है। कमरे मे सब कुछ वैसा ही है पर ये सब आज साफ है। मयूरसा रिया को लेकर कमरे के बीच मे खड़ी हो जाती है।

रिया जो तुमने भविष्य मे देखा है वो जरूर होगा। मयूरसा रिया को समझाते हुए कहती है। क्योंकि भविष्य गोला कभी झूठ नही दिखाता। मेरी मृत्यु जल्द ही हो जाएगी पर मै ये नही बता सकती कि ये सब कब होगा। ये सब कहते हुए मयूरसा घबरा रही है और घबराहट मे उसकी आँखो से आँसू निकल जाते है।

क्या इसे बदला नही जा सकता ? रिया मयूरसा के आँसू पौंछते हुए कहती है।

नही रिया। भविष्य को बदलना मुश्किल होता है और ऐसा करने मे बहुत ज्यादा खतरा होता है। मयूरसा रिया को समझाती है। पर मै एक बात से बहुत खुश हूं कि

आज मेरी एक छात्रा ने भविष्य को एकदम सही देखा है वो भी इस छोटी सी उम्र मे। मै तुमसे बहुत खुश हूं। तुम यकिनन भविष्य मे एक बहुत बडी भविष्यवक्ता बनोगी। एक लम्बी सांस लेते हुए मयूरसा कहती है।

रिया मेरे पास एक अनमोल चीज है जो मै अब तुम्हे देना चाहती हूं। मयूरसा खुश होकर रिया को देखते हुए कहती है जबकी उसके चहरे पर घबराहट भी होती है। क्योंकी यह चीज केवल एक अच्छे जादूगर को ही मिलनी चाहिए और मुझे यकिन है कि तुम भविष्य मे एक बडी जादूगर बनोगी और मेरी तरह ही भविष्य देखोगी।

इतना कहकर मयूरसा अपनी जेब मे हाथ डालती है और एक चीज निकालती है जो बहुत ही चमकदार है। रिया यह एक भविष्यमणि है। मयूरसा रिया के हाथ पर भविष्यमणि को रखते हुए कहती है। जो बहुत ही ज्यादा शक्तिशाली है। यह मेरे पिता ने मेरी कामयाबी पर मुझे दी थी। अब मै ये तुम्हे देना चाहती हूं। एक बडी मुस्कान के साथ मयूरसा कहती है। सदा इसकी शक्तियो का सही इस्तेमाल करना।

इस तरह से कहते हुए मयूरसा भविष्यमणि रिया को दे देती है। जैसे ही रिया भविष्यमणि को हाथ मे लेकर मुट्ठी बन्द करती है। तभी मयूरसा महसूस करती है कि वहाँ उस कमरे मे कोई आ रहा है। वह घबरा जाती है और फौरन रिया को कही छुपने को कहती है। रिया यहाँ–वहाँ देखती है पर उसे छुपने का कोई स्थान नही मिलता और वह भविष्यमणि को मुट्ठी मे दबाकर एक कोने मे जाकर खड़ी हो जाती है। मयूरसा इतना घबरा जाती

है कि वह रिया को छुपाने के लिए अदृश्य मन्त्र के स्थान पर शिला मन्त्र का प्रयोग कर देती है। मन्त्र का प्रयोग होते ही मयूरसा की छड़ी से तेज प्रकाश निकलता है और रिया से जाकर टकराता है। रिया उसी स्थान पर खड़ी–खड़ी पत्थर की एक मूर्ती बन जाती है। रोनक वहाँ खड़ा होकर ये सब देख रहा होता है। यह सब देखकर रोनक चौंक पडता है। तभी तेज रोशनी होती है और पेड वाले कमरे का दृश्य धुंधला हो जाता है। रोनक महसूस करता है कि वो किसी भवर मे गिर रहा है। कुछ ही देर मे रोनक उस कमरे मे रखे आईने से बाहर आकर जमीन पर गिरता है। रोनक अब अतीत से बाहर वर्तमान मे आ चुका है पर वह अतीत के कुछ ऐसे पन्नो को जान चुका है जो शायद कोई ओर नही जानता।

अध्याय इक्कीस

चमकदार रोशनी मे सच

रोनक फौरन जमीन से खड़ा हो जाता है और कमरे से बाहर आ जाता है। वह बाहर आकर देखता है कि सुबह हो चुकी है। रोनक वहाँ से फौरन अपने कमरे की तरफ बढता है। वह यह सोचकर खुश है कि अब वह जानता है कि वह लड़की और भविष्यमणि कहाँ से लाएगा। रोनक इस तरह से सोचता हुआ अपने कमरे मे पहुँचता है। रोनक कमरे मे जाकर देखता है कि अभी प्रत्यक्ष और दिव्यांश अपने बिस्तर पर सो रहे है। वह समीर के बिस्तर की तरफ देखता है जो खाली है। रोनक समीर को बाथरूम मे देखता है पर वह वहाँ भी नही होता। रोनक चाहता है कि वह जल्दी से समीर को ढूढकर सब कुछ बता दे कि आज रात उसके साथ क्या हुआ और यह भी कि वह जान गया है कि लड़की और भविष्यमणि कहाँ मिलेगी पर समीर रोनक को कही नजर नही आ रहा है। वह समीर को महल मे सभी स्थानो पर ढूंढने लगता है पर वह समीर को कही नही पाता। रोनक उसे कही भी ना पाकर परेशान हो जाता है। महल मे ढूंढने के बाद अब वह जंगल की तरफ बढता है और जंगल मे उसे ढूंढने लगता है। जंगल मे कुछ अन्दर जाते ही वह वहाँ पर समीर को देखता है। समीर वही जंगल मे खड़ा होता है। रोनक समीर को देखकर उसके पास जाता है।

समीर तुम इतनी सुबह यहाँ क्या कर रहे हो ? रोनक समीर से पूछता है। रोनक इस समय बहुत खुश होता है। मै तुम्हे सारे महल मे ढूंढ रहा था।

क्यो ढूंढ रहे थे तुम मुझे ? समीर बहुत ही धीमी आवाज मे कहता है।

समीर मै जान गया हूं कि हम जंगल वाले उस कमरे का राज कैसे खोलेगे और यह भी कि लड़की और भविष्यमणि हमे कहाँ से मिलेगी।

रोनक के मुँह से ये सब सुनते ही समीर घबरा जाता है और बहुत परेशान हो जाता है।

क्या, क्या कह रहे हो तुम ? समीर अटकते हुए कहता है।

हाँ। तुम मेरे साथ चलो। रोनक समीर का हाथ पकड़ते हुए कहता है। हमे सब कुछ उस कमरे मे ही मिलेगा।

मुझे तुम्हारे साथ कही नही जाना। समीर को अचानक से गुस्सा आ जाता है और वो रोनक पर चिल्लाते हुए कहता है। समीर रोनक का हाथ तेजी से झटक देता है। मै नही चाहता कोई भी राज खोलना। समीर चिल्लाते हुए कहता है। रोनक तुम पागल हो गए हो उस कमरे के राज के पीछे पर मै नही। कभी तुम कोई आवाज सुनते हो। कभी सपना देखते हो। मै परेशान हो चुका हूं तुमसे। मै नही जाना चाहता तुम्हारे साथ कही भी।

इतना कहकर समीर वहाँ से महल की तरफ चला जाता है और रोनक समीर के इस बदले व्यवहार को देखकर दंग रह जाता है। वह परेशान हो जाता है कि अचानक ये समीर को क्या हो गया है। रोनक ने इससे पहले कभी भी उसे इतने गुस्से मे नही देखा होता। समीर रोनक से दूर महल मे जा रहा होता है पर वह समीर को रोकने की कोशिश नही करता और उसे वहाँ से जाने देता है। समीर के वहाँ से जाने के बाद रोनक जंगल मे अकेले ही जाने का फैसला करता है। रोनक जंगल मे उस पेड की तरफ बढता है और कुछ ही देर मे वह उस पेड के पास पहुँच जाता है। रोनक वहाँ पहुँचकर उस पेड के सामने जाकर खड़ा हो जाता है और पेड पर छड़ी तानते हुए मन्त्र बोलता है। रोनक के ऐसा करने से पेड मे दरवाजा तो उभर आता है पर वह खुलता नही है। रोनक मन्त्रो के द्वारा उस दरवाजे को खोलने की काफी कोशिश करता है पर दरवाजा नही खुलता। रोनक परेशान हो जाता है और सोचता है कि पिछली बार भी रोनक के मन्त्रो से दरवाजा नही खुला था पर समीर के एक बार कोशिश करने से ही दरवाजा खुल गया था। वह इस समय समीर की कमी महसूस करता है और यह सोचकर परेशान हो जाता है कि अगर यह दरवाजा नही खुला तो वह रिया को कैसे आजाद कराएगा। तभी उसे याद आता है कि वह अतीत मे मयूरसा के महल वाले कमरे से इस कमरे मे आया था और वह सोचता है कि अगर वह उस कमरे मे जाए तो वह उस रास्ते से इस पेड वाले कमरे मे आ सकता है। यह सोचकर वह फौरन वहाँ से महल की तरफ दौड

पडता है और मयूरसा के कमरे के सामने जाकर खड़ा हो जाता है। वह पहले इधर–उधर देखता है कि कोई उसे देख तो नही रहा और फिर वह कमरे का दरवाजा खोलकर उसके अन्दर चला जाता है। अन्दर जाकर वह दरवाजा बन्द कर लेता है। रोनक पलटकर देखता है कि उस कमरे मे सब कुछ वैसा ही है जैसे उसने अतीत मे जाकर देख था पर सब कुछ बहुत गन्दा है। हर तरफ जाले लगे हुए है। हर चीज पर धूल चढी हुई है। देखकर ऐसा लग रहा है कि मानो बरसो से यहाँ कोई नही आया है। रोनक फौरन उस दीवार के पास जाता है जहाँ वह गुप्त दरवाजा है और वहाँ जाकर वह दीवार पर हाथ रखकर मन्त्र पढता है। रोनक के ऐसा करते ही उस दीवार मे एक दरवाजा उभर आता है। रोनक यह देखकर खुश हो जाता है। वह उस दरवाजे को आम दरवाजो की तरह खोलता है और दरवाजा खुल जाता है। अब रोनक उस दरवाजे के अन्दर प्रवेश करके उस दरवाजे को अन्दर से बन्द कर देता है। दरवाजे के अन्दर सुरंग मे बहुत अन्धेरा होता है। वह अपनी छड़ी को झटकता है। झटकते ही छड़ी से प्रकाश निकलने लगता है। अब रोनक एक बडी सुरंग को पार करता हुआ एक दूसरे दरवाजे के पास पहुँचता है। रोनक उसे खोलता है तो देखता है कि वह उस पेड वाले कमरे मे पहुँच चुका है। रोनक यह देखकर बहुत खुश हो जाता है। रोनक सीढियो से उतरकर उस कमरे मे प्रवेश करता है और सीधा उस मूर्ति के पास जाता है।

रिया मै जान गया हूं कि यह कोई साधारण मूर्ति नही है बल्कि यह तुम हो। रोनक थोडा सा भावुक होते हुए

कहता है। मै आज तुम्हे फिर से तुम्हारे असली रूप मे ले आऊंगा और इतनी लम्बी सजा से तुम्हे आज़ाद कर दुंगा। इतना कहते हुए रोनक उस मूर्ति कि तरफ अपनी छड़ी करता है और संजीवन मन्त्र पढता है। रोनक के ऐसा करते ही उसकी छड़ी से शहद जैसे रंग का सुन्हेरा प्रकाश निकलता है और मूर्ति पर पडता है। प्रकाश के मूर्ति से टकराते ही मूर्ति एक लड़की मे बदल जाती है और रिया अपने शरीर को फिर से पा लेती है। रोनक यह देखकर बहुत खुश होता है और रिया इतने सालो बाद अपने आपको सही देखकर बहुत खुश होती है। वह बार–बार अपने हाथो को और अपने शरीर को छूकर देख रही है। वह रोनक को देखकर बहुत धन्यवाद देती है। यह कहते हुए रिया की आँखो से आँसु निकल जाते है। वह रोकर बार–बार रोनक को धन्यवाद कह रही है। उसे यकीन ही नही हो रहा है कि वह ठीक हो चुकी है।

मै बरसो से यहाँ मूर्ति बनकर कैद थी और इंतजार कर रही थी कि कोई यहाँ आये और मुझे ठीक कर दे। रिया रोते हुए ये सब रोनक से कहती है। रोनक पर जब तुम उस दिन अपने दोस्त के साथ यहाँ आये तो मै जान गयी थी कि तुम ही मुझे आज़ाद कराओगे। रिया रोनक के हाथ पकड़कर उसे फिर से धन्यवाद कहती है।

तुम तो पत्थर की मूर्ति थी। रोनक रिया से पूछता है। तो क्या तब भी तुम हमे देख और सुन सकती थी ?

हाँ। तभी तो मुझे तुम्हारे यहाँ आने का पता है और तुम्हारा नाम भी पता है। रिया रोनक को समझाते हुए कहती है।

रिया जब हम उस दिन यहाँ आये थे तब एक भविष्यवाणी हुई थी। रोनक थोडा सा मुस्कुराकर कहता है। जिसके अनुसार मुझे इस कमरे का राज खोलने के लिए एक लड़की और भविष्यमणि को ढूढना था। लड़की तो तुम हो और भविष्यमणि भी तुम्हारे पास ही है। तो क्या तुम मुझे वो भविष्यमणि दे सकती हो।

हाँ जरूर। रोनक के मुँह से इतना सुनकर रिया अपने हाथ रोनक के सामने करती है और अपनी मुट्ठी खोलती है। मुट्ठी के खुलते ही मणि का प्रकाश चारो तरफ फैल जाता है और उस कमरे की सभी वस्तुए चमकने लगती है। इस मणि मे दिव्य प्रकाश होता है जिसे रोनक देखता ही रह जाता है।

महागुरू इस समय अपने कमरे मे बैठे चाय पी रहे है। तभी वह भविष्य मणि के दिव्य प्रकाश को महसूस करते है। वह फौरन चाय को वही छोडकर अपने कमरे से बाहर आते है और देखते है कि यह दिव्य प्रकाश जंगल मे हो रहा है। सभी गुरू भी भविष्य मणि की शक्ति को महसूस करके अपने–अपने कमरो से बाहर आते है। तभी सब देखते है कि काव्य जंगल की तरफ दौड़कर जा रहा है। अन्य गुरू महागुरू के पास आते है और उस दिव्य प्रकाश और काव्य के बारे मे महागुरू को बताते है।

इधर काव्य भागता हुआ उस पेड के सामने पहुँचता है और जल्दी से मन्त्र पढकर दरवाजा खोलता है। काव्य इस समय बहुत घबराया हुआ है। दरवाजे के खुलते ही वह फौरन उस पेड वाले कमरे मे प्रवेश करता है। इधर

कमरे मे रोनक और रिया भविष्यमणि के इस दिव्य प्रकाश को देख रहे है।

रोनक अब तुम मेरे पीछे आ जाओ। रिया रोनक से कहती है। क्योंकि अब वो राज सामने आएगा जो बरसो से छुपा हुआ था।

रिया के ऐसा कहते ही रोनक रिया के पीछे आकर खड़ा हो जाता है और रिया भविष्यमणि को हथेली पर रखकर खड़ी रहती है। तभी कमरे मे काव्य प्रवेश करता है और जैसे ही भविष्यमणि का प्रकाश काव्य पर पडता है वह एक अन्य रूप मे बदल जाता है। रोनक काव्य के बदलते रूप को देखकर हैरान हो जाता है। उसकी आँखे चौडी हो जाती है।

रिया ये काव्य किस रूप मे बदल गया ? रोनक चौंककर रिया से पूछता है।

रोनक। ये काव्य किसी रूप मे नही बदला है बल्कि आज यह अपने असली रूप मे आ गया है। रोनक की बात सुनते ही रिया रोनक को बताती है।

क्या मतलब है तुम्हारा ? रोनक यह सुनकर थोडा परेशान हो जाता है। मै कुछ समझा नही।

रोनक यह काव्य नही है यह तक्ष है। रिया रोनक को समझाते हुए कहती है। विक्टर का वफादार साथी। यह 18 साल से काव्य का रूप लेकर जलमहल मे रह रहा है।

रोनक यह सुनकर हैरान हो जाता है। इधर तक्ष सीढियो से नीचे उतरकर सामने खड़ा है पर वह भविष्यमणि के प्रकाश के कारण रोनक और रिया को देख नही पा रहा है क्योंकि वे दोनो भविष्यमणि के प्रकाश के पीछे खड़े है। तक्ष गुस्से मे जोर–जोर से चिल्ला रहा है और पूछ रहा है कि कौन है वहाँ उस प्रकाश के पीछे ? कौन है वहाँ ? पर रिया और रोनक चुप खड़े रहते है और कुछ नही बोलते।

तक्ष अब बहुत परेशान हो जाता है और वह अपनी जादूई छड़ी निकालता है।

अदृश्यता प्रगटम भवः। तक्ष अपनी जादूई छड़ी को घुमाते हुए मन्त्र बोलता है।

तक्ष के इतना कहते ही उसकी छड़ी से प्रकाश निकलता है और कमरे मे चारो तरफ घूमकर भविष्यमणि से जाकर टकराता है। छड़ी से निकले प्रकाश के भविष्यमणि से टकराते ही मणि का प्रकाश कम हो जाता है। रिया और रोनक तक्ष को दिखायी देने लगते है। रिया फौरन भविष्यमणि को अपनी जेब मे रख लेती है। तक्ष, रिया और रोनक को वहाँ देखकर जोरो से चिल्लाता है और उनपर हमला करने के लिए उनकी तरफ बढता है। तभी उस कमरे का अतीत दोहरना शुरू हो जाता है।

इस समय तक्ष पेड के दरवाजे से आती सीढियो के पास खड़ा होता है। रिया और रोनक अपने स्थान पर तक्ष से दूर पर उसके ठीक सामने खड़े होते है। तभी मयूरसा के महल वाले कमरे से आने वाले गुप्त मार्ग का

दरवाजा खुलता है और मयूरसा रिया को लेकर कमरे मे आती है। वह रिया को समझा रही है कि जो उसने भविष्य गोले मे देखा है वो जरूर होगा। वह जल्द ही मर जाएगी और वह खुश होकर रिया को भविष्यमणि दे देती है। वह रिया से कहती है कि वह सदा इसका सही इस्तेमाल करे। तभी मयूरसा महसूस करती है कि कोई वहाँ आ रहा है। मयूरसा घबरा जाती है। वह रिया से छुपने के लिए कहती है पर उचित स्थान न होने के कारण रिया कही छुप नही पाती और वह एक कोने मे जाकर खड़ी हो जाती है। तभी मयूरसा रिया को अदृश्य करने का मन्त्र पढने का सोचती है पर घबराहट मे मयूरसा रिया पर एक ऐसा मन्त्र का इस्तेमाल कर देती है जिससे रिया पत्थर की मूर्ति बन जाती है और भविष्यमणि उसके हाथ मे ही रह जाती है।

वर्तमान के रिया, रोनक और तक्ष इस दोहरते हुए अतीत को देख रहे है। तक्ष अतीत का दोहरना देखकर घबरा जाता है और यह कहकर वहाँ से गायब होकर भाग जाता है कि वह उन दोनो को नही छोडेगा।

अध्याय बाईस

दोहराते अतीत के रहस्य

अब वर्तमान के रिया और रोनक अतीत को दोहरता हुआ देखते है। वह इस कमरे मे अपने स्थान पर खड़े है और अतीत का कोई भी व्यक्ति उन्हे नही देख पाता है।

मयूरसा बहुत घबराई हुई है और रिया को पत्थर की मूर्ति बना चुकी है। तभी वहाँ पर मयूरसा का दोस्त रूस पेड वाले रास्ते से आता है। मयूरसा उसे देखकर थोडा अच्छा महसूस करती है। मयूरसा की सांसे तेज होती है।

मयूरसा क्या हुआ ? रूस उसे घबराया हुआ देखकर पूछता है। तुम इतनी घबरायी हुई क्यो हो ?

ओह तुम हो। एक गहरी सांस लेते हुए मयूरसा कहती है। मै तो डर ही गयी थी। मुझे लगा ना जाने कौन है ?

क्यो ? किसी और का इंतजार था क्या ? रूस बात को मजाक मे लेते हुए कहता है।

नही ऐसी बात नही है। मयूरसा अपने आपको सम्भालते हुए कहती है। तुम अचानक यहाँ कैसे ?

मै एक खुश खबरी लाया हूं। रूस खुश होते हुए बताता है। तुम सुनोगी तो खुशी से पागल हो जाओगी।

ओह एक मिनट रूको पहले मुझे एक काम करने दो। मयूरसा रूस को रोकते हुए कहती है। तभी रूस उसका हाथ पकड़ लेता है।

सब काम बाद मे पहले मेरी बात सुनो। रूस इतना खुश होता है कि वो अपने आपको रोक ही नही पाता। तुम्हे पता है बहुत जल्द त्रिलोक बाप बनने वाला है। पूर्णिमा आज बच्चे को जन्म देगी।

मयूरसा ये सुनकर बहुत खुश हो जाती है। क्या तुम सच कह रहे हो ?

हाँ मै सच कह रहा हूं । रूस खुश होते हुए कहता है। चलो भविष्य गोले मे देखते है कि पृथ्वी पर त्रिलोक और पूर्णिमा क्या कर रहे है और उन्हे क्या बच्चा होगा ? लड़का या लड़की।

मयूरसा त्रिलोक के बच्चा होने का सुनकर इतनी खुश हो जाती है कि वह रिया को ठीक करना पूरी तरह से भूल जाती है। मयूरसा रूस का एक हाथ पकडती है और फिर रूस अपना दूसरा हाथ और मयूरसा अपना दूसरा हाथ भविष्य गोले पर रखते है।

अब रोनक और रिया रूस और मयूरसा के ठीक पीछे आकर खड़े हो जाते है।

कुछ देर बाद भविष्य गोले मे कुछ दिखाई देना शुरू हो जाता है। मयूरसा और रूस भविष्य गोले मे देखते है कि त्रिलोक और पूर्णिमा दोनो अपने बिस्तर पर सो रहे है। तभी पूर्णिमा की तबीयत खराब हो जाती है। त्रिलोक अपनी कार निकालता है और पूर्णिमा को अस्पताल ले

जाता है। अस्पताल मे पूर्णिमा एक लडके को जन्म देती है। बच्चे का जन्म होते ही मौसम खराब हो जाता है और जोरो से बारिश होने लगती है। नर्स त्रिलोक को बताती है कि पूर्णिमा को बेटा हुआ है। त्रिलोक यह सुनकर बहुत खुश होता है। कुछ समय बाद वह पूर्णिमा से मिलता है और अपने बेटे को देखकर बहुत खुश होता है। रात के समय पूर्णिमा सोई हुई है तब वहाँ रूस आता है। त्रिलोक रूस को वहाँ देखकर बहुत खुश होता है और वह रूस को अपना बेटा दिखाता है। रूस त्रिलोक को बधाई देता है। कुछ देर बाद रूस त्रिलोक को अपने हाथ छुआकर कुछ ऐसा दिखाता है जिससे देखने के बाद त्रिलोक परेशान हो जाता है और रूस से कहता है कि अब उसे क्या कराना चाहिए। रूस त्रिलोक को बच्चे के साथ कमरे से बाहर आने को कहकर खुद कमरे से बाहर चला जाता है और फिर त्रिलोक बच्चे को पूर्णिमा के पास से उठाकर कमरे से बाहर आता है। इस समय अस्पताल के गलिहारे मे कोई नही होता।

अब हमे क्या करना चाहिए ? त्रिलोक बहुत ही घबराया हुआ है। हम कैसे इस बच्चे को बचा सकते है ?

त्रिलोक, बच्चे को यहाँ बैंच पर लेटा दो। रूस हाथ का इशारा करते हुए त्रिलोक से कहता है।

त्रिलोक रूस के कहे अनुसार करता है और बच्चे को बैंच पर लेटा देता है। रूस अपनी जेब से छड़ी निकालता है और बच्चे की तरफ करता है।

ये क्या कर रहे हो तुम ? त्रिलोक घबराकर रूस से पूछता है।

बस देखते जाओ। रूस त्रिलोक को ज्यादा कुछ नही बताता।

रूस छड़ी को बच्चे पर तानकर मन्त्र पढता है। छड़ी से सफेद रंग की रोशनी निकलती है और रोशनी बच्चे पर पडती है। देखते ही देखते बच्चे मे से एक और बच्चा निकल जाता है और बच्चे की बराबर मे लेट जाता है। दोनो बच्चो की शक्ल एक जैसी होती है। रूस काले जादू के इस्तेमाल से एक नकली बच्चा बना देता है जिसे पहचान पाना बहुत मुश्किल होता है।

हमारे पास इस बच्चे को बचाने का यही एक तरीका है। रूस त्रिलोक को समझाते हुए कहता है। मै असली बच्चे को ले जाता हूं और तुम इस दूसरे बच्चे को ले जाओ। पूर्णिमा कभी नही जान पाएगी कि यह बच्चा असली नही है और अगर इस हादसे मे पूर्णिमा को कुछ नही होता है तो मै ये असली बच्चा पूर्णिमा के पास पहुँचा दुंगा। इतना कहकर रूस असली बच्चे को अपनी गोद मे उठा लेता है और त्रिलोक उस दूसरे बच्चे को गोद मे उठा लेता है।

रूस मेरे बच्चे का हमेशा ख्याल रखना। त्रिलोक भावुक होते हुए कहता है। त्रिलोक की आँखे आँसू से भर जाती है। इसे हमेशा अपना बच्चा ही समझना। इसकी सुरक्षा अब तुम्हारी जिम्मेदारी है। त्रिलोक रूस का हाथ

पकडते हुए कहता है। मुझे वचन दो कि तुम हमेशा इसकी रक्षा करोगे।

मै वचन देता हूं। यह कहते हुए रूस की आँखे भी आँसुओ से भर जाती है। मै जब तक जिन्दा हूं हमेशा इस बच्चे की रक्षा करूंगा। चाहे उसके लिए मुझे कुछ भी करना पडे।

इतना कहकर रूस असली बच्चे को लेकर वहाँ से चला जाता है और त्रिलोक दूसरे बच्चे को लेकर वही गलिहारे मे खड़ा रह जाता है। त्रिलोक की आँखे आँसुओ से भरी होती है। तभी नर्स पूर्णिमा के कमरे से बाहर देखती है और त्रिलोक को अन्दर बुलाती है। त्रिलोक बच्चे को लेकर पूर्णिमा के पास चला जाता है। वह बच्चे को पूर्णिमा को दे देता है। पूर्णिमा बच्चे को पहचान ही नही पाती कि यह असली बच्चा नही है। वह उसे अपने बच्चे की तरह ही प्यार करती है।

मयूरसा और रूस भविष्य गोले मे ये सब देखकर घबरा जाते है और वर्तमान के रिया और रोनक भी यह सब देख रहे होते है।

मयूरसा मैने भविष्य मे काले जादू का इस्तेमाल करके नकली बच्चा बनाया है। रूस घबराकर मयूरसा से कहता है। इसका मतलब भविष्य मे जरूर कुछ गलत होने वाला है। तुम आगे देखो कि भविष्य मे क्या होगा ?

मयूरसा फिर से भविष्य देखती है। वह देखते है कि अगले दिन त्रिलोक, पूर्णिमा और बच्चे को कार मे लेकर अस्पताल से घर के लिए निकलता है। रास्ते मे कोई

उनकी कार के आगे सड़क के बीच चल रहा होता है और फिर वह सड़क पर चलने वाला आदमी अचानक तेज रोशनी मे बदल जाता है और कार से टकराता है। त्रिलोक कार का सन्तुलन खो बैठता है और कार एक पेड से जा टकराती है। पूर्णिमा कार मे बेहोश हो जाती है और नकली बच्चा गायब हो जाता है। त्रिलोक का सिर आगे लगता है और वह बेहोश हो जाता है। कुछ देर बाद त्रिलोक को होश आता है और वह कार से बाहर निकलता है। वह देखता है कि उसके सामने विक्टर खड़ा है। विक्टर त्रिलोक को देखकर हँस रहा है। त्रिलोक के सिर से खून बह रहा है।

विक्टर तुम मुझसे लडो। विक्टर को वहाँ देखकर त्रिलोक चिल्लाकर कहता है। तुम मेरे परिवार को क्यो मारना चाहते हो ? तुम्हारी दुश्मनी तो सिर्फ मुझसे है।

हाँ तुमसे ही लडूंगा। विक्टर त्रिलोक की बात सुनकर जोरो से हँसते हुए कहता है। क्योंकि दुश्मनी तो तुमसे ही है पर मुझे लगता है इस कार ऐक्सीडेन्ट मे तुम्हारा बच्चा और तुम्हारी बीवी दोनो ही मर चुके है क्योंकि कोई साधारण आदमी इतने भयंकर ऐक्सीडेन्ट मे बच ही नही सकता।

इतना कहकर विक्टर दोबारा जोरो से हँसने लगता है।

त्रिलोक गुस्से से चिल्लाते हुए। अगर मेरे परिवार को कुछ हुआ तो मै तुम्हे ज़िन्दा नही छोडूंगा।

देखते है कौन किसको मारेगा। विक्टर हँसते हुए कहता है। त्रिलोक, महागुरू ने तुम्हारा चुनाव पृथ्वी की रक्षा करने के लिए किया है। मै आज तुम्हे मारकर पृथ्वी पर अपना साम्राज्य स्थापित कर लूंगा।

आज मेरी सेना ने पृथ्वी पर हमला किया है और मुझे यकीन है कि मै जीत जाउंगा।

विक्टर तेरा ये सपना कभी पूरा नही होगा। त्रिलोक चिल्लाकर कहता है। क्योकि मै आज तुझे मार दूंगा और पृथ्वी को तुझसे बचा लूंगा।

यह सुनकर विक्टर जोरो से हँसने लगता है। त्रिलोक मुझे मारने वाला आज तक पैदा ही नही हुआ। मै नही मर सकता क्योकि मै अमर हूं। मुझे कोई नही मार सकता।

तभी त्रिलोक धीरे से अपनी जेब से छड़ी निकालता है और विक्टर पर वार करता है पर विक्टर उसे सहज ही रोक देता है और फिर दोनो के बीच भयंकर युद्ध शुरू हो जाता है। दोनो जादूई शक्तियो का इस्तेमाल करके लडने लगते है। दोनो ही महान जादूगर है। दोनो की जादूई शक्तिया आपस मे टकरा रही है। इन दोनो को लडते–लडते काफी समय हो जाता है पर दोनो मे से एक भी हार नही मान रहा होता। तभी विक्टर त्रिलोक पर मृत्युदायनी मन्त्र का प्रयोग करता है। यह मन्त्र जैसे ही विक्टर की छड़ी से निकलकर त्रिलोक से टकराता है तभी त्रिलोक जमीन पर गिर जाता है और मृत्यु के लिए

तडपने लगता है। विक्टर त्रिलोक को यू तडपता देखकर हँसने लगता है।

देखो त्रिलोक मै जीत गया। विक्टर हँसते हुए कहता है। तुम धीरे–धीरे मर रहे हो।

इस समय त्रिलोक गाडी से दूर सड़क पर पडा है और मृत्यु के लिए तडप रहा है। त्रिलोक से कुछ दूरी पर कुछ झाडीया है और विक्टर उससे कुछ दूर उसके सामने खड़ा है। त्रिलोक की छड़ी उससे दूर सड़क पर पडी है। तभी त्रिलोक कुछ सोचता है और विखण्डन मन्त्र बोलकर अपने हाथ की मुट्ठी विक्टर की तरफ खोल देता है। त्रिलोक के ऐसा करते ही उसके हाथ से तेज रोशनी निकलती है और वह विक्टर से जाकर टकराती है। रोशनी के इस टकराव के साथ ही विक्टर का शरीर इस प्रकार टूट कर बिखर जाता है जैसे किसी मिट्टी की मूर्ति को तोड दिया गया हो। उसके शरीर के कण–कण सड़क पर बिखर जाते है। अब त्रिलोक एक गहरी सांस लेता है और मर जाता है। त्रिलोक का मृत शरीर सड़क पर कार से दूर पडा है। तभी विक्टर के स्थान पर तक्ष प्रकट होता है और वह अपनी छड़ी उठाकर कुछ मन्त्र बुदबुदाना शुरू करता है। तभी तक्ष की छड़ी से एक प्रकाश निकलता है और विक्टर के शरीर के कण उडते हुए रेत की तरह सिमटने लगते है और देखते ही देखते विक्टर दोबारा से अपने शरीर को पा लेता है पर अब वह इतना कमजोर हो गया है कि स्वम् खड़ा भी नही हो पाता। वह एक बहुत ही कमजोर मरियल आदमी की तरह जमीन पर पडा होता है। विखण्डन मे विक्टर अपनी

लगभग सारी शक्तिया खो देता है और जब तक्ष उसका शरीर मन्त्र द्वारा वापस समेटता है तो विक्टर की कुछ शक्तिया ही वापस उसके पास आती है। अब तक्ष विक्टर को गोद मे उठाता है और उसे लेकर वहाँ से गायब हो जाता है। त्रिलोक का मृत शरीर सड़क पर पडा रह जाता है।

भविष्य गोले मे ये सब देखकर मयूरसा और रूस घबरा जाते है। मयूरसा और रूस दोनो की आँखो से आँसू बह रहे होते है।

रूस तुम फौरन त्रिलोक के पास जाओ और उसे इस सब के बारे मे बताओ कि कल वह मर जाएगा। घबराकर मयूरसा रूस से कहती है।

यह सुनकर रूस फौरन वहाँ से चला जाता है और मयूरसा घबराकर एक कुर्सी पर बैठ जाती है।

वर्तमान के रिया और रोनक ये सब अपने स्थान पर खड़े होकर देख रहे है।

तभी मयूरसा महसूस करती है कि वहाँ दोबारा कोई आ रहा है। वह फौरन पेड वाले रास्ते की तरफ देखती है। सीढियो से तक्ष नीचे उतर रहा होता है। वह उसे देखकर तेजी से कुर्सी से उठ जाती है।

तुम यहाँ क्या कर रहे हो ? चिढते हुए मयूरसा कहती है। तुम्हे इस जगह के बारे मे कैसे पता चला ?

मै यहाँ तुमसे मिलने आया हूं मयूरसा। तक्ष इतराते हुए कहता है। उसके चहरे पर एक बडी सी मुस्कान

होती है। और इस जगह का पता तो मुझे तभी से है जब मै यहाँ तुम्हारे साथ महल मे था।

क्या करने आए हो यहाँ ? मयूरसा अपनी जेब से छड़ी निकालते हुए कहती है।

मयूरसा मै भी यहाँ आना नही चाहता था। तक्ष मयूरसा को उसपर छड़ी तानते हुए देखकर चिढ जाता है। पर हमे इस युद्ध मे एक चीज की जरूरत है जो तुम्हारे पास है। अब तक्ष भी अपनी छड़ी निकाल लेता है और मयूरसा पर तान देता है।

क्या चाहिए तुम्हे ? कडवी निगाहो से देखते हुए मयूरसा कहती है।

भविष्यमणि। एक बहुत ही ठंडी आवाज मे तक्ष कहता है।

भविष्यमणि का नाम सुनते ही मयूरसा को याद आता है कि वह रिया को भविष्यमणि देकर पत्थर का बना चुकी है और अब वह तक्ष के सामने उसे ठीक भी नही कर सकती।

तक्ष वो भविष्यमणि तुम्हे कभी नही मिलेगी। मयूरसा चिल्लाकर कहती है। क्योकि अगर वो तुम्हे मिल गयी तो तुम उसकी शक्तियो का गलत इस्तेमाल करोगे और पृथ्वी को नष्ट कर दोगे।

बिल्कुल। एक जोर की हँसी के साथ तक्ष कहता है। हम उसकी शक्तियो द्वारा पृथ्वी को नष्ट करके उसपर

अपना साम्राज्य स्थापित करेगे और विक्टर वहाँ के राजा होगे।

ऐसा कभी नही होगा। यह कहते हुए मयूरसा का गुस्सा ओर ज्यादा बढ जाता है।

अब तक्ष बार–बार मयूरसा से भविष्य मणि मांग रहा है पर मयूरसा उसे मणि देने से मना कर देती है। तक्ष गुस्से मे आकर मयूरसा को मारने की धमकी देता है पर तब भी मयूरसा मणि देने से मना कर देती है फिर दोनो मे जादूई छड़ी की शक्तियो से युद्ध शुरू हो जाता है। दोनो कुछ ही देर लडते है कि तभी तक्ष मयूरसा को मारने के लिए उसपर मृत्युदायनी मन्त्र का प्रयोग करता है। मन्त्र का प्रयोग होते ही तक्ष की छड़ी से प्रकाश तेजी से निकलता है और मयूरसा से टकराता है। प्रकाश के मयूरसा से टकराते ही वह जोर से चिल्लाती है और फिर जमीन पर गिर जाती है। तक्ष उसे देखकर मुस्कुराता है। मरने से पहले मयूरसा कोई मन्त्र पढ रही होती है और फिर वह मर जाती है। मयूरसा का मृत शरीर जमीन पर प्यानो के पास पडा होता है। तक्ष मयूसा को मारकर जैसे ही वहाँ से जा ही रहा होता है कि तभी मयूरसा के शरीर से उसकी आत्मा निकलकर तक्ष के सामने आकर खड़ी हो जाती है। तक्ष उसे देखकर चौंक जाता है।

मयूरसा की आत्मा तक्ष से कहती है।

तक्ष तू क्या सोचता है कि तुने मुझे मारकर विजय प्राप्त कर ली है। नही। जो आज इस कमरे मे हुआ है वो राज एक दिन सबके सामने आएगा और जिस

भविष्यमणि के लिए तुने मुझे मारा है वो भविष्यमणि और एक लड़की तेरा राज खोलेंगे और तुझे हरा देगे क्योकि मैने मरने से पहले एक ऐसे मन्त्र से इस कमरे के आज के वर्तमान को बान्ध दिया है। जो जब तक दोहराता रहेगा जब तक कोई इस राज को दुनिया के सामने नही ले आता और राज खोलने वाला वो हर चीज देख पाएगा जो आज मैने देखी है।

इतना कहकर मयूरसा की आत्मा वहाँ से गायब हो जाती है। तक्ष यह सुनकर सोच मे पड जाता है। वह बहुत परेशान हो जाता है। कुछ देर तो वह किसी मूर्ति की तरह खड़ा रहता है और फिर वह इस कमरे के अतीत को मन्त्र पढकर तब तक के लिए छुपा देता है जब तक वह खुद आकर उसे सबके सामने ना लाए और वहाँ से चला जाता है। उस कमरे मे 18 साल तक वह बन्धा हुआ वक्त दोहरता है।

रोनक और रिया अतीत को पूरा दोहरता हुआ देखते है और जान जाते है कि कैसे मयूरसा को तक्ष ने और त्रिलोक को विक्टर ने मारा। वे यह भी जान जाते है कि क्यो 18 साल तक विक्टर ने पृथ्वी पर हमला नही किया।

अध्याय तेईस

रोनक और विक्टर का युद्ध

रोनक रिया को लेकर गुफा के रास्ते से ही मयूरसा के कमरे मे आता है और फिर उसे लेकर महल मे पहुँचता है। रोनक और रिया दोनो महागुरू के पास सभा महल मे जाते है जहाँ पर महागुरू, हेमआध और इष्ट बैठे होते है। महागुरू रिया को जिन्दा देखकर हैरान रह जाते है। महागुरू फौरन अपने सिंहासन से उठकर नीचे आते है। हेमआध और इष्ट भी रिया को जिन्दा देखकर हैरान रह जाते है और फौरन रोनक और रिया के पास आते है।

रिया तुम जिन्दा हो ? महागुरू रिया को कन्धो से पकडते हुए कहते है। तुम 18 साल से कहाँ थी ?

तब रोनक और रिया महागुरू को मयूरसा की मौत के बारे मे सब कुछ बताते है और बताते है कि कैसे रिया वहाँ 18 साल तक कैद रही और कैसे तक्ष काव्य का रूप लेकर महल मे रहा। महागुरू, हेमआध और इष्ट यह सब सुनकर हैरान रह जाते है। महागुरू हैरान इसलिए भी होते है कि तक्ष महल मे इतने सालो तक काव्य का रूप लेकर रहा और उन्हे पता नही चला। कुछ देर बाद सभा महल मे जलेश्वर आता है। महागुरू जलेश्वर को भी तक्ष के रूप बदलकर वहाँ रहने के बारे मे बताते है और बताते है कि उसने ही मयूरसा को मारा था।

तुमने बहुत ही बहादुरी का काम किया है रोनक। महागुरू रोनक को शाबाशी देते हुए कहते है। रोनक तुमने वो राज खोला है जिसके लिए मै बरसो से परेशान था। मै बरसो से सोचता था कि किसने मयूरसा को मारा है और उसका शरीर कहाँ गया पर तुमने आज मेरी सारी उलझन दूर कर दी और तुम्हे यहाँ रोकने का मकसद भी पूरा हो गया।

महागुरू रोनक से बहुत खुश है। आज उनके चहरे पर दुख और खुशी का मिला झुला भाव होता है। वह जलेश्वर को आदेश देते है कि रिया को वहाँ से ले जाया जाए और उसे आराम करने के लिए एक कमरा दिया जाए। महागुरू के आदेश होते ही जलेश्वर रिया को वहाँ से ले जाता है। अब महागुरू रोनक को भी वहाँ से अपने कमरे मे जाकर आराम करने को कहते है। महागुरू का आदेश मिलते ही रोनक अपने कमरे की तरफ चला जाता है और महागुरू, इष्ट और हेमआध से बात करने लगते है।

रोनक महागुरू के पास से आकर सीधा अपने कमरे मे जाता है। वह देखता है कि कमरे मे कोई भी नही है। कमरा एकदम खाली है। रोनक चाहता है कि वह समीर को इस बारे मे बताए कि वह उस कमरे का राज खोल चुका है। वह राज महागुरू की इकलौती बेटी मयूरसा से जुडा था पर इस समय कमरे मे कोई नही है। रोनक अपने बिस्तर की तरफ बढता है। वह देखता है कि उसके बिस्तर के पास वाली मेज पर एक काँच का जग गुलाबी शरबत से भरा रखा है और एक काँच का गिलास

उसके पास रखा है। रोनक इस समय थोडा थकान महसूस कर रहा है और उसने सुबह से नाश्ता भी नही किया होता। वह सोचता है कि महागुरू ने उसके लिए यह शरबत भेजा है। वह अपने बिस्तर पर जाकर बैठ जाता है और शरबत लेने के लिए जैसे ही उस काँच के जग को छूता है वह तेज प्रकाश के साथ अपने बिस्तर से गायब हो जाता है।

जलमहल से गायब होकर रोनक एक अन्धेरे कमरे मे जाकर गिरता है। इसमे चारो तरफ अन्धेरा ही अन्धेरा है। रोनक फौरन खड़ा हो जाता है और इधर–उधर देखने लगता है। रोनक महसूस करता है कि वह वहाँ अकेला है। रोनक अपनी जेब से अपनी छड़ी निकालता है और उसे झटकता है। छड़ी के झटकते ही उसकी छड़ी से प्रकाश निकलना शुरू हो जाता है। अब रोनक थोडा आगे बढता है। वह परेशान है कि वह कहाँ आ गया है। तभी रोनक कुछ दूर हल्की सी रोशनी देखता है। रोनक उस रोशनी की तरफ बढता है। जैसे–जैसे वह उस रोशनी की तरफ बढता है उसे लगता है कि रोशनी उससे दूर जा रही है। कुछ देर बाद रोनक देखता है कि उस रोशनी की तरफ से कोई व्यक्ति उसकी तरफ आ रहा है। रोनक अपने स्थान पर ही रूक जाता है और अपनी छड़ी को उस आदमी पर तान देता है।

कुछ देर बाद वह व्यक्ति रोनक के सामने उससे कुछ दूर आकर खड़ा हो जाता है। रोनक उसे देखकर हैरान रह जाता है। क्योंकि यह व्यक्ति ओर कोई नही बल्कि समीर है।

समीर तुम यहाँ क्या कर रहे हो ? रोनक हैरान होकर उससे पूछता है और अपनी छड़ी को नीचे कर लेता है। और, और यह कौन–सी जगह है ? रोनक कुछ अटकते हुए उससे पूछता है।

समीर रोनक की बात सुनकर कोई जवाब नही देता और सिर झुकाकर नजरे नीचे करके खड़ा रहता है। समीर के हाथ मे भी जादूई छड़ी होती है।

समीर बताओ मुझे हम कहाँ है ? रोनक दोबारा उससे पूछता है।

पर समीर रोनक की किसी भी बात का कोई जवाब नही देता।

तब रोनक को लगता है कि वह उससे नाराज है क्योंकि वह समीर के मना करने के बाद भी जंगल मे गया। रोनक सोचता है कि अगर वह उसे बताएगा कि वह उस कमरे का राज खोल चुका है तो समीर खुश हो जाएगा। तब रोनक समीर से कहता है।

समीर तुम्हे पता है मैने उस जंगल वाले कमरे का राज खोल दिया है जिसमे काव्य जाता था। वह राज महागुरू की बेटी मयूरसा की मौत से जुडा था और एक तक्ष नाम का जादूगर बरसो से जलमहल मे काव्य का रूप लेकर रह रहा था। वह विक्टर का वफादर है और उसने ही मयूरसा को मारा था। जब मैने वह राज खोला तो तक्ष वहाँ आया था और फिर भाग गया।

रोनक के मुँह से यह सब सुनकर समीर जोर–जोर से सांस लेने लगता है और गुस्से से उसका चहरा लाल हो

जाता है। रोनक बार–बार उससे बात कर रहा है पर समीर उसकी बात का कोई जवाब नही दे रहा है। रोनक यह देखकर परेशान है कि समीर उससे बात क्यो नही कर रहा है।

क्या हुआ तुम्हे ? रोनक चिढते हुए कहता है। तुम मुझसे बात क्यो नही कर रहे हो ?

मुझे कुछ नही हुआ रोनक। इतना सुनते ही समीर चिल्लाते हुए कहता है। मै ठीक हूं। पर तुमने मयूरसा का राज खोलकर बहुत बडी गलती कर दी है। तुम क्या सोचते हो मयूरसा का राज खोलकर तुम जीत गए। नही। हार–जीत का फैसला तो अब होगा। जब मै तुम्हे मारकर अपने मालिक विक्टर का कार्य पूरा करूंगा।

रोनक समीर को देखकर चौक जाता है। उसकी आँखे खून की तरह लाल होती है और चहरे पर बहुत गुस्सा होता है।

रोनक आज तुम नही बचोगे। समीर रोनक के गले पर अपनी छड़ी रखते हुए कहता है। मै तुम्हे मार दूंगा।

रोनक फौरन समीर को पीछे धक्का देता है और अपनी छड़ी तान लेता है। रोनक समीर को देखकर समझ जाता है कि इस समय वह किसी और के वश मे है और उस पर वंशीकरण का इस्तेमाल किया गया है।

तभी समीर रोनक पर जादूई शक्ति से हमला करता है। रोनक उस हमले को सहज ही रोक देता है। रोनक और समीर के बीच जादूई शक्तियो के द्वारा भयंकर युद्ध शुरू हो जाता है। दोनो ही अपनी–अपनी शक्तियो का

इस्तेमाल कर रहे है। इस समय ना तो रोनक कम लग रहा है और ना समीर। तभी समीर से लड़ते हुए रोनक को याद आता है कि उस मट्टी के आदमी ने चेतावनी दी थी कि भविष्य मे कोई अपना ही तुम्हारी जान का दुश्मन होगा। तब उसे समझ आता है कि वह समीर है।

रोनक और समीर आपस मे लड़ रहे है और लड़ते–लड़ते इन्हे काफी देर हो जाती है। तभी रोनक की नजर दूर उस प्रकाश पर पडती है। रोनक देखता है कि कोई उस प्रकाश मे खड़ा है पर रोनक उसे साफ–साफ नही देख पा रहा है। यह देखकर समीर भी पीछे पलटता है और रोनक को मोका मिल जाता है। वह फौरन समीर पर वंशीकरण समाप्त करने का मन्त्र पढ देता है। इस मन्त्र के समीर से टकराते ही समीर वंशीकरण से मुक्त होकर जमीन पर बेहोश होकर गिर जाता है। रोनक समीर को देखता है समीर इस समय बिल्कुल मृत लग रहा है और फिर वह उस रोशनी मे खड़े आदमी की तरफ देखता है। अब रोनक को हेमआध के कमरे मे भविष्य गोले मे देखा गया वह दृश्य याद आता है जिसमे उसने समीर को मरा हुआ देखा था और भविष्य गोले की सत्यता को मानने से इंकार कर दिया था। उसे लगता है कि जैसे वह इस क्षण को दोबारा जी रहा हो।

तभी उस हल्की रोशनी मे खड़ा व्यक्ति वहाँ से उडता है और रोनक के सामने आकर खड़ा हो जाता है। वह रोनक का गला पकड लेता है। रोनक इस आदमी को देखते ही पहचान जाता है। यह और कोई नही बल्कि

तक्ष है। तक्ष ने रोनक का गला जोरो से दबा रखा है। रोनक घुटन महसूस करने लगता है। तब रोनक जोर लगाकर तक्ष को दूर धकेलता है। रोनक के धक्के से तक्ष थोडा दूर जाकर जमीन पर गिरता है। जमीन पर गिरते ही तक्ष फौरन खड़ा हो जाता है और अपनी जादूई छड़ी निकाल लेता है। दोनो आमने–सामने लड़ने के लिए तैयार होते है।

रोनक बहुत अच्छा। तक्ष चिढ के साथ रोनक की तारीफ करता है। तुम हमारी दी गयी शक्तियो का बहुत अच्छे से इस्तेमाल कर रहे हो। तुमने बडी आसानी से समीर से मेरा वंशीकरण हटा दिया जो नामुकिन था। तुम ऐसे पहले आदमी हो जो ऐसा कर पाया। वरना आज तक कोई भी मेरे काले जादू का तोड़ नही कर पाया।

तुम्हारा वंशीकरण ? रोनक हैरान होकर कहता है। क्या तुमने समीर को वश मे किया था ?

हाँ। तक्ष मुस्कुराकर कहता है। क्योंकि मै जानता था कि जलमहल मे तुम्हारी दोस्ती समीर से सबसे अच्छी हो रही है। इसलिए जब तुम्हे शक्तिया दी गयी उसी रात को मैने समीर को भी अपने वश मे कर लिया पर अगले ही दिन तुमने उसे जंगल से ढूढकर इस राज को सबके सामने कर दिया कि किसी ने उसपर काले जादू का इस्तेमाल किया था। मै तभी समझ गया था कि भविष्य मे तुम ही मेरे लिए खतरा बनोगे। पर मुझे ये कभी नही लगा कि तुम मयूरसा के राज तक पहुँच जाओगे। तक्ष चिल्लते हुए कहता है। पर तुमने ऐसा किया। तुमने

मुझसे भी ज्यादा समीर का इस्तेमाल किया और उस राज तक पहुँच गए जो मैने बरसो से दबा रखा था।

इसका मतलब जलमहल मे जो भी घटना हुई उसके पीछे तुम थे ? रोनक गुस्सा होते हुए तक्ष से पूछता है।

हाँ बिल्कुल। तक्ष लगभग हँसते हुए कहता है। मैने ही मयूरसा को मारा। मैने ही महल से लड़किया गायब की और अब मैने ही महागुरू का रूप लेकर सत्या को मारा। पर बेचारा सलिल बिना मतलब मारा गया।

तुमने सलिल को क्यो मारा ? रोनक चिल्लाते हुए पूछता है।

क्योंकि वो मेरा राज जान गया था कि मै काव्य नही तक्ष हूं। फिर मै क्या करता मुझे उसे मारना पडा और सारा इलजाम रूहेल पर आ गया। क्योंकि महागुरू को लगता है कि केवल रूहेल ही काले जादू के इस्तेमाल से रूप बदल सकता है।

तुम बहुत बुरे हो तक्ष। रोनक तक्ष से चिढते हुए चिल्लाकर कहता है। मै आज तुम्हे मार दूंगा और सबका बदला लूंगा।

रोनक तुम अभी बच्चे हो। तक्ष मुस्कुराते हुए कहता है। मुझे मारना कोई मजाक नही है पर हाँ मै आज तुम्हे जरूर मार दूंगा और अपने मालिक का काम पूरा करूंगा।

यह कहते ही तक्ष रोनक पर जादूई वार करता है। रोनक उस वार को सहज ही रोक लेता है। अब दोनो मे

भयंकर युद्ध शुरू हो जाता है। दोनो एक–दूसरे पर जादूई शक्तियो से वार कर रहे होते है। तक्ष एक पुराना जादूगर है और रोनक से उम्र मे बडा और तर्जुबेदार है पर फिर भी इस समय रोनक तक्ष पर भारी पड रहा है। तक्ष रोनक के जादूई वारो से घबरा जाता है और वह महसूस करता है कि रोनक की शक्तिया उससे कही ज्यादा शक्तिशाली है। तभी रोनक तक्ष पर मृत्युदायनी मन्त्र का इस्तेमाल करता है। इस मन्त्र के इस्तेमाल से तक्ष धराशाही हो जाता है और जमीन पर गिर जाता है। कुछ ही क्षण मे उसकी मृत्यु हो जाती है।

समीर और तक्ष से लडकर रोनक थक जाता है और वह जमीन पर अपने घुटनो के बल बैठ जाता है। रोनक का सिर नीचे जमीन की तरफ होता है। तभी रोनक ताली बजने की आवाज के साथ किसी आदमी की आवाज सुनता है।

क्या तुम थक गये हो रोनक ? एक ठंडी आवाज आती है।

रोनक ऊपर नजर उठाकर देखता है और देखकर हैरान रह जाता है। उसकी आँखे फटी की फटी रह जाती है। उसके सामने और कोई नही बल्कि शैतानी जादूगर विक्टर खड़ा होता है और वह ताली बजा रहा होता है। विक्टर को देखकर रोनक खड़ा हो जाता है। इस समय विक्टर और रोनक कुछ फासले से आमने–सामने खड़े होते है। विक्टर दिखने मे एक लम्बा–तगडा और सुन्दर व्यक्ति है। इसकी आँखे नीली है और रंग बहुत गोरा है। इसके बाल कुछ सुन्हेरी है

और कुछ काले। इसने काले रंग की बडी पोशाक पहन रखी है।

वाह रोनक वाह। विक्टर ताली बजाते हुए कहता है। तुम तो बहुत बहादुर और शक्तिशाली हो। तुमने मेरे बरसो पुराने वफादार को मार दिया। तुम बिल्कुल अपने बाप की तरह निडर और बहादुर हो और बेवकूफ भी। विक्टर रोनक की तारीफ और बुराई करते हुए कहता है। क्योकि उसने भी मुझसे टक्कर लेने की कोशिश की थी और वो मेरे हाथो मारा गया और अब तुम भी वही बेवकूफी कर रहे हो। इसलिए मै तुम्हे भी मार दूंगा।

ना तो मेरे पिता बेवकूफ थे और ना मै हूं। विक्टर की बात सुनकर तेज आवाज मे रोनक कहता है। तुम शायद भूल गये हो विक्टर। जब तुमने मेरे पिता को मारा था उस रात तुम्हे भी एक बडी कीमत चुकानी पडी थी। मेरे पिता ने मरने से पहले तुम्हे विखण्डीत कर दिया था और तुम्हारी सारी शक्तिया नष्ट कर दी थी। जिसके कारण 18 साल तक तुम्हे छुपकर रहना पडा। अपनी शक्तिया को दोबारा पाने के लिए। अब रोनक हँसते हुए कहता है। और तुम कहते हो हम बेवकूफ है। मै तुम्हे वैसे ही मार दूंगा जैसे तुम्हारे इस वफादार तक्ष को मारा है।

रोनक की बात सुनकर विक्टर को गुस्सा आता है और वो चिढते हुए कहता है। लड़के मुझे मारना इतना आसान नही है। तुम या कोई भी मुझे मार नही सकता। क्योंकि मुझे मारने वाला पैदा ही नही हुआ है। इसलिए मै अमर हूं।

विक्टर ऐसा नही है। रोनक चिल्लाते हुए कहता है। मै तुम्हे मार दूंगा और अपने पिता की हत्या का बदला लूंगा।

इतना कहकर रोनक गुस्से से भर जाता है और विक्टर पर जादूई शक्ति का प्रयोग करता है पर विक्टर रोनक के वार से सहज ही बच जाता है।

तुम बहादूर हो रोनक। विक्टर रोनक से कहता है। पर ऐसी बहादूरी का क्या फायदा क्योकि कुछ ही देर मे तुम मेरे हाथो मारे जाओगे।

रोनक और विक्टर दोनो कुछ फासले से आमने–सामने खड़े होते है। तभी वहाँ पर रोनक के पास रूस प्रकट होता है। विक्टर और रोनक दोनो की नजर एक–साथ रूस पर पडती है। रोनक और विक्टर रूस को जिन्दा देखकर हैरान रह जाते है क्योंकि 18 साल पहले रूस मर चुका था पर इस समय वह इन दोनो के सामने सही सलामत खड़ा होता है। रूस को जिन्दा देखकर विक्टर गुस्से से भर जाता है और चिल्लाते हुए कहता है। तुम ज़िन्दा हो। विक्टर चौंकते हुए कहता है। उसकी आँखो मे खून उतर आता है। अब तुम दोनो नही बचोगे।

इतना कहकर वह रोनक पर जादूई शक्तियो से वार करता है। रोनक इस वार को रोकता है और फिर दोनो मे भयंकर युद्ध शुरू हो जाता है। विक्टर रोनक के खून का प्यासा होता है। वह उसे मारने के लिए हर जादू का इस्तेमाल कर रहा है। रोनक की शक्तिाया विक्टर जैसी

ही है पर तब भी विक्टर रोनक पर भारी पड रहा है। यह देखकर रूस भी रोनक का साथ देने के लिए विक्टर पर जादूई वार करना शुरू कर देता है। रूस विक्टर पर हर प्रकार के काले जादू का इस्तेमाल करता है। इस समय रोनक और रूस दोनो ही विक्टर से एक साथ लड रहे है पर विक्टर इतना शक्तिशाली है कि वह उन दोनो के साथ बिना किसी तकलीफ के आराम से लड रहा है। वह अकेला ही रोनक और रूस दोनो पर भारी पड रहा है। तभी समीर को होश आ जाता है और वह इस युद्ध को देखने लगता है। तब समीर अपनी जादूई छड़ी निकालता है और उससे जादू करके वहाँ पर एक दूधीया प्रकाश प्रकट करता है। यह प्रकाश एक गोले की तरह का होता है।

रोनक यह जलमहल वापस जाने का एक गुप्त मार्ग है। समीर रोनक से कहता है। चलो जल्दी से इसमे कूद जाओ क्योकि यह कुछ ही समय के लिए रहेगा और फिर यह गायब हो जाएगा। समीर उस रोशनी के पास ही खड़ा होता है।

रोनक विक्टर हमसे बहुत ज्यादा शक्तिशाली है। रूस रोनक को समझाते हुए कहता है। हम इससे ज्यादा देर तक लड नही पाएगे। हमे समीर द्वारा बनाए गये गुप्त मार्ग मे कूदना ही होगा। इसलिए हमे एक साथ समर्पक तोडना होगा।

इस समय रोनक और रूस कि शक्तिया विक्टर कि शक्तियो से टकरा रही है। रोनक रूस द्वारा कही गई बात को समझता है और फिर रोनक और रूस एकसाथ

अपनी छडी के उस समर्पक को छोड देते है जो विक्टर कि शक्तियो और उनकी शक्तियो से मिलकर बना होता है। समर्पक छूटते ही सारी शक्तियो का प्रकाश विक्टर कि तरफ जाता है और विक्टर से टकराता है। विक्टर उस समय कुछ देख नही पाता। और तभी रोनक और रूस गुप्त मार्ग मे कुद जाते है और साथ ही समीर भी गुप्त मार्ग मे कूद जाता है। इन तीनो के इस रोशनी मे कूदते ही रोशनी खत्म हो जाती है और वह गुप्त मार्ग गायब हो जाता है।

अब विक्टर देखता है कि वहां विक्टर के अलावा कोई नही होता। रोनक, रूस और समीर वहां से जा चुके है। यह देखकर विक्टर जोरो से चिल्लाता है। तक्ष का मृत शरीर जमीन पर पडा होता है।

गुप्त मार्ग द्वारा रोनक, रूस और समीर जलमहल के बगीचे मे आकर गिरते है। तीनो तुरन्त खड़े हो जाते है।

हम वापस आ गए। समीर खुशी से चिल्लाते हुए कहता है। रोनक और रूस भी यह देखकर खुश होते है।

अब तीनो महागुरू से मिलने सभा महल मे जाते है। जहाँ महागुरू के साथ हेमआध, इष्ट और जलेश्वर भी होते है। जैसे ही रूस रोनक और समीर एकसाथ महल मे प्रवेश करते है सभी रूस को जिन्दा देखकर खुश हो जाते है। महागुरू रूस को देखकर अपना सिंघासन छोडकर नीचे आते है और रूस को गले से लगा लेते है। सभी रूस को जिन्दा देखकर बहुत खुश होते है। कुछ देर बाद सभी कुर्सीयो पर बैढ जाते है।

रूस 18 साल पहले तुमने एक खत मुझे भेजा था। महागुरू रूस से पूछते है। जिसमे लिखा था कि तुम दुश्मनो से घिर चुके हो और जल्द ही मारे जाओगे। तो फिर तुम जिन्दा कैसे ?

महागुरू, मयूरसा और मै दोनो ही जान गए थे कि इस युद्ध मे त्रिलोक मारा जाएगा और मरते–मरते वह विक्टर को भी हरा जाएगा। पर हमारे हाथ मे ज्यादा कुछ नही था। हम ज्यादा बदलाव नही कर सकते थे। मैने सिर्फ रोनक को बचाने के लिए जादू का इस्तेमाल किया क्योंकि भविष्य गोले ने हमे यह नही दिखाया था कि रोनक मरेगा। उसके अनुसार सिर्फ त्रिलोक का मरना तय था। पर उस हादसे मे पूर्णिमा भी बच गई। महागुरू कि बातो का जवाब देते हुए रूस कहता है।

महागुरू जब मै त्रिलोक को सच बताकर और रोनक को लेकर वहाँ से वापस जलमहल आया तो मयूरसा का मृत शरीर उसके कमरे मे पडा था। मै यह देखकर हैरान रह गया था। और मै ये जान गया था कि मयूरसा को विक्टर के किसी आदमी ने ही मारा है। मै घबरा गया और तभी मै जलमहल को छोडकर वहां से चला गया।

अगले दिन मैने रोनक को उसकी माँ के पास छोडा और मै रोनक की नानी के घर के पास ही रहने लगा। मैने अपना रूप बदल लिया था। फिर मुझे लगा कि भले हि विक्टर इस समय कुछ नही कर सकता पर उसके वफादार बहुत कुछ कर सकते है और इसलिए ही मैने दुनिया के लिए मरने का फैसला लिया और मै आपको वह पत्र लिखकर रूप बदलकर रहता रहा।

रूस थोडा सा रूकता है और तभी दोबारा बोलना शुरू करता है।

महागुरू त्रिलोक के मरने से पहले मैने उसे वचन दिया था कि मै अपने मरते दम तक रोनक की रक्षा करूंगा और उसके लिए मेरा छुपकर रोनक के आस–पास रहना जरूरी था।

दूसरा कारण यह भी है कि मै जान गया था कि त्रिलोक और मयूरसा दोनो कि हत्या का एक कारण भविष्यमणि भी थी। और एक मणि मेरे पास भी थी। अगर तीनो मणिया विक्टर को मिल जाती तो वह महाशक्ति के इस्तेमाल से दुनिया को नष्ट कर सकता था। इसलिए मुझे अपने आपको छुपाना और दुनिया मे ये खबर फैलाना कि मै मर गया हूं सबसे ज्यादा सुरक्षित लगा।

रूस महागुरू को बताता है कि काव्य की मौत भी 18 साल पहले ही हो गयी थी। खुद तक्ष ने काव्य को मार दिया था और वह काव्य का रूप लेकर जलमहल मे रहने लगा। क्योंकि विक्टर का त्रिलोक के साथ युद्ध मे शक्तियां खोना बहुत बडी बात थी और तक्ष को यहां रहकर यहां कि हर एक जानकारी विक्टर को देनी थी।

यह सब बाते सुनकर महागुरू बहुत हैरान होते है। महागुरू मयूरसा और सत्या की मौत के लिए बहुत दुखी होते है। रोनक महागुरू को बताता है कि उनका शक सही था विक्टर जिन्दा है और अब तक्ष मर चुका है।

यह सब सुनने के बाद महागुरू सभी को वहाँ से जाकर आराम करने का आदेश देते है और स्वम् रूहेल को आज़ाद कराने के लिए चले जाते है।

अध्याय चौबीस

एक नया सवेरा

आज की रात रोनक बहुत ही चेन की नींद सोता है। आज रात वह कोई भी आवाज नही सुनता। जब वह सुबह उठता है तो एक नया और खूबसूरत सवेरा होता है। जलेश्वर चारो लड़को को बुलाने उनके कमरे मे आता है और बताता है कि महागुरू ने सभी को महल मे बुलाया है। चारो लड़के जल्दी से तैयार होकर सभा महल मे जाते है। आज महागुरू सिंहासन पर नही बैठे है। सारे सिंहासन खाली है। हेमआध, रूहेल, इष्ट, रूस, जलेश्वर, रोनक, समीर, दिवयांश, प्रत्यक्ष और रिया महल मे महागुरू के पास पहुँचते है।

अब महागुरू सभी से कहते है कि तक्ष महल मे 18 साल तक काव्य का रूप लेकर रहा जो की अब मर चुका है। तो उसके रिक्त स्थान को भरने के लिए महागुरू रूस के सामने ये प्रस्ताव रखते है कि वह काव्य की जगह सम्भाले। रूस इस प्रस्ताव को स्वीकार करता है। अब महागुरू रूस व अन्य गुरूओ को यह जिम्मेदारी देते है कि उन्होने जो विक्टर से लड़ने के लिए यौद्धाओ का चुनाव किया है। उसमे सलिल के स्थान को भरने के लिए किसी अन्य लड़के को ढूंढा जाए जो इस पद के योग्य हो। सभी इस कार्य को करने के लिए तैयार हो जाते है।

अब पता चल गया है कि विक्टर जिन्दा है। महागुरू चारो यौद्धाओ से कहते है। तो वह अपने पुराने सपने को पूरा करने के लिए जल्द ही पृथ्वी पर हमला करेगा और ऐसे मे तुम सबका वहाँ होना जरूरी है। इसलिए अब तुम सब पृथ्वी लोट जाओ और अपने जादू के सही इस्तेमाल से पृथ्वी और वहाँ के लोगो की रक्षा करो। सलिल के पद को भरने के लिए मै जल्द ही किसी का चुनाव करूंगा।

महागुरू सभी से यह बात कहते है और फिर एक छोटी सी चुप्पी के बाद।

जलेश्वर पृथ्वी के सभी यौद्वाओ को सन्देश भिजवाया जाए कि हम जल्द ही उन सबसे मिलना चाहते है। अब हमे सभी को विक्टर के ज़िन्दा होने के बारे मे बताना है और आगे हमे क्या करना है वह भी योजना बनानी है।

जी महागुरू। जलेश्वर सिर झुकाकर महागुरू की बात का सम्मान करता है।

महागुरू मै आपसे कुछ बताना चाहता हूं। महागुरू कि बात खत्म होते ही रोनक महागुरू से कहता है।

हाँ जरूर रोनक। महागुरू रोनक की बात पर ध्यान देते हुए कहते है। अन्य सभी का ध्यान भी रोनक पर जाता है।

महागुरू जब मैने और रिया ने उस कमरे मे अतीत को दोहरता देखा था तब विक्टर ने मेरे पिता को मारने से पहले कहा था कि वो अमर है और उसे कोई नही मार सकता। और जब कल मेरा युद्ध उसके साथ हुआ

तब भी उसने यही कहा कि उसे कोई नही मार सकता। वह अमर है। उसने कहा कि उसे मारने वाला इस दुनिया मे पैदा ही नही हुआ है।

महागुरू क्या आप जानते है कि विक्टर की इस बात का क्या मतलब है ?

रोनक कुछ तो ऐसा है जो वो ऐसा कहता है। महागुरू रोनक की बात ध्यान से सुनने के बाद सोच मे डूबते हुए कहते है।

या तो उसे अपनी शक्तियो का घमण्ड है। उसे लगता है कि उसे कोई नही मार सकता। इसलिए वो ऐसा कहता है।

या कुछ ओर ऐसा है जिसे अभी तक हम नही जानते।

जैसे ही मै कुछ जान जाऊंगा तुम्हे जरूर बताउगा। महागुरू बात को गोल–मोल घुमाते हुए कहते है।

रूस तुम्हारी भविष्यमणि तुम्हारे पास है और मयूरसा की रिया के पास। महागुरू रोनक की बात का जवाब देने के फौरन बाद रूस से कहते है। तो त्रिलोक की भविष्यमणि कहँा है ?

महागुरू की यह बात सुनकर सब सोच मे पड जाते है।

मै इस बारे मे अभी कुछ नही जानता महागुरू। रूस महागुरू की बात का जवाब देते हुए कहता है।

कही वो तीसरी भविष्यमणि विक्टर के पास तो नही है। महागुरू शक करते हुए कहते है। अगर ऐसा है तो

ये बहुत चिन्ता की बात है। महागुरू के चहरे पर यह बात कहते हुए चिन्ता को साफ देखा जा सकता है।

जी। बात तो चिन्ता की है। रूस महागुरू की बात का समर्थन करते हुए कहता है। पर मै आपसे वादा करता हूं कि तीसरी भविष्यमणि मै जल्द ही ढूढ लूंगा।

मुझे यकीन है तुम्हारी बात पर। महागुरू रूस की बात पर विश्वास करते हुए कहते है।

अब तुम चारो का पृथ्वी लोटने का समय आ गया है। महागुरू रोनक, प्रत्यक्ष, समीर और दिव्यांश से कहते है। मै चाहूंगा कि तुम चारो अपनी शक्तियो का सही इस्तेमाल करो और चारो हमेशा मन की डोर से बन्धे रहो।

मन की डोर से ? समीर चौंकते हुए कहता है।

हाँ । पृथ्वी जाकर तुम सब जान जाओगे। इतना कहकर महागुरू मुस्कुरा देते है। समीर देखता है कि महागुरू के साथ ही साथ चारो गुरू भी मुस्कुरा रहे होते है।

सभी मेरे साथ आओ। इतना कहकर महागुरू सभा महल से बाहर की तरफ चले जाते है। सभी उनके पीछे–पीछे जाते है। महागुरू महल के बाहर के दरवाजे से बिल्कुल बाहर आ जाते है। सभी उनके साथ वहाँ आते है। चारो लड़के देखते है कि उनके सामने एक दरवाजा होता है। जो जमीन पर लगा होता है। दरवाजे के किसी भी तरफ कोई दिवार नही होती।

ये रास्ता है तुम लोगो के पृथ्वी वापस जाने का। महागुरू उस दरवाजे की तरफ हाथ का इशारा करते हुए चारो लड़को से कहते है।

इतना कहकर महागुरू एक–एक करके चारो लड़को को दरवाजे के अन्दर जाने का आदेश देते है। चारो महागुरू को प्रणाम करते है और सबसे पहले दिव्यांश फिर प्रत्यक्ष और फिर समीर दरवाजे के अन्दर जाता है। अब अन्त मे रोनक उस दरवाजे की तरफ बढता है। वह दरवाजे के हेंडिल को पकडकर दरवाजा खोलता है और महागुरू व अन्य गुरूओ की तरफ देखता हुआ इस दरवाजे के अन्दर घुस जाता है। इसके अन्दर जाते ही वह उस दरवाजे को बन्द करके जैसे ही पलटता है वह पृथ्वी पर अपने कमरे मे होता है। ऐसा लगता है जैसे वह दरवाजा उसके कमरे का हो। रोनक खुद को अपने कमरे मे पाकर हैरान रह जाता है। वह दोबारा से दरवाजा खोलकर बाहर देखता है पर बाहर ड्राईंग रूम होता है। रोनक इस बहतरीन जादू से अच्मभीत हो जाता है और यह सोचकर खुश हो जाता है कि अब वह अपने घर वापस आ चुका है। इस समय रात का समय है। रोनक दोबारा दरवाजा खोलता है और अपनी माँ के कमरे के पास जाकर उसका दरवाजा खोलकर देखता है। पूर्णिमा अपने बिस्तर पर सो रही है। रोनक एक छोटी सी मुस्कान के साथ दरवाजा बन्द करता है और अपने कमरे मे वापस आकर अपने बिस्तर पर लेट जाता है। कुछ देर तक वह जलमहल के बारे मे सोचता है और फिर जल्द ही उसे नींद आ जाती है।

————————

www.ingramcontent.com/pod-product-compliance
Lightning Source LLC
LaVergne TN
LVHW020040081026
849580LV00013B/1512